雷峰塔奇传 狐狸缘

[清]玉山主人 醉月山人 著

中国古典神魔小说

河海大学出版社
HOHAI UNIVERSITY PRESS
·南京·

图书在版编目（CIP）数据

雷峰塔奇传 /（清）玉山主人著．狐狸缘 /（清）醉月山人著．-- 南京 : 河海大学出版社，2025. 6.（中国古典神魔小说）. -- ISBN 978-7-5630-9594-0

Ⅰ．I242.4

中国国家版本馆 CIP 数据核字第 2025A8Q024 号

丛 书 名 / 中国古典神魔小说
书　　名 / 雷峰塔奇传 · 狐狸缘
LEIFENGTA QIZHUAN · HULI YUAN
书　　号 / ISBN 978-7-5630-9594-0
丛书策划 / 未来趋势
责任编辑 / 夏无双　朱梦楠　汤思语
特约校对 / 左雪梅
装帧设计 / 未来趋势
出版发行 / 河海大学出版社
地　　址 / 南京市西康路 1 号（邮编：210098）
电　　话 /（025）83737852（总编室）
/（025）83722833（营销部）
经　　销 / 全国新华书店
印　　刷 / 三河市元兴印务有限公司
开　　本 / 880 毫米 ×1230 毫米　1/32
印　　张 / 6.5
字　　数 / 174 千字
版　　次 / 2025 年 6 月第 1 版
印　　次 / 2025 年 6 月第 1 次印刷
定　　价 / 59.80 元

篇目目录

雷峰塔奇传

【清】玉山主人　著

前言

神魔小说，是中国古典小说的形式之一。明清时期，这类小说表面上看是在描述怪力乱神，其本意却是影射时事世情，或借以宣扬宗教思想，或反传统精神。“神魔小说”一词最初的提出者是鲁迅。鲁迅先生曾把明清时期兴盛一时的《西游记》《封神演义》《镜花缘》等优秀作品，归为十大神魔小说。据考证，这一流派小说的作者，因为不被当时社会承认并屡遭封杀禁止，因此大多或以名号隐去真名，或以无名氏而掩人耳目。有幸留存至今的一些著述书籍，其真正作者早已湮灭在历史尘埃中。《雷峰塔奇传》就是根据传奇《雷峰塔》改编而成的一部清代神魔小说。

白蛇与许仙的故事在民间流传甚广，清朝之前就已有多种版本。这部小说的作者根据清代雍乾时编撰的传奇《雷峰塔》，改编成这部《雷峰塔奇传》，刊发时曾风行一时，对后世戏剧曲艺的改编创作产生了很大的影响。

《雷峰塔奇传》原书作者署名为玉山主人，其真实姓名及生平已无可考证。小说共十三回，所描写的是白蛇降凡在西湖与书生许仙邂逅，后遭金山寺僧法海的百般阻挠，并与白蛇青蛇多次斗法，法海最终将白蛇收伏封于塔下，将许仙度入寺中取名道宗，其子许梦蛟考取状元，回乡祭祖，救出生母白蛇。父许仙（道宗）与白蛇二人飞升，并归仙班。

《雷峰塔奇传》虽然宣扬的是邪不压正、因果报应的思想，而且还将白蛇写成惑人害人的蛇妖，但在全篇中却表达了对真挚爱情的赞美。小说中对社会现状以及官场黑暗也有所揭露，所以虽离奇而不荒诞，虽写妖却富有情感，在假托历史中兼及世情，在描写神怪中警喻世人。

本次再版《雷峰塔奇传》，我们对原书中的笔误、疏漏、疑难字词，分别进行了更正、校勘和释义。对于仍遗存的疏失之处，还望专家学者予以指正。

编者

2024 年 11 月

原序

盲史有曰：妖由人兴也，人无衅其妖不自作。又曰：天之所兴，谁能废之。是岂特晋郑之事为然哉，即如汉文之被惑于珍娘，梦蛟之能震乎法海，亦犹是耳。倘使许仙不因玩景而赠伞，则白氏之妖氛无由纠缠；奎星未尝下界而投胎，则浮屠之锡杖必不遽止。审是，则雷峰塔之事洵足为痴情自肆者之戒，违天逞忿者之惩矣。惜乎！世远年湮，几于磨灭。虽古塔屹立，歌咏流传，然皆存其略，莫得其详，著于近弗彰于远，真令人怅怅也。

余友玉山主人，博学嗜古之士，新过镇江访故迹，咨询野老传述，网罗。放失旧闻，考其行事始终之纪，稽其成败废兴之故，著为雷峰野史一编。盖有详而不冗，曲而能达者也。

书既成，持示余。余览而叹之曰："是书也，岂特记许仙、梦蛟之轶事已哉，盖将史后之人见之而知戒，虽遇艳冶当前，不必目逆而送之，以启妖氛之衅，因此而自惩。即当愚蠢可怒，不必心疾于顽，以违所兴之天。盖此编信可昭垂鉴戒，流传久远，其有功于世道人心也。亦几与盲史并著不朽矣。是为序。"

时嘉庆十有一年，岁在丙寅，仲秋之月。作此于西湖官署之梦梅精舍。

芝山吴炳文书

目录

第一回

谋生计娇容托弟　思尘界白蛇降凡

诗曰：

素精思世受恩深，酬却生前百赎身。

诞育贵嗣超升去，雷峰塔畔永标名。

话说元朝浙江杭州府钱塘县有一书生，姓许名仙，表字汉文。父亲许颖号南溪，经商为业，母陈氏。汉文生才五岁时，父母染病，相继去世，留下些少家业。亏他有一胞姊名唤娇容，嫁与本县李公甫为妻，这公甫在钱塘县当一县役，家中颇称去得。汉文父母亡后，娇容即将汉文挈在家中抚养。

光阴迅速，日月如梭，汉文不觉长成一十六岁，生得眉清眼秀，丰神俊逸，公甫与娇容十分爱他。一日，公甫因衙门无事闲坐，忽思汉文年已长成，须寻一件事业与他去做。夜间，便对娇容说道："汝弟从幼在我们家中，今已长成，须当寻觅一件技艺与他去做，不可虚度光阴。"娇容道："妾身父母早年弃世，舍弟从幼多蒙官人抚养照顾，今幸长成，官人若肯周全，妾身不胜感激。"公甫道："贤妻不须烦心，愚夫现有个相好朋友，姓王名明，字凤山，他现在此县前怀青巷口开药行，十分闹热。等我明早去见他，将汝弟送他行中学习药道便了。"娇容大喜，一宿无词。

到得天明，公甫梳洗已毕，出门一直来到县前王员外药店中。员外笑脸相迎，同入店中，分宾主坐定。员外开言道："李兄今早到敝铺有何赐教？"公甫道："好教员外得知，小弟有个妻舅名唤许仙，字汉文，为人颇称谨厚，向在小弟家中株守斗室，经纪无路，意欲将他送在员外贵铺学习药道，俾供驱策，未知员外肯容纳否？"员外道：

“小弟近因店中货物颇多，正在缺一谨慎帮手之人，李兄若果不弃，足见相知之雅，妙！妙！”公甫见员外应允，忙起身称谢，作别出门。

回到家中，将员外应允美意向许氏及汉文细细说明，二人喜不胜言。公甫就往日家拣个黄道吉日，将汉文送过王家药店来。临出门，许氏不免叮咛几句话儿。到得店中，员外接入，叙坐，公甫开言道：“向日蒙员外盛情，今日吉日，小弟特送妻舅前来，祈员外训迪教诲，将来若有成就，感佩员外大恩，没齿不忘。”员外看见汉文人才出众，色貌超群，心中大喜。答曰：“令舅天姿俊逸，将来必成大器，小弟并藉荣光。”公甫即命汉文过来拜见员外，员外答以半礼。公甫辞别了员外出店，回家对许氏道明，不在话下。

这边，汉文在员外店中，员外见他言词伶俐，做事周详，十分爱他，比别人不同。公甫亦时常来到店中看视点缀，此话慢表。正是：

若无一番寒彻骨，怎得梅花扑鼻香。

且说四川成都府城西有一座青城山，重冈叠岭，延袤千里。此山名为第五洞天，中有七十二小洞，应七十二候，八大洞按着八节。自古道：山高必有怪，岭峻能生妖。这山另有一洞，名为清风洞，洞中有一白母蛇精，在洞修行。洞内奇花竞秀，异草争妍，景致清幽，人迹不到，真乃修道之所。这蛇在此洞修行一千八百年，并无毒害一人，因他修行年久，法术精高，自称白氏，名曰珍娘。究是畜类，未能超成正果。

一日，在洞游玩，心中忽思：我在此修行多年，至今未得正果，不如往别处名山游玩一番。猛思：浙江杭州号繁华之邦，西湖擅名，虎邱驰胜，待我前去观看景致一番，多少是好。主意已定，遂将洞府封闭，即时驾起云头，升在空中，哪消片时光景，遥望杭州不远。

不防，这日却值真武北极大帝朝拜天阙驾回武当仙山。在云中，运开慧眼，忽见一股妖云从西而来。大帝喝道：“何方孽畜，妄起妖云！”白蛇见是大帝，惊得魂飞魄散，忙跪在云头开声叫道：“小畜乃是青城山清风洞白蛇精，修行一千八百年，并不敢毒害生灵一丝半粒。至今不能成正果，今要往南海求见观音菩萨，叩问根缘。不知圣帝驾临，小畜有失回避，死罪！死罪！”大帝微笑道：“你这孽畜，若果真心要往南海，须当发下誓愿，吾方放汝过去。”白蛇遂即跪下发誓道：“小畜若有谎言，无去南海，异日必遭雷峰塔下压身。”大帝见他发誓，令随驾神将记明，驾回仙山。

白蛇见大帝已去，满心欢喜，遂腾云到了杭州，按落云头，要寻一幽僻的园院安身。这杭州乃天下最繁华的去处，王侯第宅、名园古刹不计其数，而城东仇王府的花园更是名胜，台榭环云，拟于上苑，因年久无人居住，是座空园。白蛇看见这园旷丽，心内大喜，随即闪身进去。不料此园深邃得紧，内中已有一母青蛇精在醉春楼中作巢，此蛇亦修行有八百余年，亦能飞腾变化。那日，看见白蛇进来，忙出来阻住道：“何方妖怪，擅敢进吾花园来，不怕我的宝剑厉害么！”白蛇笑道：“小青不必逞能，细听吾言：吾乃青城山清风洞白蛇洞主是也。因在洞中修道一千八百年，未能成却正果，故此驾云来游中华，寻访仙道。今暂借此间花园安身，且你我均是同气，何必嗔怒。”青蛇听罢，喝道:“此间乃我的仙府，你系方外野怪，何敢恃强占我花园。你若有法力，敢共我斗上三合么？”白蛇微笑道：“小青，你听吾言，你要与我斗法，我念你均系一体，亦不伤你性命，但赌法力，高者为主，卑者为婢，何如？”青蛇怒道：“你有多大本领，敢夸大言！”就将身边一口宝剑掣起，往白蛇脸上砍来。白蛇不慌不忙，把腰间双口宝剑拔起，劈面架住。斗不上数合，白蛇本事果然高强，不知口中念念什么，喝声“疾！”青蛇手中宝剑不知不觉早被他收过去了，只剩两手空空。青蛇大惊，慌忙跪下，口称：“娘娘，休要动手，小青愿作丫环服侍娘娘，乞饶一命。”白蛇笑道：“我不过略施小术，服你之心而已。既愿作婢，就罢了，岂肯害你的命。”青蛇大喜，遂向白蛇拜了四拜，口称：“娘娘在上，婢子小青叩见。”白蛇扶起，同进花园。自此，二妖栖宿在此园中，主婢称呼。正是：

同声相应同栖止，淡妆巧扮待情郎。

再表许汉文在王员外药店，员外爱惜他，如同父子。看看过了腊景残冬，又值春光明媚，时届清明佳节，桃李芳菲。汉文坐在店中，看那路上纷纷皆是要去祭扫坟茔。汉文不觉触动心怀，想道：自从父母弃世之后，蒙姐夫照顾，今已长成，从未曾到父母坟墓省视。今值清明，你看人人皆去祭扫坟茔，我不免禀过员外，明早前往父母坟上祭奠一番，稍尽人子之心。主意已定，即时入内，正值员外在厅闲坐，看见汉文进来，问道："贤侄进来有何事情？"汉文道："启上员外得知：小侄自幼失却父母，投靠姊夫家中，蒙姊夫抚诲成人。每念奉养既亏，祭奠又缺，兹值清明，小侄意欲明早往父母坟上祭奠，稍尽人子寸心，未知员外允否？"员外笑道："你要去祭扫父母坟茔，乃行孝之事，理所当然，我焉有不允之理？"汉文大喜，谢别员外，仍往店中料理药材去了。这员外就叫家人王端前去买办钱纸牲物，明早挑往墓上祭扫不提。

汉文这一去，有分教：

眼前平定，顿起风波。

要知后事，且听下文分解。

第二回

游西湖喜逢二美　配姑苏获罪三千

诗曰：

红粉青娥映楚云，巧思欲订凤凰群。

芝兰气结同心侣，一朝祸至叹鸾分。

再表汉文次日清晨起来，梳洗打扮停当，王端挑了祭物。临出门，员外叮咛："祭了就须回来，不可在外边耽搁。"汉文应声："晓得。"一直出门，王端挑担随后，望西关城外而来。到得墓所，王端将祭物排列，汉文跪下哭拜一番，祭奠已毕，将钱纸焚化，王端收拾祭物，二人一路回来。汉文心中忽想：此去西湖不远，乘此机会前去游玩一番，观看景致，岂不妙哉！遂对王端道："你将担先挑回去，我要顺道往姊夫家内探视姊姊，随后就来。"王端道："官人须当早回，免员外在家悬念。"汉文道："晓得。"王端将担先挑回去了。

汉文遂望西湖而来，走上一程，到得江边，搭船径到西湖。早见湖光荡漾，延阁重楼，画舫鳞集，雕槛朱窗，游人纷纷，来往不绝。汉文心中大喜，顾接不暇。正在观看之间，忽见二个女子在桥中闲观景概。汉文凝眸一看，不觉魂荡神飞。你道这二个女子生成如何，有诗为证：

敛雾低鬟体态娇，沉鱼落雁号细腰。

分明王嫱西施女，更胜江东大小乔。

二人主婢打扮，而主者姿容尤胜。汉文此时犹如向火狮子一般，软作一团，跟来跟去，求依不舍。看官，你道这二个女子是何等人家，原来就是仇王府花园内的青、白二蛇精。这日，也来湖中游玩，正是五百年前的缘债，相遇自然开离不得。二妖看见汉文丰神秀丽，度态生姿，亦斜波频顾，以目送情。两下里正在留恋之际，蓦然，乌云四合，风雨骤至，各自避雨分散了。

汉文心中难舍，想道：可爱两个娇娇，不知何处人家女子，可惜天公降下这场无情雨，不得跟他前去细问贯籍。如今天色将晚，不如渡过钱塘，到姊夫家中歇宿一夜，明早再来寻访便了。此时也顾不得王员外在家悬望，心头思，脚下走，不觉来到江边。看见一只小船泊住，就叫："船家，渡我过江，小生送钱与你买酒吃。"梢子见说，遂即将船摇到岸边，接了汉文上船。刚才开缆，忽听岸上有女子声音，唤声"搭船"。汉文举头一看，正是西湖桥上遇见的两个妖娇，心中狂喜，忙叫："船家，岸上有两个女人要来搭船，快快将船摇转，渡他过江，多趁些钱买酒也好。"梢子见说，带笑将船摇转，到得岸边。

小青扶了白氏下船，口称："小姐慢些。"白氏装出娇态，假意含羞坐在船边。小青看见汉文，微微含笑。汉文忍不住开言问道："姐姐，你们何方人氏，高姓尊名，今来搭船，要往何处？"小青微笑应道："奴家小姐，钱塘县人家，住双茶巷。先老爷在日，做过边关总制，单生小姐一人。老爷同夫人相继去世，因为清明佳节，同小姐上山祭奠老爷、夫人，回来顺路观看西湖佳景，却遇大雨，路上淤泥难行，因此特来搭船回家。请问相公仙乡何处，高姓大名，乞道其详？"汉文答道："小生亦是钱塘人氏，姓许名仙，字汉文。今年十七岁。父母弃世，只有胞姊一人，嫁与本县李家。蒙姐夫过爱，送在怀青巷王家药店安身，今日也来祭扫父母坟墓，顺便闲步西湖。不期天降大雨，路上难行，特来搭船，亦要回家。"

二人问答之间，不忽，船已抵岸，大家上得岸来，取钱与了船家。梢子称谢，收了钱，将船摇往柳荫树下泊住了。正是：

自家扫却门前雪，休管他人屋上霜。

汉文看见细雨霏霏，兀自未止。叫声："姐姐，小生带有雨伞一把，借与姐姐，遮小姐回府。"遂将伞递与小青。小青接过道："感谢相公。但是雨尚未晴，怎好教相公光头冒雨，将伞借我们遮回，我们过意不去。”汉文道：“小姐金莲短窄，行路艰难，我们男人行走快便，且此处离我姐夫家下不远，不妨。”小青道：“多蒙相公盛情，我们感佩不尽，但恐小婢明日送伞造府，相公不在，怎生是好。”汉文道：“姐姐不须送去，明日天晴，小生造潭[1]来取就是了。”小青喜道：“相公主意不差。”遂将住址细细说明，叫声“请了”，小青左手擎伞，右手扶了小姐，临行时又把秋波频盼几回。汉文的魂儿早已被他们先勾摄回去了，直望至二人去远，方始回头转身。

不表二妖回去，且说汉文心中着迷，一路踱到姊夫家中。许氏看见，问道：“贤弟今日怎得闲暇回来？”汉文道：“姊姊，弟因今日清明佳节，禀过员外，上山祭奠爹娘，顺路来家请安姊夫共姊姊。”许氏见说，喜道：“足见贤弟孝思，汝姊夫因衙内有事，清早出门去了，贤弟请坐。”忙到灶下烹煮酒菜出来，排在厅上，姊弟二人同饮，谈些细务，汉文并不提起遇见女子、搭船借伞之事。吃完，许氏收拾明白，打发汉文入房去睡。汉文倒在床中，思想二美，一夜翻来覆去，再睡不得，此话慢表。

再说二妖回转园中，白氏开言道：“小青，你看今日许郎看见你我，依依不舍，明日一定会来讨伞。我见他姿容翩翩，言词温存，是个情种，意欲与他结为夫妇。只是他家道清寒，无可动用，我们又无银两相赠，怎生是好。”小青道：“娘娘主见与小婢愚意相合。若要赠他银两，有何难事，娘娘神通广大，今夜作法，何患无可赠他。一来夸显我们殷富，方信娘娘宦家小姐，二来又他感激，岂不两全其美。”白氏见说，甚喜道：“小青言得有理，待我今夜作法便了。”

到得夜来，三更时分，白氏手执宝剑，踏罡步斗，口念真言，驱召五方小鬼。五鬼闻召，即刻齐到，跪下，口称：“娘娘有何法旨？”白氏指道：“命你五鬼今夜缴银一千两，违令治罪。”五鬼领命退去，大家商议，即去钱塘县库内偷出库银一千两，转来交与白氏。白氏收下，

---

[1] 造潭：造，到，往；潭，尊称他人府第。

遂令五鬼散去。二妖打点停当不提。正是：

准备雕弓射猛虎，安排香饵钓鳌鱼。

再说那夜汉文在他姊姊家中，一夜思忆二女，寝不安席。等不得天明，就爬起来梳洗明白，换一套新鲜衣裳，瞒却姊姊，一直出门，问到双茶巷。看见一个老儿立在巷口，汉文向前问道："尊伯，这里可是双茶巷么？"老儿应道："正是。"汉文道："请问尊伯，这巷内有个白总制的府，未知在哪里？"老儿道："老汉只晓得是双茶巷，不晓得白府。"说完，竟自去了。

汉文无奈，只得踱进巷来。举目一看，见一座大花园十分华丽，正在观看，忽见小青开门出来。汉文看是小青，满心欢喜，慌忙向前。叫声："姐姐，小生来了。"小青眼笑眉开，连忙叫声："相公请进。"汉文遂即跨进园门，小青引至聚香亭厅上，叫声："相公请坐，等小婢入内报与家小姐得知。"汉文道："姐姐休要惊动小姐，将伞取还，小生回去就是。"小青道："相公不知，昨晚家小姐吩咐小婢，相公今日若来取伞，命小婢报命，家小姐要亲身出来面谢相公哩。"汉文道："岂敢劳动小姐。"口里虽说，身已坐下，巴不得白氏早些出来，早见一刻也是好的。

小青进内，不一刻，忽闻一阵香风荡人腑肺，白氏轻移莲步步出厅堂，小青跟随在后。汉文看见，慌忙起身施礼，白氏回了万福。叫声："恩人请坐。昨日若无恩人贵伞相借，主婢几乎不得回家。"汉文道："小可之物，何劳小姐过奖。"言罢，叙礼坐定，小青捧出香茗吃了，汉文起身称谢，假意取伞要回。白氏道："难得恩人到此，岂有空腹轻回之理。家厨小酌，不嫌简亵，聊表寸心。"汉文逊谢道："过扰郇厨[1]，何以克当。"白氏道："岂敢。"

不一刻，小青排出佳品，珍肴杂错，筵席丰盛。白氏推逊汉文上座，自设一桌，侧边相陪，小青在旁伺候，殷勤置酒。三杯后，白氏开言，

[1] 郇厨：唐朝韦陟袭封郇国公，厨食奢靡，人称郇公厨。后以郇厨称盛宴。

叫声："恩人，先父白英官拜总制，先母柳氏诰命夫人，并无兄弟，单生奴家一人，取名珍娘。不幸双亲相继弃世，门无五尺[1]，奴家茕茕幼弱[2]，恐失身于匪类，日夜忧苦。昨因上山祭奠双亲，中途遇雨，蒙恩人慨然赠伞，足征盛德。倘恩人不嫌蓬门陋质，自荐为丑，意欲奉侍衣裳[3]，未知恩人肯俯就否？"汉文如得了一道赦诏一般，假意推让道："小姐香闺贵体，宦门芳姿，小生单寒下士，飘零书剑，怎敢与小姐缔结朱陈[4]。"白氏笑道："结亲若论贵贱，乃世态之见，奴家自幼颇精风鉴[5]，观君气宇，福泽正长，恩人不须推辞。"汉文道："既承小姐美情，怎奈小生四壁萧然，徒手难办，怎生是好？"白氏道："不妨。"就叫小青："你去房中金箱内取纹银二锭出来，赠与官人。"小青领命，入内翻身取出白银二锭，重一百两，放在桌上。白氏亲手赠与汉文说道："官人将此银带回，可作婚礼之费。"汉文喜不胜言，起身接过道："感谢小姐云天高情，小生回去央托姊夫、姊姊前来议亲便了。小姐暂别，后会有期。"白氏叮咛道："官人切不可负却奴家一片真心。"汉文发誓道："小生若有负心，天地不容！"白氏大喜，遂令小青送了汉文出去，不提。

不说二妖入去，且说汉文一路回来，满心欢喜，到得姊夫家中。却值公甫昨夜值班看库，失去库银一千两，被县官打了二十大板，着他缉拿正犯，若无，三日一比[6]。回来与许氏说知，夫妻二人正在纳闷。忽见汉文进来，脸映春风，面带喜色。许氏叫声："兄弟，你今早出门，在何处吃得面色红红回来哩？"汉文笑道："有一桩美事禀上姊夫并姊姊知情。因昨日上山祭墓回来，顺路闲步西湖玩景，忽然天降大雨，

---

[1] 五尺：本意指五尺之童，此为指门无男子。

[2] 茕茕：没有兄弟，或泛指孤单无靠。

[3] 奉侍衣裳：做妻子。

[4] 朱陈：古代徐州丰县有一村名朱陈，一村唯有两姓，世世为婚姻。后来用之称缔结婚姻之词。

[5] 风鉴：相术。

[6] 比：责打。

弟搭船回家，遇着两位女子，一主一婢，同来搭渡。弟细问其来由，船中丫环共弟说道，他们住居双茶巷，小姐姓白，今年十七岁，名唤珍娘，丫环名唤小青。及船到岸之时，雨尚未止，弟将伞借他们遮回。今早弟去讨伞，留弟小酌，更蒙小姐高情，不嫌贫素，欲与弟结配朱陈。弟辞以贫，他又赠弟银一百两，今特回来求姊夫、姊姊为弟主婚。”遂将银递与许氏，公甫夫妻大喜。

公甫接银细看，认得火号是钱塘县库银，心中暗想：库内失落银两，害我受责，天幸此银出现在此。就叫：“贤舅，这样亲事乃天送来，你且在家坐坐，待我去钱店兑换回来。”汉文道：“但凭姊夫主意便是。”

公甫将银袖在手中，一直跑往县堂，跪下禀道：“老爷，昨晚库内失落库银有着落了。”说完，即将两锭元宝呈上。知县接在手中一看，正是库银。就叫：“李升，这二锭银你在哪里寻出？贼在何处？”公甫禀道：“老爷，小役有个妻弟名唤许仙，从幼在小役家中。今早出门，不知他在哪里与两个女子订下亲事，那女子赠他此银，他拿回家叫小役为他兑换主婚。小役认得是库银，不敢隐匿，骗他在家坐等，特来禀闻。”知县见说，即时出票，差民壮四名，立拘汉文。民壮领命，如飞来到李家，蜂拥入来。汉文看见，不知何事，方欲起问，早被民壮将铁链挂项，锁拿出门，拿到县堂跪下。

知县看见汉文人品端庄，似非匪类，内中必有缘故。乃霁颜问道：“你便是许仙么？”汉文应道：“小的正是。”知县道：“你家住哪里？今年多少年纪？有父母兄弟么？曾婚娶否？此二锭银子哪里来的？本县台前从实供明，免受刑法。”汉文道：“老爷，小的家住本县，今年十七岁，父母去世，并无兄弟，只有胞姊嫁与李公甫为妻。小的自幼在姊夫家，蒙姊夫送在药店安身，并未娶妻。此银是朋友相赠，望老爷裁夺。”知县喝道：“胡说！朋友叫甚名字，招来！”汉文心中暗想，他是千金小姐，我若招出真情，岂不玷辱他的门风，宁我受责，岂可害他。叫道：“青天爷爷，这朋友是外方人，姓名小的忘记了。”知县见说，不觉发怒，全筒掷下，两旁呐喊，将汉文拖翻在地，迎风重责四十黄荆。可怜汉文嫩白肥肤，打得两腿鲜血淋漓，失去知觉，半晌方苏。眼中流泪，叫声："老爷，冤枉小人。"知县骂道："死奴！现有人出首在此，汝尚敢抵赖么？"汉文见说有人出首，心内惊慌，叫声："老爷，小人实遭冤枉！谁人出首？"知县便令公甫出来对证。

公甫出来，叫声："妻舅，你现亲口对我说，白家小姐赠你此银订约婚姻，此银是你交我，要我主婚。因库内失落库银，是我看库，老爷责我追缉，若无，三日一比。我认得此二锭是库银，无奈出首，非我无义，责比难当。我今劝你早认罢，免受刑罚。"

汉文被公甫硬证，面惊如土。心中想道：小姐，非是小生无义，怕死贪生，怎奈姐夫作证，有口难瞒，无奈只得招了。遂将祭墓在西湖遇见小姐，及搭船借伞，到家赠银结亲一段缘由细细供明。知县吩咐书吏录供，就叫："许仙，本县库中失了银一千两，应该廿锭，只此二锭，更有十八锭存在何处？"汉文道："他只有赠小人二锭，其余十八锭，小人实不知情。"知县道："既然如此，本县差人同你去拿此二女，追出余银，免你的罪。"遂即出票，差民壮八名，同许仙去拿二女。民壮领命，如飞出衙，不提。

再表白氏自赠银与汉文去后，放心不下，点指一算，叫声："不好了！"小青问道："娘娘何事？"白氏道："我们不该赠许郎的银。此银乃钱塘县库银，他姊夫现当县役，若见此银，许郎必定有祸，你快去打听一遭。"

小青领命，即刻驾云起在空中，果见汉文在县堂受刑，被公甫作证，招出实情，又见知县差人来拿。小青大惊，急转云头来见白氏，细细说明。白氏听罢，沉吟半晌，道："小青，我们暂且避他，库银留下与了他们，免害许郎再受刑楚。"小青道："娘娘主意不差。"

不表二妖躲避，且说差人到了双茶巷，打进花园，各处搜寻，渺无人影，只见十八锭库银放在亭下。问了地方邻右，都说此是王府空园，无人居住，园内常有妖怪出现，无人敢进。差人只得取了银子，带转汉文到堂上跪下，禀道："小的们到仇王府花园拿获女子，并无踪迹，只有十八锭库银在亭下。”遂将银呈上。知县将银收入库内，就叫汉文上前道：“若论偷盗库银，罪应拟斩，姑念你年幼，被妖所害，本县从轻拟你徒罪，发配苏州胥江驵。”便叫：“李升，你带他回去家里，听候本县办文。”

公甫领命，将汉文领回家中，许氏接着，眼泪纷纷。叫声：“兄弟，父母生你一身，今被妖精所害，幸亏姊夫认得库银，前去出首，不然，若被他迷去，性命难保。但愿你一路平安，三年转回。”

二人正是悲伤，王员外闻知走来看视，汉文看见王员外更加悲痛。员外也流泪道：“贤侄，老汉不料你有这场祸事，也是你命该如此。老汉几两薄意送你，路上费用。苏州我有个结义兄弟姓吴，名人杰，他在吴家巷也开药材店，我今修书一封与你带去，他见我书，自能照顾你。”汉文道：“深感员外大恩，没齿不忘。”员外遂写书一封付与汉文，相辞去了。

不一日，上司发下牌文，限三日内起身，知县当堂发批，差长解二名押解。长解领文来到李家，兄弟抱头又大哭一场。公甫送了解役行仪，汉文无奈，只得同解役出门，公甫送出城外十里亭方别。

这一去有分教：

方离虎窟，又陷狐巢。

要知后事，且看下文分解。

第三回

吴员外见书保友　白珍娘旅店成亲

诗曰：

为妖犯罪又逢妖，夙世姻缘命里召。

鼓合瑟琴齐唱和，营谋兴利喜逍遥。

话说汉文同解役起身往苏州府而来，路上饥餐渴饮，夜宿朝行，不则一日，到了苏州。解役将文投进吴县，知县接了文书，将汉文发在胥江驲，遂发批回与解役回转浙江，不表。

这汉文到了驲中，参见驲丞，安歇一夜。明早起来，便秤银一两送与驲丞作茶仪，驲丞得了意思，心中欢喜，便不十分拘束。汉文遂取了王员外的书，出门问到吴家巷吴员外药店，将书递进。员外拆开看了，就请汉文入内，分宾主坐定。员外开言叫声："仙官，既然凤山义弟有书到，教老汉照顾，自当照书中所言而行。"汉文起身称谢。员外留住便饭，汉文不敢推辞，座中员外细问始末情由，汉文一一备陈，员外不胜浩叹。

席罢，员外进内取了白银十两，同汉文来到驲中，见过驲丞。员外道："不瞒得尊官，此位许仙官，乃是小老的表亲，小老怜他稚年犯罪，欲求尊官除名，与小老领回，些微薄意，望为笑纳。"说罢，遂将袖里银子递出，送与驲丞。驲丞接过，深心欢喜，忙点头应承。员外写了保状一纸，递与驲丞，就将汉文领回。自此，汉文在员外药店安身，依旧学习药道，不在话下。

再表二妖当日用法避开，及至差人去后，方始回转园中。白氏开言叫声："小青，我们共许郎结下亲事，因念他清贫，是我一时失于检点，将库银赠他，害他受了一场官司。今又问罪姑苏，天南地北，我们终身大事岂不丢开去了。”小青道:“娘娘何须挂意，既然许郎发配姑苏，我们再到别处，怕没有俊秀郎君。”白氏道:“小青，你有所不知，非是别处没有俊秀郎君，一来我受他大恩未报，二来既与他订盟，岂有再忽别人之理。且他受罪外方，亦是被我们所害，我今意欲同你前去寻他。你可先去打听，看许郎现在苏州何处，回报我知。”小青领命，遂即驾云到姑苏，打听明白，拨转云头，不一刻到了花园。叫声:“娘娘恭喜！小婢奉命到姑苏打听许郎消息，现在阊门内吴家巷吴人杰员外药店管理数项，如今我们同去寻他，岂不美哉！”白氏见说，大喜。

二妖即时驾起妖云，不片刻光景，早到姑苏。僻静处落下云头，二人来到吴家巷，看见汉文坐在店中。小青向前叫道:“许官人。”汉文抬头一看，看是白氏、小青，心内又惊又怒，骂道:“妖精！我前世与你无冤，今世无仇，害我官堂受刑，问罪到此。今你二个又来此处寻我作甚！”二妖被骂，满脸通红。白氏开言叫声:“官人，只为当初错许了你，义无更改，因念结发之情，千里路途，间关到此，谁知官人无情，反来喝骂奴家。若是妖精，天下怕没有美貌郎君，何苦特地前来寻你！”旁边之人听见，皆说汉文无情。

里面员外听见店前人声喧嚷，忙走出来，看见二个美貌女子在店前与汉文争论。遂即向前叫道:“娘子，请进里面，有话共老汉说明，何必在路中争言不雅。”白氏见说，忙同小青进入厅内，口称“万福”，员外还礼，便叫院君[1]出来相陪，叙礼坐定。员外问道:“娘子贵居何处？高姓尊名？令尊令堂在否？与仙官何亲？今来敝店何事与他争论？望乞道个详细。”白氏流泪道:“员外、院君在上，听奴细陈:奴家浙江杭州府钱塘县人，先父白英官拜总制，先母柳氏诰命夫人，并无兄弟，单生奴家一人，取名珍娘，今年十七岁，丫环小青。奴家命蹇，双亲相继去世，强近之亲既无，应门五尺又乏。因为清明，奴同小青上山祭奠先父、先母坟茔，遇雨，同许郎搭船，蒙他借伞遮回。

[1] 院君：有地位的夫人，此处称员外的妻子。

隔日他来取伞，是奴留他便席，座中细询他家谱世系，自恨女流，胸无见识，比时与他订结朱陈，他姐夫李公甫主婚。奴家因为怜他清寒，不合赠他纹银二锭以作婚费，因先父在日掌理风宪[1]，遗下钱粮银锭，不知县库失盗，他姊夫冒认出首，屈打成招。知县出票要拿奴家，多蒙邻右报知，主婢二人无奈，躲避别家。县官捉拿无人，将他问罪此处。奴因名节为重，誓无他适，主婢千里跋涉到此，只望夫妇团圆。不料许郎薄幸，不肯相认，反疑奴家是妖是怪。罢了！他既不肯相认，奴亦无颜回乡，不如自尽归阴。”遂立身起来，望阶下触去。员外、院君看见，惊得魂飞魄散，院君忙向前抱住。员外劝道：“小姐不须轻生，此段事在老汉身上，包管你夫妻和谐。”就命院君请小姐并丫环进内安息。

员外踱出店来，便叫汉文上前劝道：“你休怪认了他，他是千金贵体，为你跋涉至此，”就将白氏的话一一述与汉文听道。汉文见说，半信半疑，想道：他若果是妖怪，怕道别处没有俊秀之人，千里路途为我到此，必是夙缘。况兼本慕白氏姿容，心下已有几分动火。员外见汉文不语，不觉怒道：“你这般无情！自家夫妇尚且如此，何况交情。我今店内用你不着，从此绝交罢！”汉文忙道：“员外不须怒气，小子从命就是了。”员外见允，回嗔作喜，叫声：“仙官，老汉劝你亦是好意爱你，夫妻和合，难道与老汉有什么相干？”

员外遂即另寻一座房屋，拨下家器拾物过去，择了黄道吉日，院君吉服亲送白氏过来。二人拜堂后，同入香房，当晚成亲，恩爱异常。有诗作证：

携手相邀入锦闱，罗衣羞解似梅妃。
君须怜惜未经惯，露滴牡丹魂欲飞。

三朝已毕，过来拜谢员外和院君，自此夫妻朝朝寒食，夜夜元宵，连小青亦有分润春光，不在话下。

---

[1] 风宪：风纪、法度。这里指做官。

再说吴员外一日因店中无事，心内忽想：我劝许仙夫妻和合，亦算是一场美事，如今他一家三人，不比从前孤身，必须代他周全到尾，方免他将来受饥寒之苦。主意已定，遂起身出店，来到汉文家中。汉文接到厅上叙坐，员外开言叫声："仙官贤侄，我因今日无事，代你打算：你今一家三口，不比从前，若不寻些主理，日间费用从何得来。古道：'家有千串，不如日进一文。'我替你思量，别样生理难以趁钱，唯有药材一道，是你熟路，就此处开一间小可药店，亦可度用。若缺少本钱，老汉自当解囊以助。"汉文喜道："屡荷员外生成大德，小子将何以报。"员外道："不过尽我一点心而已，何必言报。"说完，起身相辞去了。汉文送出门外，翻身进内，共白氏说知，夫妻二人欢悦不表，一夜无词。

次日，清晨起来，员外差人送一百两银过来，汉文欢喜，忙即收入交与白氏。就将门首改造停当，拣个黄道吉日开张药店起来，牌名"保安堂"。雇了一个雇工，名唤陶仁，在店相帮。不觉开近一月光景，全无生意。汉文心焦，入来对白氏道："贤妻，我们开店将近一月，生意冷淡，将若之何？"白氏道："官人不必忧心。妾自幼随先父在总制衙门，那日偶在花园游玩，忽然空中降下黎山老母，言妾有仙家缘分，命妾拜他为师，传妾法术，能知过去未来之事，驱妖除怪，兼能医治百病。官人明日立出医牌，若有人来请，其病症妾已先知，包管手到病除，怕没钱可费用！"汉文见说，喜道："难得贤妻手法精高，愚夫何幸，获此贤助。"一宿晚景。

次日，汉文立出医牌，上写道：儒医许汉文精治大小诸症。招牌挂出旬余，又无半个上门。汉文无奈，又与白氏相商。白氏道："官人，妾夜观天象，目下此处有一场瘟疫，待妾炼制救瘟丹，每粒卖银三分，应效如神，必有人来买。"汉文大喜，吃罢夜饭，入房先寝，不提。

是夜，白氏叫过小青吩咐道："你今夜驾云往各处，不论池井，布下毒气，与人吸引，我炼丹以待。"小青领命，到了三更时候，驾起云头，前去各处水面施布毒气，回来不表。

明日清晨，各处人家汲水炊爨，饮着毒气，不数日之间，果然城厢内外疫症大行，十家病倒九家。汉文将救瘟丹牌挂出店前，病家闻知，买得一粒回去与病人吃，即时病愈离床。不觉一传两，两传三，家家户户都道许家药丸神效，尽来求买，店前拥挤不开，每粒卖银三分，不数日之间，药丸卖得精光，病人尽皆痊愈。汉文收获大利，称赞白氏不止，自此汉文药店驰名不表。

时值四月朔日，乃是吕祖先师圣诞，各家男妇，齐去庙内烧香。这日，汉文带四两银，要去吴家买换药料，打从吕祖庙前经过，看见人众纷纷都入庙中烧香，想道：我从这里过，不免也入去随游一番，多少是好。主意已定，遂将身跨进庙来。

这一去有分教：

强中见强，法高更高。

要知后事，且听下文分解。

第四回

白珍娘吕庙斗法　许汉文惊蛇殒命

诗曰：

蓬莱奇岛别有仙，燕语莺声画堂前。

却为多杯露素质，惊断郎体上罗天。

且说吕祖庙内新来了茅山一位道人，法号陆一真人，道术精高，能驱妖治怪，遣鬼役神。云游到此，在这大殿上施舍丹药，普济众生。这日，汉文随众入庙，到得殿上，真人猛抬头，看见汉文入来，面带妖气，遂请他到静室中坐下。问道："居士何方人氏？高姓大名？宝眷几人？为何脸上带有妖气？乞道其详。"汉文看见这个道人仙风道骨，状貌清奇，不觉悚然起敬。叫声："法师，小生家住本处，姓许名仙，字汉文，妻子白氏，使女小青，一家三人。小生若有逢犯妖魔，万望法师怜悯，救小生则个。"遂跪将下去。真人扶起道："居士请起，既然要贫道救你，这也不难。"遂起身向盒中取出灵符三道，对汉文道："贫道这三道符，付你带去，切不可与你妻小知道。到今夜三更时候，一道贴在门楣上，一道在灶前烧化，一道带在身上，依我法度而行，妖精便不敢害你。贫道今夜在庙内踏罡步斗，遣令神将拿住妖精，押赴酆都，救你性命。谨记吾言，请了。"汉文感谢不尽，接过灵符，将要兑买药材的四两银子送与真人。真人笑道："我为除妖救命起见，岂要你的银子。"汉文道："此不过聊表小生薄意，法师不收，小生不敢领符。"真人见他意恳，只得收下，送了汉文出庙。

不说真人入去，汉文回来，如今且说白氏在家，心血忽然来潮，按指一算，已先知道。就对小青道："官人被茅山野道所愚，现在带符回来，要害我们。官人入门，你须如此如此，何怕他的灵符。"小青点头领会。不一刻，汉文回来，进内见了白氏，果然并无提起此事。白氏问道:“官人今早去吴家买药，因何迟缓至今才回？”汉文调谎道:“因被员外留住小酌，是以不得就回。”二人问答之间，只见小青捧茶入来，叫声：“官人吃茶。”汉文伸手来接，不觉将符露出，已被小青看见，就叫:“相公手里什么东西？”汉文忙道:“是药方。”小青道:“是何药方？乞小婢观看则个。”汉文道:“你们女流之辈，晓得什么药方。”小青料他不肯挪出，用手一夺，汉文不觉被他夺去，慌忙来抢，早被小青扯得粉碎。白氏假意骂道:“你这大胆贱婢，相公药方，怎敢扯碎。”小青道：“小姐，不是药方，乃是情诗，戏弄小婢的。”白氏笑道：“小青不须瞒我，我已知是吕祖庙内茅山妖道的歪符，官人被他所愚，要治什么妖精，又被他骗银四两。明早待我到庙与妖道理论，并取讨银子。”汉文被白氏道破，吓得默默无言，一夜闷闷无词。

到得天明，白氏梳洗已毕，叫声：“官人，同妾去见妖道取讨银子回来。”汉文无奈，只得同他出门，小青跟随在后，令陶仁看守门户。一程来到吕祖庙中，看见真人正在殿上，白氏开言问道：“陆一真人就是你么？”真人道:“然也。”白氏骂道:“你这妖道是何方光棍，敢来此处骗我丈夫银两，好好献出便罢，如敢半个不字，想你难逃残生。”真人喝道：“你这孽畜，妄逞妖术，迷惑许仙。我劝汝趁早收心回穴，万事全休，不然恐怕汝现原形，悔时晚矣。”白氏大怒，骂道:“野道！你叫我是妖怪，我试问汝有何法术显来？娘娘与汝见个高低！”

真人见说，心中大怒，脚踏罡斗，口念真言，瓶中吸口净水喷在空中，霎时天乌地暗，雷雨交加。白氏看见，微笑道：“此乃小术，何足道哉！”遂念咒语，手指半空喝声道：“疾！”即刻云收雨散，太阳当空。真人见他破了法，就将腰间宝剑拔起，掣在空中，只见万道霞光闪闪望白氏头上罩来。白氏看见，遂向身边取出一帕，名为乾坤帕，罩在自己头上，宝剑不能落来，只在半空旋舞。白氏遂即念动真言，手指宝剑，喝声：“落！”宝剑遂落在尘埃，被白氏收去了。随喝声：“黄巾力士何在？快将妖道提吊空中。”喝声未了，空中来了黄巾力士，遂把真人吊在空中。白氏喝令力士将真人拷打，真人被打，无奈何哀求道："贫道不知娘娘法力高强，无知冒犯，望祈慈悲，饶恕贫道一命，以后再不敢冒犯了。"白氏笑道："野道！我乃黎山老母徒弟，奉师命下山，汝敢乱道我是妖怪，速将银两送出，便饶你命。"真人忙道:"银两现在房中，丝毫未动。"白氏见他哀求恳切，笑道:"我今饶汝这次，速速收拾，前往他方，若仍在此鼓言惑众，狗命难逃！"说罢，喝退了力士，将真人放下地来。真人满面惭羞，进房取出银两，送还白氏，遂即收拾回山，访师报仇，此是后话不表。

这壁厢白氏取了银子，看的人尽皆称羡，夫妻二人十分得意。回到家中，汉文即令小青治酒，排在房中，与白氏同饮。席中称赞贤妻，愈加恩爱，当晚尽欢，汉文不胜酒力，遂先寝。

是夜，小青对白氏道："娘娘，明日乃端午佳节，家家户户皆要买用雄黄酒。俗言道:'蛇见雄黄酒，犹如鬼见阎王。'小婢若闻此味，腹中疼痛如刀割一般，倘若露出原形，被相公看见，怎生是好。小婢细思起来，不若明早瞒过相公，同娘娘暂往别处，避过了午时再来，未知娘娘意中若何？"白氏道："小青，我修道年久，岂怕雄黄，你根基浅薄，是以惧怕。我有一策在此：今夜你诈装得病，明日睡倒床中，将被遮罩在身，若现原形，亦在被内。过了午时，神不知，鬼不觉，瞒过了相公就是了。"小青领命，即去装病，不提。

到得明日清晨，大家起来，单单不见小青。汉文问白氏道:"贤妻，今日乃是端阳佳节，小青因何至今并未起来？"白氏道："官人不知，小青昨夜身上得病，因此不能起来。"汉文见说，即去后房床前问道:"小青，你昨晚身体安好，因何得病起来？"小青故意发汗道："小婢昨夜身上打冷，因此得病，现甚畏风，相公可将房门为我掩上。"汉文见说，闷闷不悦，遂将房门带上。踱出店前，吩咐陶仁治办酒席，店中伙计的席排在店内，另治一席排在房中，与白氏对酌，同庆端阳。汉文道："贤妻，今日端阳佳节，愚夫特办雄黄酒一席，与贤妻避邪解毒，同赏佳节。"白氏道:"相公，妾自幼点滴不能，官人自饮几杯，消愁解毒，妾陪坐侍饮何如？”汉文举杯屡劝，白氏哪里敢饮，只是推却。汉文不悦道：“贤妻，愚夫再三奉劝，就不饮多，也该饮少，领我心意也好。”白氏见丈夫不乐，无奈接杯在手，启口轻轻一点，不料被汉文用手一推，一杯雄黄酒尽情灌入腹中。白氏大惊，微觉肚中疼痛起来。无奈，心生一计，说道：“妾被官人灌这杯酒，现在目暗头眩，难陪官人，要去睡倒片时。官人可出去观看竞斗龙舟，消遣心目何如？”汉文道：“既然如此，贤妻请安歇便了。”遂即掩上房门，出去看斗龙舟去了。这白氏被汉文灌这杯雄黄酒，倒在床上，腹内雷火发烧，心肝五脏如刀剜割一般，直挺挺倒在床中，霎时现了原形出来。

这汉文在江边观看龙舟，自觉心神不宁，想道：小姐醉酒，小青偏又得病，倘要茶汤，何人答应，不如回去罢。遂取路回家，进房来望白氏，掀开罗帐，不看犹可，看时，只见床上一条巨蟒，头似巴斗，眼如铜铃，口张血盆，舌吐腥气，惊得神魂飘荡，大叫一声，跌倒在地。眼见得：

气塞胸膛归地府，魂飞魄散丧残生。

未知汉文性命如何，且听下文分解。

第五回

冒百险瑶池盗丹　决双胎府堂议症

诗曰：

堪叹娇娘计百端，生心思欲上金銮。

罗浮有梦情空寄，聊向人间种玉盘。

且说汉文回来，入房来望白氏，开帐看见床上一条白蛇，惊死在地。此时午时过了，小青已复人形，听见前房惊叫，慌忙起来，步出前房，看见汉文死在地上，床中白氏露现原形，唬得面如土色。高叫："娘娘，快复原形，相公被你惊死，紧些醒来！"白氏魂梦之中，听得此话，翻身复了原形。爬起来看见汉文死在地上，不觉大放悲声，走来抱住汉文身子哭道："妾被官人强灌黄酒，腹如刀割，难顾身体，梦中现出原形，不知官人进房，被妾惊死，是妾害了官人性命。"说罢，哭不住口。小青含泪劝道："娘娘，相公既死，不能复生，哭也无益，不如将他吞咽便了，同娘娘别往他方，怕无可意才郎。"白氏怒道："小青，汝说哪里话，既与官人结为夫妇，岂忍用此心肠，况我是修道节女，焉肯再事他人。官人是我害他，必须设法救他还生。"小青道："娘娘真呆了！人死魂魄归阴，有何法术救得复活。"白氏道："小青有所不知，我今要救官人复生，须当舍命上瑶池偷取仙丹。汝替我照顾官人身体，不可离开。"小青劝道："娘娘，瑶池乃圣母金阙，娘娘你要去偷盗仙丹，徒取亡身之祸。"白氏叹道："要救官人性命，没奈何去走一遭，倘若偷丹不得，就死在瑶池，我也甘心。"说罢，遂打扮作道姑模样，驾起云头，竟到瑶池仙境。看见白猿童子在洞口坐着，白氏不能进洞，无奈向前打个稽首，叫声："师兄请了。妾非别人，乃是黎山老母徒弟白珍娘是也。奉师命下山，与许仙完却前缘，现因许仙得病，危急沉重，无药可救，今将垂毙，不得已特来哀求圣母娘娘，恳赐仙丹一粒，以救夫命。敢劳师兄进内通报一声，感恩不浅。”

白猿童子睁开慧眼，看见白氏满身妖气，喝道：“何方孽畜！大胆敢到仙山，若是黎山老母徒弟，为何满脸妖气。现今老母在洞同圣母说法，我今拿你进洞辨个真假。”说罢，遂即向前要拿白氏。白氏大惊，暗想道：若被他拿进洞去，性命决然难保。遂即喷出一粒宝珠，向童子面门打来。童子不曾提防，被宝珠打中鼻梁，流出鲜血，叫声：“哎呀！”负痛走进洞去了。白氏收了宝珠，恐怕圣母降罪，驾云要走，已无及了。

这童子走入洞来，圣母看见问道：“你为何鼻梁流血？”童子跪下禀道：“洞外有个妖精，口称黎山老母徒弟，说他丈夫患病，要来求圣母仙丹救他丈夫。弟子不允，反吐毒珠打中弟子鼻梁，望圣母做主。”圣母见说，怒气冲冲，驾上沉香辇，带了童子出得洞来。看见白蛇驾云逃走，圣母喝道：“孽畜，走哪里去！”即布起天罗地网。白氏要走，亦走无路了，早被天罗收在里面，现出原形。

圣母手执斩妖剑，正要行刑，只见正南上一朵彩云如飞而至，叫声：“刀下留人！”圣母举目一看，乃是观音菩萨，遂即收住宝剑，起身相迎。问道：“菩萨何来？”菩萨笑道：“贫道到此非为别事，因这白蛇与许仙有夙缘之分，日后文曲星官应投在他腹中转世，俟他弥月之日，自有人来收他压在雷峰塔下，应他前日对真武大帝发誓之言，待文星成名之后，得了敕封，方成正果。此时却不可伤他性命，望圣母宽恕。”圣母道：“菩萨，若论他上山偷丹，复敢打伤童子，斩罪难免。既是有这段根缘在后，自当遵命，饶他便了。”圣母即拂退了天罗地网，放出白蛇。

白氏依旧复了原形，向前跪下叩谢圣母不杀之恩，转身拜谢菩萨救生之德。菩萨道：“孽畜，此处仙丹汝休妄想，我今指点汝一处去求。汝可去紫薇山南极宫南极仙翁处，去求仙草一枝，可救汝夫之命。”说罢，菩萨起身辞了圣母，驾云回了南海去了。圣母送了菩萨起身，亦上辇回归洞府，不提。

这白氏见菩萨同圣母去了，连忙纵起云头，来到紫薇山南极宫。但见宫府盘郁，瑞气氤氲，夸不尽的奇花异草，道不了的珍果佳禽。白氏无心观玩，忙到宫前，看见守鹿童子在宫门前游玩。白氏向前施礼道:“仙童在上，烦乞通报仙翁一声:贱妾白珍娘，因夫许仙病症危重，无药可救，蒙观音菩萨指示前来，恳求仙翁乞赐仙草一枝，救夫微命。望仙童慈悲，为妾转报，感恩不浅。”鹿童听他言语凄惨，兼是观音菩萨指点他来，遂说道：“姑看菩萨金面，代汝通报便了。”白氏连声称谢。鹿童转身入内，到蒲团边跪下，禀道：“师爷，宫外有个女人自称白珍娘，道他丈夫许仙得病危急，南海菩萨指点他来，要求师爷仙草，现在宫外，弟子不敢擅便，特来禀上，未知师爷钧意若何？”仙翁道:“我已知道了。此妖尘缘未断，业债未满，与许仙有夙缘之分，将来文星要投他腹中转世。既是菩萨指点他来，你可去云房里面取回生草一枝与他罢。”鹿童领命起来，即到云房里头取了一枝仙草。步出宫门，叫声：“白氏，仙翁有命，赐汝回生仙草一枝。”白氏慌忙跪下叩谢，起来接了仙草，鹿童转身回宫复命去了。这白氏得了回生仙草，满心欢喜，急驾起风云，如飞回来救夫。谁料，照命难星又到了。正是:

劝君慢把喜颜展，目下灾殃又重来。

看官，你道这难星为谁？原来南极仙翁驾下还有一位白鹤童子，这日因内无事，在外云游消遣。忽见一块乌云滚滚而来，带些腥浊之气，鹤童在云中定睛一看，知是妖精，即刻驾云赶上，叫声：“孽畜，哪里走！”白氏听见鹤童的声音，魂魄早已飘散，从空中跌将下来，死在山下。鹤童飞身下来，张开目嘴，正待要啄。不意空中来了白莺仙童，将鹤童拦住。叫声：“师兄，不可伤他的命，是这孽畜应有此厄。弟奉南海佛祖佛旨而来，恐怕师兄不知运数，害了他命，是以命弟前来此处相等，望师兄慈悲，依数而行，饶他去吧。”鹤童道:“弟疾妖如仇，师兄既奉佛旨而来，弟自当遵命，饶他便了。”莺童称谢，鹤童辞了莺童，自回南极宫去了。

莺童近前，看见白氏已死，遂即念动起死回生真咒，对着白氏脸上吹口仙气，白氏遂即还魂醒来，慌忙跪下叩谢莺童救命之恩。莺童道："白氏，吾奉佛旨而来救你性命，汝今作速回去，去救你夫性命要紧。"说罢，遂驾起祥云回南海复旨去了。

这白氏拾起仙草，急急纵起云头，不一刻落到家里。叫声："小青，仙草在此，你快些取去煎汤，来救官人。"小青接过仙草，问道："娘娘，此草是瑶池来的么？为么去得许久？"白氏叹道："小青，我为求得这根仙草，险些断送残生！我到瑶池偷丹，遇着白猿童子守洞，不得进去。我只得对他说明，他要拿我进洞去见圣母。无奈吐出宝珠，打伤童子，被圣母布起罗网，祭剑要斩。幸蒙观音菩萨到来，求过圣母，救我性命。又蒙菩萨指点我去紫薇山南极仙翁处求回生仙草，我只得又去南极宫。蒙仙翁慈悲，赐下仙草。叩谢回来，中途又遇白鹤童子，被他赶叫一声，我即跌死山下。鹤童飞下要啄我身，亏得白莺童子奉南海佛旨而来，拦住鹤童，救我性命。若无莺童吹我仙气，焉能还生。可怜我舍万死一生，方得此草，你快去小心煎好，来救官人回阳。"

小青听罢，沉吟不语，立在旁边。白氏大怒，骂道："死贱婢！我为官人，一人不顾生死，舍命求得此草，命汝快去煎汤来救他命，为何迟延不去。亏汝好狠心肠！"小青道："娘娘有所不知，非是小婢狠心不去煎汤，因你饮黄酒露出原形，致相公看见惊死，今若将草煎汤，救他复生，他一定说我们是妖精，许时凭你满身都是口也难洗清，与他无辨了。因此迟延，未敢去煎。娘娘须先寻一妙法，瞒过相公方好。"白氏被小青这一段话说得默默无言，低头一想，叫声："小青，我有计了。"遂向箱内取出一条白绫帕在手，口中默念咒语，吹一口气在帕上，叫声："变！"将白绫帕变作一条白巨蛇，遂取了壁上挂的一口宝剑，将变的白蛇斩作数段，丢在庭中。小青看见大喜，赞声："娘娘果然法力高强，如此瞒得相公过了。"连忙取了仙草，翻身出房。不一刻，汤已煎好，捧进房来。白氏抱起汉文，将口掀开，小青将汤灌下腹去。顷刻，入命门，透丹田，贯泥丸宫，不觉遍身骨节舒动。

未有半日光景，汉文早已还魂醒来。叫声：“吓呀好睡！”翻身起来，看见白氏坐在床沿，小青立在旁边。开声骂道：“原来你们是个蛇精，来此缠我。我一向被你瞒过，今我看明，被你惊坏。幸我祖宗有灵，命未该死，复得还魂。你们早早远去，不必再来害我，不然一剑除了你们！”白氏被骂，满脸泪珠纷纷，啼不住口。小青上前叫声：“相公，你真薄幸！因你出门观斗龙舟，小姐酒醒，进入后房看视小婢的病，不知何处来了一条白蛇，飞在床上。小姐在里面听得前房相公叫声，慌忙出来，看见相公倒在地上，床内抢出蛇精要害相公身体。小姐惊慌无措，急掣宝剑将妖蛇斩作数段，丢在天井，救了相公。因见相公被妖蛇惊死，又去黎山老母师父处求得回生仙草来，煎汤与相公吃，救了相公还魂。今相公恩将仇报，反骂小姐是妖是怪，相公若不信，可到天井内去看便明白了。”

汉文听罢，想道：小青言得有理，我到天井一看真假便分明了。遂即起身要出，白氏扯住汉文的手袖，叫声：“官人，你身体初愈，外边风大，不可出去。”汉文想道：小青叫我去看，白氏扯住不放，明明是二人用计骗我一人。随把白氏推开，走出房门，来到天井一看，果然庭下一条白蛇斩作数段，鲜血满地。汉文心下释然，回转房内，到白氏身边赔笑道：“贤妻息怒，愚夫不知贤妻如此苦心，救了愚夫性命，错怪了你，望贤妻恕罪。如今须将此蛇埋掩才好。”白氏笑道：“官人若不疑妾身是妖怪就好了，何罪之有。”即命小青将假蛇拿到后边空地烧埋了。

小青烧埋了假蛇，还身回入房内。白氏故意流泪道：“小青，我受千辛万苦，师傅处拜求仙草，救活相公，只望夫妻和谐到老，谁知相公薄情，不念我的苦心，反疑我是妖怪。细思起来，总是前生不修致此今生被人轻疑，我今要削发空门，祝修来世去了。”汉文听见大惊，叫声：“贤妻，愚夫不知错冒，望贤妻念结发之情，乞赐包涵，切勿提起此话。”白氏道：“官人，妾身乃是妖怪，不如听妾出家，免害官人金身。”汉文道：“贤妻何必出此言，总是愚夫言词得罪，不免待愚夫赔个不是。”说罢，双膝跪将下去。白氏看见，也慌忙跪下去道：“官人请起。男子膝下黄金，不要折杀了妾身，此是妾多言之过，望官人海量勿罪。”汉文大喜，扶了白氏起来。正是：

得他心目转，是我运通时。

自此，夫妻二人依旧和好，小青暗地含笑不提。

且说这苏州知府姓陈名伦，字俊卿，科举出身，生平居官清正，爱惜子民。因夫人吴氏身怀六甲，临盆，腹痛三日夜不能分娩，通城医生尽皆请到，均道无法可治。府尊惊慌，无措无奈，闷坐花厅，因精神困倦，不觉覆在桌上朣朦[1]睡去。梦见一人身穿白衣，手执尘尾，叫声：“陈知府，吾乃观音菩萨是也，念你平昔为官清廉，今你妻吴氏临盆，不能分娩，吾特来指点你：你可差人前去吴家巷保安堂药店聘请名医许汉文，他能医此症，谨记在心，吾去也。”遂驾一朵彩云望空而去。府尊一觉醒来，暗想：我方才睡去，多蒙菩萨前来托梦，指点我去请许汉文，此人谅必能医。即时出衙不表。

看官，你道这托梦菩萨是真的么？原来就是白氏。他知道夫人临盆难产，瞒却汉文，变个菩萨模样去衙内托梦知府，叫他来请。这里长班到门，白氏早已回家几时了。

长班来到店前，将帖投进，说明来由，陶仁接帖入内报与汉文。汉文听罢大惊，对白氏道：“贤妻，府尊差人执帖要请我去医夫人产症，但我只知药性，不晓脉理，况他是知府的夫人，不比平常小户，万一错用了药，性命决然难保，将若之何？”白氏笑道：“官人不必忧心，妾身已知夫人腹内乃是双胎，故此生产艰难。妾已预制药丸二粒，官人可带去，包管药下胎生，并可得一桩大大谢礼。”遂令小青去箱内取出药丸二粒，递与汉文。汉文喜道：“我妻果然神机妙用，劝我不逮。”遂即袖了药丸，就同长班出门来到府衙。

长班进衙通报，府尊闻知，出堂接入花厅坐下。茶罢，汉文道：

[1] 朣朦：不明亮的样子。

“未知大老爷呼召小人端得何人贵恙？”府尊道：“先生，现因夫人临盆，腹痛三日夜不能分娩。久闻先生大名，是以特令长班聘请，望先生开云天高手，救垂危二命，自当重报。”汉文答道：“大老爷免烦天心，小人台下子民，当尽犬马之力。夫人贵症，管取一剂见效。”府尊大喜，就陪汉文进房看病，汉文做样诊视了左右脉理，同府尊仍出花厅坐下。汉文开言道：“大老爷恭喜！夫人腹内是双胎，两位公子，故此分娩艰难。小人带有药丸两粒，进与夫人和汤吞下，包管即刻分娩。”说罢，取出药丸，递与府尊。府尊甚喜，接在手中，遂命丫环将药丸和汤，小心送与夫人吞服。

只因这一剂，有分教：

一莲双带，百恨齐生。

未知夫人服后分娩否，且听下文分解。

第六回

狠郎中设计赛宝　慈太守怀情拟轻

诗曰：

扶危救孕育双婴，无端结怨欲相凌。

获罪难逃法网去，报功仁宦忆前情。

且说府尊同汉文在花厅细谈症候，只见侍儿慌忙出来禀道："老爷恭喜！夫人吞下药丸，一阵大痛，遂即分娩，生下二位公子，二人左手俱拿一粒药丸出世。"府尊见说，喜得眉笑眼开，忙对汉文拱手道："先生一剂神效，国手无双。"汉文也觉得过意，逊道："此乃大老爷洪福，夫人喜庆，小人何功之有。"府尊吩咐治筵款待汉文，座中殷勤称赞，不必细表。及至席罢，起身告辞称谢。府尊送出彩缎四端，谢仪千两。汉文辞道："小人些须微劳，何敢叨受大老爷如此隆礼。"府尊笑道："聊表薄意，不必过让。"汉文叩谢出府，府尊令家人二名赍了缎疋银两，吹手八名，汉文坐下轿子，一路迎来，好不荣耀。到家，打发来人回衙，一家欢悦不在话下。

此时，城内各医闻知，一个个怒气冲冲，大家约定明早齐到三皇庙议计，要倾害汉文。到得明日清晨，众郎中都到三皇庙里，大家相见叙坐。内一年少的郎中开言道："列位老兄，这汉文小畜生不过是一个徒犯，配到我苏州府，敢在府衙妄夸大口，灭了我们本地的威风，又白白被他得了一桩大财，实在气他不过。依我愚见，我们大家做得一词，公呈到上司，告他妖言惑众，使他罪上加罪。一来出我们的气，二来显我们的手段。列位以为何如？"内中一位有年纪的姓刘名凤，叫声："不可！不可！目今汉文不比当初，现成本府十分重他，列位就动公呈到上司告他，本府一定会替他出头。且衙门中的事，若有财有势，差鬼亦能点头，恐若输他，反为不美。依我愚见，现在明日乃是祖师生辰，我们派他当头，排设古玩宝器，庆贺圣诞。谅他飘泊异方，有什么古玩之物，许时若无，我们大家辱他一场，公逐出城，不许他在此开店。事出于公，亦不怕本府庇他。你们以为何如？”众人齐道：“刘兄此计大妙，我们这刻就行便了。”

当下，众郎中一齐起身，同到汉文店中，汉文接入店内，一一叙坐。汉文问道：“未知列位老兄今日光临敝铺，有何见教？”刘凤开言道：“许兄，明日乃是三皇祖师圣诞，我们历年公订药朋，每人轮当一次，供献古玩宝器，陈列旨酒佳肴。明日轮当该兄，是以我们大家齐到贵铺通知兄台。”汉文慌道：“列位老兄见谅，小弟客居贵地，人地生疏，宝玩难寻，不能循附骥尾。今弟多备香银几两，望列位老兄代弟领办，感激不尽。”众人齐道：“许兄，你说哪里话，各人轮着，各人承办，今年该你，哪个敢替你。你若不吃郎中的饭，可以不用承办，若要行医卖药，亦不怕你不当。”说罢，众人怒气出门，汉文只得笑脸相送。

回转房中，长吁短叹，白氏看见，忙问何故。汉文遂将众郎中到店，要轮派当头，排设古玩的话一一说明。白氏笑道：“此易事耳，官人何必忧愁。妾父在日，官居总制，怕无奇珍宝器！明早应承他们就是。”汉文见说，改愁为喜，吃了夜饭，安心睡去了。

当下，叫过小青吩咐道：“小青，相公明早要庆祖师生辰，苦无宝器可排。余昔游京华，闻知梁王府多珍宝，汝可去京城梁王府内拣得几件稀奇的宝器，星夜盗取回来，以便相公明早庙中排用。”小青领命，即刻驾起妖云，来到京师，闯入王府，偷出四件宝器。哪四件：珊瑚树一座，玉孩童一仙，沉香麒麟一只，玛瑙孔雀一对。拨转云头，回来交与白氏。白氏看见十分欢喜，遂将四件宝玩收入箱内，各去安寝不提。

明早清晨，汉文起来，忙问白氏道：“贤妻，宝器在哪里？”白氏取匙开箱，拿出四件宝器。汉文逐一看过，称赞不绝。叫声：“贤妻，愚夫不知你箱内有此稀奇的宝玩，如今不怕他们难为了。”就命陶仁去办神前果品。众医又来店中催赶数次。不一时，陶仁备办礼物停当，令人先挑往庙内，随后，汉文同陶仁捧定四件宝器来到庙中。

众人迎住问道："许兄有甚宝玩供献祖师？"汉文笑道："列位老兄，弟无过塞责而已，望列位见谅。"说罢，取出四件宝器，供在桌上，陶仁排列酒醴。众人看见，个个吐舌，暗道：本要奈何他，不料这小畜生却有此稀奇宝玩，比我们往年更胜十倍，罢了。此时众人无颜，各自抽身，陆续转回家里去了。汉文看见暗笑，假作不知，焚了金帛，同陶仁收拾器物，回到家中。与白氏、小青说知，二人欢笑不在话下。正是：

饶君逞用云中手，只恐灾殃又到头。

且说这边京城，梁王偶患目疾，要取玉孩童来炫目，命王妃到宝玩库去取。王妃领命，到库寻来寻去，端得不见了玉孩童，再将逐件盘查，又失去珊瑚树并沉香麒麟、玛瑙孔雀，计共失了四件。心中大骇，只得回来禀覆梁王。梁王大怒，道："谁人敢盗库内宝器！"即刻发文去府里，立命缉捕赃贼。又行广捕文书，分命家人前往各省，审获正犯，拿交地方官照律治罪。家人领命，不敢迟缓，各接文书，即刻分往各省去了。内中接着差往江南的，遂即取路投江南而来，缘途巡缉不题。

且说汉文自从庙中赛宝，惊退众医之后，与白氏更加恩爱，行坐不离。一夜，夫妻二人饮酒闲谈，白氏笑对汉文道："妾蒙官人宠爱眷恋，近来身子颇异，像有梦熊[1]之意。"汉文见说大喜，道："难得我妻怀孕，但愿诞生男儿，以续许家宗祧。"说完，吃了夜饭，夫妻进房安歇不表。

光阴荏苒，一日，偶值汉文生辰，家中不免开筵作贺，吴员外亦到。汉文因白氏有孕，心内欢喜，留住员外，将四件宝器排在厅堂，开了大门，同员外饮酒赏玩。过往的人看见，无不啧啧欣羡而览。一传两，两传三，传将出去，称道许家好宝器。

---

[1] 梦熊：怀孕。

总是汉文又该晦气。这日，适值梁王的家人来到苏州，在街坊上游行巡缉，听得人家纷纷尽道吴家巷许家好宝器，内中一个家人听在耳朵内，叫声："兄弟，你们听见么，众口同声称赞什么吴家巷许家好宝器。我们去到彼处查看，万一是千岁库内失脱的，亦未可知。"众家人道："有理。"大家随即来到吴家巷，在汉文门首张望，果然认得四件宝器，正是库内失落的，遂一拥入去，一齐动手。员外看见大惊，不知为什么事，自己没命跑走回去了。众家人不容分说，将汉文锁项，收取宝器，拖扯出来。骂道："千岁爷的宝贝，汝这死奴怎敢偷盗出来，害我们遍处跑走，汝这颗驴头想难挂在项上了。"汉文惊得魂飞胆散，仓促难辨，已被众家人拿到苏州府衙堂，击起鼓来。

里面府尊听见，即刻传令升堂，两边吆喝，陈爷升堂坐定。众家人跪下禀道："老爷，小的们是京里梁千岁府内的家人，因前月千岁库内失脱珊瑚树、玉孩童、沉香麒麟、玛瑙孔雀四件宝器，小的们奉千岁爷钧命并文书，遍处缉拿。今日在吴家巷认出宝器，拿住赃贼，求老爷照律治罪。"说罢，遂将梁王的文书呈上。

陈爷见说，将文书拆看，勃然大怒，即命带进偷宝贼人。众家人答应一声，将汉文带进月台跪下，陈爷举目一看，却是医生许汉文。心内惊疑，暗想：他是端正的人，焉能干此勾当，内中必有缘故，等我问个明白。遂假作不认得，喝道："汉子，你姓甚名谁？家住哪里？几时去偷取梁千岁四件宝器？同伙为谁？在本府堂上从实招认，免受刑罚。"汉文诉道："青天老爷，小人姓许名汉文，住吴家巷，娶妻白氏，使女小青。小人行医守分，分毫不苟，因为祖师圣诞，历年各医轮当，俱要排设玩器。今年该值，小人苦无宝玩，幸妻白氏将岳父四件宝器取出排设。继因今日家内有事，排列厅堂。蓦然，众人拥入，将小人拿扯出来，说什么是梁王的宝器，妄指为盗，小人并不知情，求老爷镜判。"陈爷道："你妻是此处娶的么？"汉文道："不是。他是浙江杭州府钱塘县人氏，在杭州与小人结婚后，因小人缘事到此，他来此处寻觅小人，浼媒成亲的。"陈爷想道：此女行踪可疑，我每夜观天象，见有一股妖气照耀此方，莫非应在此女身上亦未可知。遂叫众家人上前吩咐道:“你们且将这四件宝器先行打回，缴上千岁，此案内有委曲，待本府并拿伊妻白氏，审明定罪，另文申覆千岁。”遂取纹银二十两送众家人作路费。众家人跪下叩谢起来,带了四件宝器,先回京城去了。

陈爷令将汉文暂行监禁，遂签朱票差八名军壮来拿白氏。这一去有分教：

　　潇湘路隔，两地徒劳。

要知后事，且看下文分解。

第七回

巧珍娘镇江卖药　痴汉文长街认妻

诗曰：

几番辛苦为谁劳，错认妖姿当翠蛾。

九转灵丹施妙用，依然琴瑟共谐和。

话说小青那日在屏风后张见汉文被众人拿扯出门，慌忙走进里面报与白氏知道。白氏大惊，随即掐指一算，叫声："不好！官人灾难又到了。小青，又是我们害了他。官人此去一定说出宝器是我与他的，官府必然会来拿我们，你快去打听则个。"小青应诺，即驾云来到府前，看见差人出府来拿，急转回来。叫声："娘娘，果然差人要到了，快些设法要紧。"白氏道："我方寸已乱，无可设策，你将银两细软收拾，暂避他们便了。"小青领命，进内收拾明白。

这里军壮到门，打将进来，二妖用了隐身法，同出门去了。军壮入门，各处搜寻，俱扑个空，杳无人影，就将店内陶仁锁挂带回府来。到堂上跪下禀道："小的们奉爷的钧命，去拿白氏、小青二人，家里各处搜获，并无踪迹，小的无奈，带他店内一人来复命。"陈爷令带进来，军壮领命，将陶仁带到丹墀跪下。陈爷问道："你叫什么名字？是许家何人？可晓得白氏与小青逃走何方？"陶仁叩头道："老爷，小的名唤陶仁，在许家店中相帮，小的只是料理店内，不知里面的事。白氏与小青怎样逃走，小人并不知情，求爷爷详察。"陈爷道："他们乃是妖怪，用法遁走，谅你怎能知道，这也难怪你的。本府如今放你回去，安顿生理去罢。"陶仁叩谢出府去了。

陈爷退堂来到花厅坐定，想道：这四件宝器，决是此妖盗来的，汉文被他所迷，受累至此。我今若照律定罪，他性命难保，念他前日有救夫人之功，且系被妖所累，从轻发落，救他便了。

明日，陈爷升堂，监中取出汉文，令他近前说道："汝被妖所害，受此重罪。本府差人去拿，妖已远刓。律载：偷盗王府宝器，罪应拟斩。本府念你前日救病之功，怜你被妖所累之惨，从轻拟徒，免你刺字，发配镇江。"汉文慌忙跪下，泣道："深感老爷大恩，小人没齿不忘！"陈爷即点二名解役，领命押解，取出白银二十两赠为路费。另办文书申覆梁王，代他申明被妖受累缘由，出脱重罪。汉文不胜感激。长解领了文，带汉文出府，陈爷退堂入去不题。正是：

城门偶失火，灾殃及池鱼。

汉文同解役出得府来，吴员外早已在府前等待，看见他们出来，员外向前挽了汉文同解役到他家里。叫声："贤侄，老汉当初不知他是妖精，劝你认他成亲，以致今日受此冤情，这都是老汉害你。"汉文道："恩人说哪里话，只是侄命里招妖，该受此祸，怎敢错怪恩人。"员外问道："今配发何处哩？"汉文道："配镇江府。"员外笑道："贤侄不须忧烦，镇江我有个表侄在彼，姓徐名乾，青年豪富，而且衙门相熟，常有书信往来。我今修书一封付你带去，托他照应，包管你不致受苦。"汉文谢道："深荷员外始终成全大恩，小侄不知将何以报。"员外道："说什么！"遂即写书封好交与汉文，又取银十两送作路费，另送解役二人四两，嘱他路上照顾。汉文万分感激，收拾停当，拜辞员外，随同解役起身出城，望镇江府而来。一路上过了许多鸡栖茅店月，人迹板桥霜，非只一日，到了镇江。解役安顿行李，到府投文，知府接了文书，将汉文发在芙蓉驲当差，解役领了批回，回苏州去了。

这汉文到了芙蓉驲，参见驲丞，送些意思，驲丞得了分上，心下欢喜，便不十分拘管难为他。一日，汉文问驲内的人道："你们这里有个徐员外么？"那人道："可是那个少年家讳'乾'的么？"汉文道："正是。"那人道："你问他作甚？"汉文道："他苏州有个亲戚，寄我一封书要与他。"那人道："他家在东门柳叶街上，那间朝南坐北靠墙朱漆伯大门就是他的家里。"汉文叫声"领教"，遂即袖书出门，问到柳叶街，果见朝南坐北一间朱红大厝，谅必是了。遂上前叩门叫道："这里可是徐员外府上么？"只见一个老儿开门出来，应道："正是。你是何人？要寻员外贵干？"汉文道："因苏州吴员外有书要与你家员外，托我带寄。"说罢，遂即将书递与老儿，老儿接入。

这日，适值员外在家闲坐，老儿来到厅上，将书双手呈与员外道："苏州吴家老员外要与员外的。"员外接过，拆开看完，忙问道："送书人在哪里？"老儿道："在门口。"员外即出门迎接汉文，同入厅内叙坐。茶罢，员外道："表叔来意，弟已尽知，兄可释怀勿虑。"汉文拱手道："全仗员外鼎力垂救，感恩不浅。"员外道："当得！当得！"遂写保状一纸并银十两，同汉文起身出门，来到芙蓉驲。见过驲丞，道明来意，即将保状并银子送上。驲丞接过银子，眼中火出，欢喜应承，员外令人将汉文的行李挑回。别了驲丞，同汉文回来，即令打扫书房与汉文住宿，早夜款待，汉文心中十分感激。自此，汉文安心在徐员外家中逍遥过日不表。

再说白氏当日同小青躲避出门，看见差人去了，门前封锁，二妖依旧用隐身法遁入。白氏坐在厅上，心中凄惨，叫声："小青，官人又被我们所害，问罪镇江，累他受苦，我心何忍。"说罢，悲啼起来。小青劝道："娘娘，如今哭也无益，依小婢愚见，可将银两收藏在身，我们假扮男装，前往杭州，将银两寄他姊夫家中，然后同去镇江，再行设策与相公相会何如？"白氏忙拭泪道："小青见解得着。"遂将银两收藏在身，用匣收鋆。

二妖即时摇身一变，变作男人模样，遂驾起妖云，来到杭州钱塘县。一路问到李家门首，小青向前敲门，公甫出来一看，只见二个俊秀后生，主仆打扮。忙问道："二位尊兄何来？"白氏道："弟姑苏来。这间就是李公甫仁兄府上么？"公甫道："正是小弟舍下。"即请二人进内，分宾叙坐，小青侍立。公甫问道："尊兄仙乡何处？高姓大名？今日到小弟舍下有何见教？"白氏道："小弟家住姑苏，姓王，贱名天表，与令亲许兄汉文在苏相好。因弟要到贵地公干，许兄寄有书信一封，木匣一个，要交仁兄收入。"说完，将书并匣送与公甫。公甫接在手中，觉得十分沉重。里面递出茶来，吃罢，白氏起身告辞。公甫送出门外，翻身入内，将书并匣持入，与许氏同打开一看，黄黄是金，白白是银，二人梦想不到，欢喜无限。正是：

只道一身受罪去，谁疑满贯金宝来。

且说二妖辞别公甫出来，行到僻静无人之处，仍驾起妖云，顷刻来到镇江府。探知汉文在徐员外家中，二妖计议停当，就租二间小厝，在五条街，左畔住家，右畔开张药店，依旧店名“保安堂”。这条街离徐家不远，二妖在店卖药不提。

这里，汉文在徐家中，员外看待如同至戚。谁料，天有不测风云，人有旦夕灾祸。汉文因前受了一场惊恐，后在路上冒着风霜，不期迫出一场大病。睡到书房，乍冷乍热，昏昏沉沉，日重一日。请医服药，全然无效。员外十分惊慌，闷坐书房厅上。只见看门的老儿入来说道：“员外，近来五条街新来二位女人，同开药店，闻说他店内的药丸十分应效，一粒要五钱银子。员外何不去买一粒回来与许官人服，包管立愈。”员外见说大喜，即取五钱银子，令老儿去买。老儿领命，即刻出门，来到五条街保安堂买药丸。

这白氏已先知道了，即将银子收入，包好药丸，付与老儿，老儿取转回家，呈与员外。员外看了，就令家人煎好，亲自捧到床前，揭开帐幔，只见汉文昏昏迷迷，员外即令家人将汉文扶起，将药灌进腹中，仍行放倒，用被裹盖。未有半刻光景，汉文挣出一身冷汗，叫声：“吓呀快活！”员外问道：“许兄贵体若何？”汉文道：“此会十分轻松了。”员外笑道：“此药果然神效，一服就愈。”汉文道：“员外请何名医，使小弟霍然。”员外道：“医药并无见效，近来五条街有二女人同开药店，店号‘保安堂’，闻他店中药丸神妙，因此弟令人去买一粒来，煎与兄服，果然见效。”汉文忙道：“员外，这保安堂乃弟在苏开店的牌名，怎么店号相同？何以无男人，全是女子，其中可疑，莫非又是二妖跟寻到此。明早待我同员外前去看个分晓。”员外道：“不可。兄体初愈，万一再冒，恐为不美，且再调养几天，俟兄身体健壮，同去方好，何须性急。”汉文道:“深感员外救弟残生,金言敢不敬从。”员外道:“此乃吾兄洪福所致,弟何力之有。”说罢,遂别汉文入去,令家人看视汤粥。

汉文心中只是疑讶二妖又来寻他作对,放心不下。不觉过了几天,汉文身体痊愈,行走如常,遂邀同员外来到五条街保安堂药店,举目一看,果然又是二妖。汉文骂道:“无端妖怪,苦苦相缠。浙江受你们害,问罪苏州;苏州又被你们害,发配此处。幸蒙这位员外提携,免受辛苦,为何你们又寻到此?想必要害我至死方休么!”白氏听罢,泪流满面,叫声:“官人吓,今日见妾,口口骂妖,妾与官人结发夫妻,安有相害之理。妾父官居总制,岂无银两宝器,府县不明,浙江冒认银两,苏州错认宝器。妾宦家女流,恐怕出乖露丑,不敢见官分辨,无奈躲避至此,害官人受罪。当日因庆生辰,不知何处来的强徒,见宝动心,妄行抢掠,贿嘱官府,屈打成招。世间的事冤枉尽多,何止妾身一人,望官人详察。”员外在旁劝道:“许兄,尊嫂所言似乎有理,兄须俯听。”汉文沉吟不语。白氏又道:“官人,妾同小青千山万水跋涉到此,只因怀孕三月,是你的骨血,恐在苏州无人照顾,是以不惜辛苦前来相寻。因未知官人下落,暂租此处栖身,卖药度日。官人,你不看僧面亦须看佛面,即不念结发恩情,亦须念腹中骨肉,别人尚且怜悯,亏你铁硬心肠。”说罢,放声大哭。汉文被白氏这段甜言蜜语,心已软了,更兼员外在旁劝改,不觉动情起来。叫声:“贤妻,愚夫错怪了你,望贤妻恕罪。”小青道:“相公若肯悔心相认,小姐岂有相罪之理。”汉文见说大喜,即挽员外的手同进店来。白氏与小青入内,烹茶伺候,汉文遂留住员外便饭,员外即令人去家中搬取汉文铺盖回来。酒罢,员外相辞回家去了。这夜,二人被中愈添恩爱。正是:

久旱逢甘雨,他乡遇故知。

自此,夫妻二人仍旧和好,汉文依然行医卖药,不在话下。只因这一认,有分教:

一朝会晤,满腔相思。

要知后事,且听下文分解。

第八回

染相思徐乾求计

诗曰：

风送歌声月影寒，惊回魂梦泪思残。

蓝桥有路曾通否，姑向明山醉碧丹。

话说徐员外当日因同汉文去五条街药店，看见白氏美貌超群，心中十分爱慕，回家朝思暮想，长吁短叹。院君陈氏屡次询问，只是不答。数日之间，病倒书房，遍身如火，服药无效。举家惊慌，走投无路。内中一个家人名唤来兴，当日曾跟员外同去，颇知其意。立在阶下叹道："眼前菩萨不拜，要拜西天活佛！"

不防院君出来，听在耳朵内，问道："来兴，你说什么'眼前菩萨不拜，要拜西天活佛'？"来兴道："唉，院君，员外此病是自害的。"院君道："怎么自害，你说我听。"来兴欲说又住。院君怒道："要说便说，踌躇作甚。"来兴被院君盘问不过，只得道："院君，员外因为前日看见许官人的浑家白氏生得十分美貌，回来思想，郁出这病，岂不是自害的。"

院君听了，又好气又好笑，步入书房，揭开帐，坐在床沿。看见员外昏沉不省，叫道："相公身体若何？"员外两眼觑定院君，半晌无言，只是叹气。院君道："相公，你今到此有甚心事，不妨与妾说明，妾不是悍妒之妇，相公不须遮掩。"员外被院君一语道着根源，料想难瞒，遂叫声："贤妻，愚夫因为看见许家白氏美貌，朝夕思想，致成此病。贤妻有何妙计，能使我得与白氏相会，不然性命大料难保。"院君笑道："相公，你真痴了，自家有妻有妾，谅那白氏败柳残花，有何好处，而为他害出此病。今相公既然如此钟情，待妾细思一策，疗救相公便了。"员外听罢，喜道："贤妻若有妙计，快些为愚夫设法则个。"

院君低头一想，叫声："相公，妾有一计在此，但须俟相公身愈，方可用得。"员外道："贤妻既有妙计，我自没药有喜。"遂一跃坐起，要求院君说明。院君道："现今书房庭中牡丹盛开，假意作我去请他来赏玩牡丹，他若来时，将酒筵排在书房，相公可躲在房中。待酒筵罢，同他入房更衣，我假意出去，许时鱼入网中，不怕他不顺从。只是相公未愈，须待身体壮健方可。"员外见说大喜，道："贤妻果然妙计，愚夫的病已去有八分了。"院君笑道："相公宽心些，不用性急。"二人相视而笑。正是：

宁向牡丹花下死，风流作鬼也甘心。

过了几日，员外身体好了，与院君计议停当，即差来兴持帖去请白氏明早赴席。来兴点头会意，领命出门，来到汉文店中。叫声："许官人，家院君因书房牡丹盛开，却好员外不在，特令小人奉帖来请白院君前去赏玩，望官人俯允。"说毕，将帖递与汉文。汉文接过道："怎好要你家院君费心。请坐。"遂即入内，笑对白氏道："徐家院君差人持帖请你明早去赏牡丹，未知你要去否？"白氏心下已知就里，欣然应允。汉文出来对来兴道："烦你多多覆上院君，明早造府领情，只是不可多费。"来兴喜诺，忙别了汉文，转回家中回复员外。员外大喜，巴不得即刻就是明早。正是：

暗备偷香窃玉手，谋取芳姿丽质人。

一宿已过，明早清晨起来，家中排设停当，只见来兴走来报道："许家院君轿到门了。"员外慌忙躲入房去。院君出来迎接，白氏落了轿，缓步上厅。院君举目一看，果然有沉鱼落雁之姿，闭月羞花之态，暗道：怪不得相公为他想出病来。遂令打发轿夫回去。

二人厅上叙礼坐定，白氏开言道："拙夫受员外提拔大恩，未曾报答分毫，今妾又蒙院君见召，欲却恐蹈不恭，是以趋赴前来，敬领盛情。"院君笑道："婶婶言重，使奴不安。奴因员外出门探亲，明日方得回来，适见牡丹盛开，特具杯酒，邀屈婶婶同赏，万祈勿嫌亵渎。"白氏起身称谢。

二人叙话之间，来兴上来禀道："酒筵已备，请院君赴席。"院君同了白氏来到书房，看那牡丹，果然红白竞秀，秾艳争妍，二人赏看一番。使婢催赶入席，院君推逊白氏上座，自己主位相陪。酒过数巡，白氏起身告辞。院君道："婶婶，我和你入房更衣，消遣则个。"白氏点头应诺，遂同院君进房，脱衣坐定。院君叫茶，连叫数声无人答应。院君假意道："这些贱婢不知何去，无一个在此伺候，婶婶请坐，待奴去取。"白氏道："怎好劳动院君去取。"院君道："当得。"说罢，翻身出房。

此时，员外躲在床后，慌忙出来。白氏看见，假意大惊，立起身来。员外走到跟前，双膝跪下，叫声："婶娘，小生自睹芳姿，魂梦颠倒，忘餐废寝，几送残生。今日天赐其便，婶娘在此，万望婶娘怜悯，乞赐小生片刻之欢，没齿不忘。"白氏双手扶起道："妾夫蒙员外除名脱罪，夫妇重圆，大恩未报，百身难赎。员外既然钟爱微躯，敢不从命，稍报大恩于万一。但恐院君入来撞见不雅。"员外喜道："既蒙婶娘俯允，小生衔感无尽。至院君是我的孔明军师，决然无来，不妨。"白氏笑道："原来你们排下此美人计，骗我上钩。既然如此，你去掩上房门才来。"说罢，遂先走上床去，将帐垂放。员外看见，满心欢喜，手忙脚乱，急急关上房门，回身来到床前，揭开罗帐，不觉惊叫起来。你道为何，原来床上空空，毫无白氏形影。外边院君并仆妇等听见房中大呼小叫，慌忙走来，看见房门紧闭，大家用力撬开，入房一看，白氏不知去向，只见员外惊倒在地，目瞪口呆。众人急忙救醒了员外，院君看见床头一幅字，慌忙取来，递与员外观看。只见上写道：

我是瑶池金阙女，身跨鸾凤游仙台。
因与汉文有夙分，奉师严命下山来。
无端浪子逞奸计，妄想云雨两情谐。
劝你早收猿马念，免将骸骨丧浮埃。

员外看了，垂头丧气，院君改劝一番，吩咐众人外边不可声扬，但不知白氏何去，恐怕汉文家中来寻，未免有些着急，不觉过了数日，竟无见许家来寻，方始放宽。自此员外收了邪心不题，且听下文分解。

第九回

游金山法海示妖

再表白氏当时用法脱身，转回家来，日已昏暗。汉文看见惊道:“贤妻，你怎么徒步回来？”白氏并不提起这事，笑应道:“妾到中途眩轿，因此舍舆步行回来，尚觉开拓心目。”汉文道：“原来如此，快些入房将息。”白氏缓步归房，暗共小青说知，小青不禁失笑。

光阴迅速，倏乎腊景残冬，又值新春时候。一日，汉文因徐员外招饮春酒，要去赴席，白氏叮咛早归，汉文应诺，遂即出门来到徐家。员外邀入，酒席已备，二人坐下细酌，闲谈盘桓些时。员外叫声：“贤弟，此处有座金山寺，是个名胜的所在，近日又修整得十分华丽。寺内有一位长老，法号法海禅师，法力高强，能晓过去未来之事。今日适值我们清闲，兼是阳春佳候，我和你同去游玩一番何如？”汉文喜道：“极好。一来观看景致，二来访僧谈禅，我们即刻同行便了。”员外见汉文说得高兴，立命撤席。

二人整拂衣裳，携手出门，一路上看那春光明媚，万紫千红，二人说说笑笑，早已到金山寺了。二人进了山门，举目一看，果然无双宝寺，第一名山。怎见得，有赞为证：

殿阁深幽，楼台高耸，万户玲珑，千门晶荧。法界端宏，映湖光之荡漾；梵宫华丽，挹云气之虚明。列群峰而作障，临万派以纵横。宝钵花香，献一天之瑞彩；菩提路迴，渡众生于蓬瀛。鱼乌皈依于法座，磬钟响彻于桑庭。潮声带经，声以俱震；山色连树，色而齐青。喷四时之晴阴，峰烟锦绣；夸七泽之胜概，江气荡平。锦览兰舟，时凌波而竞棹；名贤佳客，辄投地而同情。果尔无双仙景，信乎第一玉京。

二人观之不尽，玩之有余，转过回廊，进入大雄宝殿，参拜三宝如来尊佛。里面，法海禅师在云床坐禅入定，已知他二人同来，遂步出大殿施礼道：“二位施主，请里面待茶。”二人慌忙还礼致谢，同进方丈。叙礼坐定，茶罢，法海开言道：“老僧今早入定，已知二位居士光临敝寺，乞道姓眷。”员外道：“弟子姓徐名乾，本处人氏。这位兄弟姓许名仙，浙江人氏。久闻上刹清幽，老师道法，是以同来瞻仰领教。”法海道：“久仰！久仰！请问许居士，尊夫人可是姓白名珍娘么？”汉文吃惊道:“正是贱内的名字。法师何以晓得？”法海笑道:“居士，老僧能知过去未来之事，且居士尊脸现浮妖气，有甚难晓。此妖非同小可，他原是四川青城山清风洞修行的白蛇精，思凡下杭，在仇王府花园内栖身，更有丫环小青，也是蛇怪。主婢二人迷惑居士，数载恩情，亦系前缘。偷盗库银宝器，致你两番受罪。居士可记得端午日被你强灌雄黄酒，露出原形，惊坏身体，后来被他用法瞒过，依旧同他为夫妻。如今居士切勿回去，性命可保；若不听老僧的话，决丧残生！”

汉文听罢，毛骨悚然。暗想：法师的话句句金玉，言言真切，我若不躲避，定遭二妖亡命。遂五体投地，叫声:“法师，弟子被妖所迷，不能脱身，望法师怜悯，垂救微命。”法海扶起道：“居士请起。老僧出家之人，慈悲为本，居士既然醒悟，要老僧相救，这也不难。今居士可暂住敝寺，料二妖决不敢到金山寻你，等待二妖去后，许时居士方可下山。”汉文道:“弟子被妖纠缠，愿拜法师为师，在寺削发出家。”法海笑道:“居士你尘缘未断，后会有期，不用披剃，暂居寺中就是了。”汉文领命。

这员外在旁听见法师这篇言语，细忆前番的事，暗暗惊骇。又见汉文如此光景，更加诧异，忙辞别了法师并汉文，独自下山回去了。汉文住在寺中，不在话下。只因这一住，有分教：

咫尺陆天变成巨浸。

要知后事，且听下文分解。

第十回

淹金山二蛇斗法　叠木桥两怪叙情

诗曰：

求僧难释许郎还，遂叫名山波浪翻。

几度春风情宛转，相逢疑是梦中看。

且说白氏当日自汉文出门之后，心神不宁，盼至日暮，不见回来，眼跳耳热，十分着急。叫声：“小青，相公今早出门去徐家，因何至今未回，我心甚悬。”小青道：“娘娘既然悬念，待小婢去看便知。”遂驾起妖云，在半空中四下观看。徐家寂寂，并无形影，回头望金山寺一看，却在寺中。随转云头回来，叫声：“娘娘，原来相公是去游玩金山寺，因此未回家。”白氏听罢，不觉满面愁容，双眼垂泪。小青慌忙问道，白氏叹道：“小青，你怎知道，这金山寺有个老和尚，名唤法海禅师，法力高强，十分了得。相公此去寺中游玩，他必然会共相公道破你我的根基，相公一定被他留住，夫妻恩情从此断绝了。”说罢，悲泣起来。小青劝道：“娘娘何须悲痛。前年茅山野道妄夸厉害，尚被娘娘所吊，今日何怕金山秃驴。”白氏道：“小青，你但知其一不知其二。这法海佛法高妙，非比茅山。如今不可用强，我和你同去金山，哀求禅师，看他肯将相公放出否。”小青道：“娘娘主意不差。”

二妖即刻驾云来到金山寺，按落云头，行到山门，看见一个小沙弥坐在寺前。白氏近前叫声：“师兄，烦你进去禀上老师父，说我们是许相公的亲眷，要来寻许相公回去的。”小沙弥听罢，即到方丈里面禀道：“启上师太得知，山门外面来了两个妇女，说是许相公的宝眷，要来寻许相公回去哩。”法海笑道：“无知孽畜！好不知死，敢到此间。”遂即头顶毗卢帽，身穿紫袈裟，左手执着龙禅杖，右手捧着金钵盂。

法海抖擞精神，移步出了山门。手指白氏骂道："孽畜！我是佛门慈悲，念你修行年久，不忍加害。你们迷惑汉文这也罢了，今日大胆，敢上吾金山。好好退去，饶你性命，不然可惜你千年道行，一旦化为灰烬，悔时晚矣。"

白氏无奈，跪下叫声："佛爷，念小畜非是迷惑汉文，与他数载夫妻，皆系前缘，万望佛爷广行方便，放汉文出来，感恩不浅。"法海道："我岂不知你与他实系前缘，但汝今已经怀孕，不可再恋汉文，趁早回山以待孕期。若还在此饶舌，休怪我不慈悲。"白氏哀求数次，法海只是不依。

小青在旁看见，按不住心头火发，骂道："秃驴！你既是佛门弟子，方便为先，若拆散人间恩爱，永坠地狱。待我拿你这秃驴，碎尸万段，方消此恨。"说罢，将身畔红绫帕解下，祭在空中，变作一条火龙，望法海面门烧来。法海看见，呵呵大笑道："你这小可伎俩，亦要班门弄斧。"遂将右手钵盂举起，将火龙收在钵内。

白氏也发了性，叫声："和尚看宝！"口内喷出一粒宝珠，光华夺目，望面门打来。法海看见，觉得心惊，只得又把钵盂祭在空中。只见霞光万道，瑞气千条，隔住宝珠，随向白氏头上罩来。白氏看见佛门宝贝，惊得魂飞魄散，急急收了宝珠，同小青驾云逃走去了。

法海收起钵盂，转身入寺，到大殿上坐下，命擂鼓撞钟，聚集阖寺僧众。法海开言道："你们众人听吾吩咐：妖蛇今日共我斗法，看见佛宝，飞身逃去，其心不甘，今夜必然复来水淹金山，溺死镇江无数生灵，总是天数使然。我今付你众人灵符各一道，今夜贴在手中，我将紫衣袈裟罩住寺口，不怕妖蛇水厄。今夜，我镇住山门，看妖蛇怎生作状。你众人亦须小心在意。"大众遵命，领了灵符，各去准备不提。

再表白氏同小青逃回家中，双眼流泪。小青叫声："娘娘，可恨法海秃驴坚然不肯放相公出来，宝贝又被他收去。小婢今夜同娘娘再去金山拿这秃驴，寻回相公何如？"白氏叹道："小青，他法力高强，更兼钵盂厉害，是你亲眼看见的，幸得我们走离，不致钵下亡身。今夜再去，唯有拜恳哀求，看他肯回心否。”

看看红轮西坠，玉镜东升，二妖依旧驾云来到金山。看见法海坐在寺前，寺门紧闭，天罗地网布列山门。白氏同小青跪下哀求道：“佛爷，望你大开慈悲，放出许郎，小畜们永戴二天。”法海喝道：“孽畜！许生已削发，在寺出家为僧了，你们再休想他，早早回穴，免丧残生。”白氏见他口气太硬，料他必不放出，同小青立起身来骂道：“残忍秃驴！离我夫妇，与你势不两立。”遂喷出宝珠，向面上打来。法海忙祭起钵盂收了宝珠，随手祭开禅杖要打白氏。幸喜空中来了救星，你道救星是谁？原来是上界魁星。因白氏腹中怀个状元，非同小可，因此被魁星将笔尖架住禅杖，救了白氏。

白氏得命，同小青驾云走了。法海看见，已知就里，收了禅杖，将紫衣袈裟罩住寺门，踏罡步斗，护住金山不题。

这白氏同小青逃归，咬牙切齿恨道：“这秃厮真个可恶！留我情郎，收我宝贝。罢了，一不作二不休，待我下个毒手，淹倒金山，溺死这满寺的秃厮，以释此恨！”小青听见，满口赞颂。白氏遂同小青驾云飞在空中，念动真咒，驱动四海龙王。不一刻，四海龙王齐到，口称：“娘娘有何法旨？”白氏道：“令你们取水淹倒金山。”

龙王领命，即刻率领鱼兵虾将兴云布雨。倏忽，满地滔滔银涛雪浪，淹上金山。法海看见水到，念动真言，将袈裟抖开，众僧将灵符望水丢下，只见水势倒退，滔滔滚下山去。众龙王霎时收束不住，水势滔天，淹下山去。可怜镇江城内不分富贵贫贱，家家受难，户户遭殃，溺死无数生灵。

白氏看见大惊，忙对小青道：“你看，海水不能淹上金山，反溺死镇江无数生命，我今犯了弥天大罪，不如同你逃回清风洞暂且栖身，再作道理。”小青道：“娘娘主意得是。”白氏辞谢了龙王，龙王率领众水族回海去了。白氏连忙同小青纵起云头，竟归清风洞。正是：

此日能招千里浪，他时栖压在雷峰。

再表金山寺僧众忙乱了一夜，到得天明，法海退了法，收起袈裟，回寺进入方丈。众僧问安已毕，法海对汉文道："你妻小水淹镇江，浸死无数生灵，犯了弥天大罪，如今逃归清风洞躲避。此地亦非你久居之所，且你罪限已满，可以回乡。我有个师弟，在杭州灵隐寺做住持，我今修书一封付你带去，你可在他寺中享清闲之福，免受红尘灾厄。"说罢，遂写书一封，付与汉文。汉文拜谢法海救命之恩，接过书，别了法海，取路下山。遥看镇江，尽是茫茫白土，料想徐家亦必遭此祸，心下好生凄惨。一路上饥餐渴饮，暮宿朝行不题。

再说白氏在洞思忆汉文，终日悲戚。小青近前劝道："娘娘且免忧愁，待小婢前去金山寺打听相公消息，再行计较何如？"白氏点头依允。小青遂即驾云来到金山，摇身一变，变作飞蛾，飞入寺内，尽知汉文的情由。忙即飞身回转清风洞，将法海令汉文回杭州的情节细细述与白氏知道。白氏听见大喜，连忙同小青出洞，驾云往杭州而来。

二妖在云端，看见汉文行到杭州，地名叠木桥，遂即按落云头，一路迎来。叫声："官人何往？"汉文举目一看，惊得魂不附体。白氏泪流满面，叫声："官人，你听信邪言，疑妾为妖，妾共官人结发以来，数载经营，赞成家计，纵使妾果是妖，并无害你身体分毫，官人请自三思。"汉文道："我今已出家了，你不须再来缠我。"白氏冷笑道："官人，你真呆了。你要出家，许家宗脉责谁传续奉祀，且腹中孩子是你的骨血，官人纵不念夫妻之情，亦须念父子之爱。"说罢，悲啼起来。

汉文被他抓着根头，半晌无言，又想起数年恩爱，心中有些不忍起来。小青近前叫道："相公不须过疑，小姐因重名节，不肯失身他人。因你游玩金山，几日无见回家，主婢二人放心不下，亲往金山寻访相公。不料水涨，镇江满城受难，幸得我们同在金山，不致葬于鱼腹。但家园崩塌，我们进退两难。因前年相公在苏州受罪时，小姐私寄有数百金在杭州李姑爷处，如今思量无策，要回杭州，且喜天幸此处遇着相公。万望相公转回心意，不可辜负小姐一片苦心。"

汉文听罢，不觉心酸，叫声："贤妻，愚夫一时蒙昧，误听秃驴邪言，错疑贤妻，望贤妻恕罪！”白氏牵住汉文的手，叫声:“官人若肯回心，不致妾有白头之叹，就是官人的仁慈了，何罪之有。”汉文大喜，叫声:“贤妻，我们如今要栖身何地？”白氏道:“官人，我们现有银两寄在李家姑丈处，如今同去他处，将银两图个生计，将来再作商量何如？”汉文道:“贤妻主意不差。”于是三人同归钱塘。

这一去，有分教：

亲上加亲，仇里添仇。

要知后事，且听下文分解。

第十一回

怒狠狠茅道下山　喜孜孜文星降世

诗曰：

避迹名山已有秋，栖云泊雾下兰舟。

金公木母冤难解，诞育文星拜冕旒。

且说许汉文被白氏小青两妖一敲一击，依旧相认，同归钱塘，搭船来到李家。正值公甫立在门首，汉文走到面前，公甫满心欢喜，连忙进内，叫声："贤妻，你兄弟回来了。"许氏娇容听见，满心欢喜，三脚两步步出厅来。看见汉文同二个标致妇人立在厅前，汉文上前拜见姊姊。许氏道："恭喜兄弟今日回家。这二个妇人是谁？"汉文道："一个是弟妇白氏珍娘，一个是使女小青。"许氏道："原来是妗娘。"白氏小青亦上前见礼。大家坐下，叙了一番离别之情。

许氏道："兄弟，自你问罪出门去后，我晓夜难安，幸喜去冬接你消息，寄下银两，方知兄弟在苏如意。后来又闻缘事再配镇江，使我喜变为愁，今日且喜夫妻双双回来，莫大之幸。"

汉文正要回答，白氏恐他言语不对，忙向前应道："姑娘，只因前年苏州当值，祖师圣辰，例应供列宝玩，是奴将先父遗下的宝器取与官人排设。继因官人生辰，复排厅中，不知何处强徒见宝动心，冒认引官，屈打成招，问罪镇江。奴只得收拾银两，托寄尊府，追随镇江服侍。官人因元旦游玩金山，被妖僧法海所愚，要削发出家。奴家闻知，同丫环前去金山寻回官人，谁知镇江水涨，满城浸没，幸蒙天庇，奴在金山免获于难。今同官人回来，暂借姑娘尊府权且栖身，再作别置，望姑娘俯允。"许氏道："兄弟，妗娘如此贤德，世间难寻，劝你休作无情之人。只是愚姐屋房狭小，姑且暂住若何？"公甫道："不妨。

此隔壁有二间房屋，甚然宽大，现在要卖，待我向他商议定价，以便成交。”汉文听罢大喜。

许氏即去治酒接风，分作两席，公甫同汉文在厅上，许氏同白氏、小青在房中。席中言谈，方知王员外已经身故，汉文想着前情，不胜感叹。及至席罢，公甫收拾外房暂与汉文等居住一宿。

天明，公甫取出原寄的银两，递与汉文。汉文道:“姊夫何须取出，可将此银为弟买置房屋家器，若有余剩，可作生计。”公甫道：“既是如此，我且收下，至一应事情，我去料理就是。”汉文道：“全仗姊夫扶持。”公甫笑道：“你我至亲，说哪里话。”遂将银子收入，即去寻问厝主，议论房屋，一说便成，遂即立券，兑交银两明白。公甫又去买置什物家器，办得件件周全，拣个黄道吉日，汉文搬移过去。公甫将用剩过的银两取付汉文，汉文十分称谢，与白氏商量，依旧开张药铺。两家门户相通，时常来往。

白氏因水淹镇江，误害生灵，每到夜间，在花园排设香案，焚香祷祝，冀消罪愆。正是：

私心满望风浪静，谁料波涛又重来。

按下白氏慢表，再说陆一真人当日被白氏所辱，愤恨归山，修真学道。在山收一蜈蚣精为徒，一日，在洞中修炼，想道：蜈蚣法术已经精通，不免带他下山，前去报仇便了。遂唤声：“徒弟何在？”蜈蚣听见师父呼唤，上前应道:“师父，弟子在此，有何吩咐？”真人道:“贤徒，吾唤你出来非为别事，因我前年在苏州吕祖庙被青城山的白蛇精吊辱，此仇至今未报。如今白蛇现在杭州，我今要带你下山前去杭州，翦灭此妖，以雪前年之恨，你意若何？”蜈蚣踊跃道：“弟子愿同师父下山除妖报仇。”真人见说大喜，即刻同蜈蚣出洞，师徒二人驾云望杭州而来。

不消片刻光景，已到杭州，二人按下云头，就在城隍庙内安身。真人道:“贤徒，你去收除蛇怪，须当小心，相机而前，不可被他逃脱。”蜈蚣领命，驾云来到白氏花园内存身等候不题。

且说白氏看到更阑夜静，又到花园焚香祝祷，正要低头下拜，这蜈蚣看得亲切，飞身出来。白氏忽闻一阵腥风，抬头一看，惊得魂魄悠荡，跌倒在地。蜈蚣伸开嘴正要啄去，不防半空中来了白莺童子，因知白氏有难，奉菩萨佛旨，飞身而来。看见蜈蚣要下毒口，忙飞落云端，望蜈蚣头上只一啄，已啄去了半截身子，其余半截横倒在地。童子救了白氏，自回南海复旨去了。

此时，小青在外，听见园中叫声，慌忙进来，见白氏倒在地上，着了一惊，连忙扶救醒白氏。问道："娘娘因何如此？"白氏定了心神，方才应道："小青，我适间入来，正要焚香下拜，不知何处来了一条大蜈蚣，钢牙利嘴，望我啄来，我惊倒在地，你怎生知道入来救我。"小青道："我听见娘娘惊叫声音，因此入来，蜈蚣想已去了。"遂扶了白氏归房。

再表陆一真人在庙，不见蜈蚣回来，等得心焦，遂即驾云前来探视。忽见蜈蚣啄死在地，十分惊骇。这小青扶了白氏入房，翻身复入花园收拾香案，看见花下草边一条半截蜈蚣，正在惊疑，猛抬头，看见陆一真人立在云端。小青心下明白，纵上云头，骂道："好泼道！前年我娘娘仁慈，不忍加害，饶你狗命。不思报恩，今日反同此孽蚣要来害我娘娘，天幸孽蚣自毙，不然几乎遭你毒手。"真人骂道："孽畜！害我徒弟，仇上加仇。"小青大怒，飞剑劈面砍来。真人将手中尘尾劈面交还，二人斗上数合，小青解下青绫帕，祭在空中，化作一条捆仙绳，捆住了真人。遂命黄巾力士将真人丢在东洋大海去了。

小青收了青帕，按落云头，走入房来。叫声："娘娘，原来是当年吕祖庙的陆一野道，同此孽蚣前来报仇，被小婢用青绫帕丢在东海去了。但不知何人来除这孽蚣，救了娘娘。"白氏掐指一算，叫声："小青，原来是南海佛祖差白莺童子前来相救。"遂同小青出房，望空拜谢佛祖救命之恩。

白氏因受着这番惊恐，抱病在床，汉文着忙，早夜调治。许氏闻知，亦过来探视。进房坐定，许氏道："妗娘玉体违和，妾身特来探候。"白氏道："贱躯偶恙，动劳姑娘玉趾，何以克当。"小青捧茶入房，茶罢。许氏道："妗娘孕体，今已弥月，须当加意调摄。但愿诞生男儿，接续许家宗枝。"白氏道："多谢姑娘金言。奴家闻知姑娘尊孕与奴同时，奴有一言奉禀，未知姑娘肯垂听否？"许氏笑道："你我至亲，有何见教，妾无不依。"白氏笑道："奴同姑娘孕期均满此月，若两家生男，结为兄弟，生女结为姊妹，倘若一男一女，结为婚姻，未知姑娘意下若何？"许氏喜道："此乃美事，妾身乐从，一言为定，永无更改。"白氏正要回言，却好汉文走入房来，白氏遂将这段情由对汉文说明。汉文大喜道："既承姊姊美情，弟有微物作订。"说罢，将手中玉圈脱落，付与许氏。许氏也拔头上金簪一枝，递与汉文，两边均各收下。

汉文留住姊姊，治酒相待。席罢，许氏辞别过去，将两家定亲的事共公甫说道始末，公甫听罢，亦欢喜无限。正是：

今朝共结丝罗庆，他日同承诰命荣。

话表白氏因病体未痊，又同许氏谈说多时，动了胎气，捱到夜间，腹痛起来。汉文同小青二人在房服伺，到三更子时，红光满室，文星降世。小青抱起，看是男儿，同汉文十分欢喜，扶了白氏上床，一夜忙到天明。公甫闻知，过来作贺。

到得三朝，家中开设喜筵，汉文请了姊夫并姊姊过来同饮喜酒。孩子取名梦蛟，字应元。座中欢饮，杯盘狼藉。公甫笑对汉文道："阿妗既举玉麟，未知令姐若何？"汉文笑道："姊夫，天从人愿，决然生女无疑。"合座大笑。

日暮席散，当夜，许氏过去，夜深腹痛，到得天明分娩，果然生女。公甫、许氏却也欢喜，以为应愿。汉文、白氏闻知，更加欢悦。汉文遂即办花红绫疋，三朝送过姊夫家中，公甫收下，遂请汉文过去，同饮喜酒。女儿取名碧莲。席中，汉文对公甫道："姊夫，弟说姊姊决然生女，今果谐愿。"公甫大笑，席罢散归。自此，两家连婚，更加亲热。谁知这白氏有分教：

才离山虎，旋遭水龙。

要知后事，且听下文分解。

第十二回

法海师奉佛收妖　观世音化道治病

诗曰：

玄门寂静碧花香，争奈愆尤透玉堂。

回首不堪悲欲泪，风清露冷忆刘郎。

话表法海禅师当日打发汉文回去，后来知他在中途又被二妖花言巧语迷惑，依旧相认，同回钱塘，不胜嗟叹。

一日，禅师在云房坐禅，定中，见一位尊者手持黄帖进入云房。叫声："法海，吾乃西方尊者，奉我佛金旨而来，说现今文曲星官出世，将经弥月，令你前去钱塘，将钵盂收了白蛇，压在雷峰塔下，应他当日发誓之言。等待二十年后，文曲星成名得了敕封，回来祭塔，然后放他，方成正果。"说罢，冉冉而去。禅师定中稽首领了佛旨。落下禅床，吩咐大众道："我下山云游，不久便回，你们须谨守清规，不可妄荡。"大众领命，禅师遂即带了钵盂、禅杖下山，纵起云头，来到钱塘，寄迹在灵隐寺不提。

光阴迅速，屈指梦蛟已届满月，家中不免预先整治喜筵，以待亲眷。此夜，白氏正抱梦蛟在怀，不觉心血来潮，遂即掐指一算，惊得魂不附体。忙叫道："小青，我明日有大难临身，将若之何？"小青道："娘娘素明遁甲之术，何不用法改禳[1]，看能消除否？"白氏叹道："但恐天数难逃，禳亦无益。"小青苦求再三。白氏道："你可去花园内排设香案，待我前来祭禳便了。"小青领命，即去料理停当。白氏沐浴更衣，来到花园，披发仗剑，踏罡步斗，默念真言，焚香祷祝。祭禳

[1] 禳（ráng）：指祈祷消除灾殃、去邪除恶之祭。

已毕，焚化金帛，同小青回归房中。正是：

祸福原系前生定，私心祷告亦徒然。

到得明朝，亲朋齐来庆贺，汉文欢迎，忙个不住。厅堂上正在喧杂之际，只见门外来了一位头陀，汉文定睛一看，却是金山寺法海禅师，忙即迎入厅上坐定。禅师开言道：“居士可记得老僧寺中相劝的言语否？你又被他所迷，如今他大数已到，老僧今日特来为你除妖。”汉文道：“老师，纵使他果是妖怪，他并无毒害弟子，况他十分贤德，弟子是以不忍弃他，望老师见谅。”禅师道：“既然居士执迷，老僧今亦不管你们的是非，但我道中行来口渴，居士有清茶，可取一杯来。”汉文忙应道：“有。”正要起身入内，禅师道：“居士，你们的茶杯恐怕不净，老僧带有钵盂在此，居士可持去取罢。”遂将钵盂递与汉文。汉文哪里晓得其中的玄妙，只道是禅师清净，遂接过钵盂翻身持入。

白氏正在窗下梳洗，看见汉文手内拿一个金晃晃的物件入来，方欲起问，不料这钵盂在汉文手中飞将起来，万道霞光，罩住白氏头顶。白氏被佛宝罩住，魂魄飞散，双膝跪下，哀求佛爷饶命。汉文看见大惊，向前抱住，要把钵盂拔起，好似生根一般，莫想动得分毫。白氏珠泪纷纷，叫声：“官人，妾身犯罪天庭，如今大难临身，要与你分离了。儿子梦蛟可托姑娘抚养照顾，官人须当保重身体，不可为妾伤怀。”汉文听罢，肝肠断裂，不住悲哭。

小青闻知，跑入房来，跪在白氏跟前哭道：“小婢苦劝娘娘改禳，只望消除灾厄，怎知运数难逃，依然受此大祸。”说罢，痛哭起来。白氏也哭道：“小青，我已知今日此难难逃，只是蒙你数年跟随，名虽主婢，情同姊妹，今日与你分别，实在难舍。儿子，姑娘自能照顾，你今可收拾归我清风洞去，勿恋红尘，免受灾祸。”小青痛哭一番，叩头起来，别了汉文，驾云回转清风洞，修心苦炼，后来也成正果，这话不表。

这边，公甫同了许氏慌忙过来，看见白氏如此光景，十分骇异。白氏哭道：“姑丈、姑娘并官人在此，听妾一言：妾身原是四川青城山清风洞白蛇是也。在洞修行年久，只因游玩，醉卧山下，梦中露出本体，被一乞丐所拿，携往市中要卖，却值官人看见，用钱取买，放生山中，妾感佩在心。因官人今世命该乏嗣，因此下山与官人缔结朱陈，为他传嗣，接续宗枝，以报他救命之恩。因见官人家贫，盗银相赠，致他受罪姑苏。妾同小青跟到姑苏，寻媒结亲，妾炼药制丹，赞助官人。后因庆赏端阳，被官人强灌黄酒，现出原形，惊坏官人，妾出万死一生，前去南极仙山，求得回生仙草，救了官人回魂，因怕官人识破根基，用法瞒过。妾早夜辛苦，助成家计，继因祖师圣诞，众医无良，勒派官人当头，陈设宝器。妾恐官人忧愁，同小青费尽机谋，偷盗王府宝器，解了官人忧愁。后因官人生辰，排列厅中，被王府家人所拿，引官治罪。幸蒙苏州府陈爷仁慈，从轻发落，再配镇江。妾与小青相商，收拾银两，寄搭姑夫府上，又到镇江寻觅官人。皆因受恩前世，被官人三休四弃并无怨悔。后因官人游玩金山寺，被佛爷留住寺中，妾难舍夫妻之情，同小青到寺相寻，水淹金山，误害镇江生灵，犯了大罪。妾原欲俟蛟儿满月之后，回洞苦修，以赎前愆，怎知大数难逃。儿子梦蛟，万望姑娘念亲亲之情，半子之谊，代妾抚养，俾得长成，官人宗枝有赖，万勿以非类见疑。”公甫夫妇听见白氏这篇言语，不胜惊怪，业已道破，便亦坦然。许氏亦凄然道：“妗娘，妾身夫妇肉眼不识仙容，孩儿，妾自加倍照顾，不须挂怀。但愿佛爷慈悲怜念，钵下超生。”汉文道：“贤妻，我和你同去厅上哀恳佛爷则个。”白氏道：“天数已定，哀求亦无益。”两边正在难舍难分。

此时，外面亲友知得这个消息，均各散去，唯有法海禅师独坐厅上。许久不见汉文出来，将手中禅杖在地一敲，房中钵盂遂即盖下，登时不见了白氏形影。汉文顿足悲啼，公甫同许氏亦黯然流泪。汉文将钵盂双手捧起，定睛望内一看，只见一条小小白蛇装在里头，汉文伸手向内去捞，捞来捞去，只是捞不着。无奈，将钵盂捧出厅来，到禅师面前，双膝跪下，叫声：“老师，可怜弟子一家分离，望老师垂怜。”禅师双手扶起，笑道：“居士，这是他的大数注定，老僧不过奉佛旨而行。

既然居士如此惨切，待到了西湖，老僧叫他出来与你再见一面罢了。”汉文叩谢。

禅师取过钵盂，举步出门，汉文跟着，一程到了西湖雷峰塔下。禅师将钵盂举起，默念真言，喝声：“白氏出来！”只见钵内一道白光冲出，现成白氏原形。汉文一把扯住，放声大哭。二个正在悲惨之际，只见禅师喝声道：“白氏，好下去了。”白氏慌忙跪下，叫声：“佛爷，小畜此番下去，未知后日还能出来否？”禅师道：“你今下去，若能养性修心，等待你子成名之日，得了诰封，回来祭塔，许时吾自来度你飞升。若不修心改过，即湖干塔坏，亦不能出来。”白氏叩头道：“谨遵佛旨。”禅师把杖向塔只一敲，塔登时移开，下面波水茫茫。喝声：“白氏，快些下去！”白氏涌身望塔下一跳，禅师遂将杖再敲一下，塔立时复盖原地。禅师完了公案，即纵上云端，竟回金山去了。正是：

夫妻原是同林鸟，大限到时各自飞。

这汉文哭得死去活来，无奈，慢慢踱回家中，看见梦蛟，重新又哭起来。公甫、许氏再三改劝。汉文住了哭，叫声：“姊夫、姊姊，弟今已看破世情，如今要往金山寻师，削发空门了。蛟儿全仗姊夫、姊姊抚育，将来若得长成，祖宗有赖，所有家财器物等项一尽交付姊夫、姊姊。”遂带随身衣裳，些须路费，飘然出门，往镇江金山寺出家去了。公甫同许氏十分凄凉，痛哭一场，收拾一应家私，抱了梦蛟回家，尽心抚养，胜过亲生。

光阴荏苒，日月如梭，梦蛟不觉年已成童，生得丰神潇洒，气度端庄。公甫、许氏作亲生的款待一般，遂送他入学读书。十分聪明，过目成诵，问答如流，入学三年，淹博经史，先生看他颖悟异常，甚是爱惜。同学、众朋因先生爱他，个个心怀妒恨，时常寻事与梦蛟口角，梦蛟总付之不理。

一日，先生不在，众朋背地里说说笑笑，一个道：“他不是姓李，是姓白哩。”一个道：“他的娘亲乃是妖精，见说被和尚拿去打死哩。”又一个道：“他是个蛇仔，比不得你我，从今我们不要理他。”梦蛟一一听在耳中，不觉心下忿怒，跑转回家。到了门首，叫声："母亲开门。"许氏听见梦蛟的声音，移步出来，开了门。叫声："儿啊，你在书房读书，为何怎早回来？"梦蛟随了许氏入内，双眼流泪，双膝跪下。叫声："母亲，孩儿有一言冒犯，乞恕孩儿不孝之罪。"许氏惊道："儿啊，你为何如此？"梦蛟哭道："娘呵，今日先生不在，众书友背地说儿不是娘亲骨血，什么是妖精生的，万望娘亲与儿说明则个。"

许氏见问，不觉眼泪纷纷，叫声："儿呵，你要问父母原根，为娘若不说，你怎能知道，说起来好生凄惨。"就将法海始末缘由并汉文白氏前后事情一一说明。梦蛟听罢，大叫一声，昏跌在地。许氏看见，慌忙抱在怀中，含泪解救。梦蛟悠悠苏醒，哭道："孩儿蒙母亲抚养，父亲训诲，今得成人，此恩此德，粉身难报。只是爹娘遭此苦难，叫儿心肠断裂，怎生能见得爹娘一面，儿就死也甘心。"许氏道："儿，你不须悲哀，当年见说，和尚有言：后来若得儿你金榜成名，封诰回来，还有见你母之日。儿须奋志青云，将来或得与你母相会亦未可知。"

梦蛟听罢，且悲且喜，半信半疑。自此，日夜思想父母，书亦懒读，渐渐形容枯瘦，不觉病倒在床，十分沉重，日夜叫爹叫娘，就如疯癫一般。公甫同许氏惊慌无措，延医求神，毫无影响。公甫背地埋怨许氏道："你们女流之人真无见识，不该对他说明根由，致他悲苦成病。万一有三长两短，岂不辜负了弟妗重托，而且我们十载辛勤亦付之流水了，岂不可惜！"许氏无言可应，只是叹气。梦蛟日夜狂呼乱叫，二人思量无法，唯有日夜守住房中。正是：

为慕劬劳成昏瞀，自有神仙活度来。

不表梦蛟病症，且说南海慈悲佛祖一日在紫竹林中游玩，偶然有触。菩萨口称："善哉！现今文曲星官有难，医药难治，吾不免前去救他便了。"菩萨即时出了紫竹林，纵起祥光，来到西湖，化作募缘道人，手持木鱼，一路来到公甫门首，叫声"化斋"。

公甫正坐在厅上纳闷，听得门外化斋声音，步出门来。见一道人身穿道服，手持木鱼，足踏草履，神气飘然。公甫忙即迎入厅内，叙礼坐下。问道：“老师何处名山？何处洞府？乞道其详。”菩萨道：“贫道从幼出家，在天竺寺得遇异人，传授仙方，炼制丹药，云游天下，普救众生，偶到贵地，今造潭府募一善缘。”公甫见说大喜，叫声：“老师，弟子有个豚儿，现得个失心的病，日夜呼叫，医药无效。老师既有仙方，未知肯相垂救否？”菩萨笑道：“贫道专一利人济世，既然施主的令郎有病，贫道理当效力。”公甫大喜，遂即起身请菩萨入房看了病症。菩萨道：“不妨。令郎此症乃是七情所伤，致成昏乱之候，贫道有丹药一粒，（此处缺十九字）。”菩萨说罢，遂即解开行囊，取丹药一粒，递与公甫。公甫双手接过，满口称谢，将药交与许氏，遂同菩萨出房，到厅上坐下，治斋款待。席罢，菩萨作辞出门，竟回南海去了。

这许氏将药调好，抱起梦蛟，将药灌下腹去。不一刻，只见梦蛟口内吐出许多痰涎，随即神气清爽，病势顿消。公甫许氏欢喜不尽，叫声：“儿呵，你病得天昏地乱，医药无灵，今日天幸得遇高人前来相救，不然我们两个老人家险些被你惊坏了。儿呵，你今后切须宽怀，不可如前悲戚。”梦蛟点头领命。

看看日渐壮健，公甫遂请一位博学先生在家课读。梦蛟因听得许氏有说，将来若得成名，会面有期，遂把思忆父母的念头抛开，一味勤读，寒暑无间。不上三四年光景，早已读得胸罗七斗，学富五车。是年，正值宗师行文岁试，梦蛟应童子试，就入了泮[1]。报到家中，公甫同许氏欣喜无限，不免簪花拜客，忙乱几时，方得安静。转眼秋闱已近，梦蛟打点上省乡试[2]，三场已毕，揭晓后梦蛟高高中了第一名解元[3]，报到，自己亦十分得意。鹿鸣宴[4]罢，参拜座师、房师，无不羡他青年俊美。公事一完，起身回来，此时亲朋齐来庆贺，家中热

---

[1] 入泮：学童考进县学为生员，叫入泮。

[2] 乡试：属古代科举制度，每三年各省士子集于省城，由朝廷派主考官进行考试，考中者为举人，乡试都在秋天，亦称秋闱。

[3] 解元：乡试第一名。

[4] 鹿鸣宴：科举考试后举行的宴会，由州县长官宴请考官、学政及中举诸生。

闹自不必说。

梦蛟到家，拜见了姑夫、姑母，公甫、许氏满心欢喜。许氏叫声：“侄儿，且喜你今日手掇巍名，不负我们十数载辛勤，但愿你再攀宫桂，许时得了封诰，回来祭母，不负劬劳之恩。但你爹娘当年共我指腹为婚，原物尚在，后我生你表妹，两家结为婚姻。因你母去后，你在我家以兄妹称呼，今你表妹亦已长成，待字闺中，未知侄儿你心下若何？”梦蛟道：“孩儿蒙姑夫、姑母抚养深恩，碎身难报，今得侥幸成名，皆姑夫、姑母教诲成全所致，倘邀天庇，再博微名，务必力恳圣恩，求取封诰，以报劬劳。表妹亲事，蒙姑夫、姑母不弃，父母做主，孩儿敢不从命，俟春闱过后，择吉成婚便了。”公甫点头道：“侄儿所言有理。”碧莲里面闻知，亦暗自欣喜。

梦蛟在家打发诸事明白，遂即料理入京会试。公甫开筵饯行，许氏不免叮咛路上小心，早起晏宿几句话儿，梦蛟领命。公甫择一个老成人儿跟随梦蛟进京。

这一去有分教：

鳌头独占，金榜擅名。

要知后事，且听下文分解。

第十三回

标黄榜名震金街　结花烛一家完聚

诗曰：

灿烂卿云绕帝京，幽芳兰蕙达彤庭。

九天丹诏遥颁下，步向雷峰度上升。

且说许梦蛟别了姑夫、姑母，出门上京会试[1]，路上朝行暮宿，穿州过县，到了京城，寻寓安歇，揣摩以待。到了场期，随众人入闱，三场已毕，真个篇篇锦绣，字字珠玑。揭晓之期，梦蛟高中了会元。报到寓所，梦蛟大喜，慌忙打发了报人。早有许多执事员役前来伺候，梦蛟遂即换了冠带，吏役拥簇，出门赴过琼林宴，拜座师，会同年，忙个不住。到了殿试对策，天子临轩，百官侍立，三百进士济济，伏于丹墀之下。传胪高唱：

第一名　许梦蛟　状元及第

以次榜眼、探花。各赐御酒三杯，簪花挂红，敕赐游街三日，十分荣耀。满城人等，看见状元青年秀美，无不啧啧称羡。

三月游满，状元三人进朝谢恩，退出午门，梦蛟赴翰林院修撰之任。到任后，遂将父母始末并自己托居李家成立情由做成一本。五更入朝，景阳钟动，天子登殿，百官山呼已毕。梦蛟俯伏金阶，口称："微臣新科状元许梦蛟有事奏闻。"天子问道："卿有何事奏来？"梦蛟将书呈上龙案，天子从头至尾细细一看，只见疏上写道：

新科状元翰林院修撰臣许梦蛟奏为敬陈微臣父母遭难始末缘由，仰祈圣恩俯允吁请封诰事。臣闻君亲一体，臣子原无二致，

---

[1] 会试：属古代科举制度，每三年（在乡试的第二年）各省举人集于京城，参加礼部的考试，考中者为贡士。会试的第一名为会元。

家国并重，思孝同此寸心。臣父许仙，自幼怙恃，依姊家而成立。臣母白氏，修道青山，托岩洞以栖身，云游中界，聊作求凰之情。爰遇西湖，遂成无媒之合，结亲五载，负冤两地。臣生弥月，母遭塔下之殃，因悼沦亡，父作方外之客。臣姑许氏，悯臣孤幼，躬亲抚养，既减损而课读，复许息以为婚。臣蒙圣恩，待罪翰林，父母未蒙诰封，子职既亏，臣道有缺。合无仰恳天恩，乞赐敕命，荣耀先人，俯准告假，回乡祭亲，稍尽子职，无忝臣道。谨奏。

天子看罢，龙颜大喜道："原来卿家父母有此一段委曲，朕心嘉悦。今封卿父为中极殿学士，卿母为节义天仙夫人，卿姑夫李公甫教诲有成，封为忠义郎，许氏抚养有功，封为贤淑宜人，均赐诰敕。准卿给假一年，回乡祭亲，完娶后回朝供职，钦此。"

状元谢恩出朝，退出午门，慌忙回来别了众同年，收拾起身。车马纷纷出了京城，一路好不兴头，所过州县，文武官员尽皆迎送。

路由镇江，状元猛然思起前因，遂令将车马安顿驲中，自己打扮作秀才模样，只带一个跟随，一路往金山寺而来。到得寺中，无心观玩形胜，进入大殿，焚香礼佛，遂入后殿。和尚出迎，同到方丈内分宾主叙坐，小沙弥献茶入来，吃罢。状元开言问道："师父可是法海禅师？"和尚道："法海乃是家师，现在云游未回。"状元道："师父法号什么？俗家尊姓？为么出家？乞道其详。"和尚道："贫僧贱号道宗，俗家姓许名仙，字汉文，杭州钱塘人氏。"遂将从幼在李家，后来如何与白氏相会、结亲及两番受罪，并水涨镇江，同归钱塘，生下儿子取名梦蛟，共姊家指腹为婚，到满月法海来家将白氏收在雷峰塔下前后缘由，从头至尾细细说明。"因此，贫僧看破世情，离了红尘，削发金山，拜法海为师，在寺修行。于今十数载，儿子寄托姊家，未知长成与否。"状元听罢，慌忙双膝跪落，落泪纷纷，叫声："爹爹，不肖便是许梦蛟。"汉文愕然，起来仔细一看，扶起笑道："居士，你认错了。"梦蛟道："不错。"就将在学堂读书，被众友背地笑骂，回家见过姑娘，说明根由，因思忆父母悲苦成病，医治平服，后来奋志入泮，连科发解，入京会试，蒙恩取中状元，现蒙圣恩，钦赐父母诰敕，给假回来一段情由，详细禀明。“因此路出镇江，特来金山寻访父亲，同回钱塘，稍伸孝养。”

汉文听罢，悲喜交集，叫声：“儿呵，如此说来，我果是你的父亲。且喜上天垂怜，吾儿金榜成名，只是你母遭塔压身，一念及此，梦魂难安。”说罢，垂下泪来。状元泪流满面，叫声：“父亲不必伤悲，儿现求取敕封，回来祭塔，封赠母亲，望父亲同儿下山。”汉文道：“儿呵，你父今已出家，本不肯再蹈红尘，念你孝思苦恳，如今姑同你去祭了你母回山便了。”状元大喜。

此时，寺内众僧听得梦蛟是新科状元，道宗是状元父亲，一个个惊得屁滚尿流，大家忙披上袈裟，戴了僧帽，齐到方丈跪下道：“小僧们不知状元爷驾临荒山，有失迎接，死罪！死罪！”状元逐一扶起道：“众师父何须如此，家父在此，蒙众师父不弃，获居宝山，学生感佩不尽。”汉文亦道：“你们如此下礼，我心何安。”众僧大喜，无不称赞状元爷大量。汉文对众僧说明就里，众僧合掌作贺。状元令长随取了白银二十两送与众僧为香银之费。众僧忙道：“小僧们怎敢受状元爷大惠。”状元道：“不妨，请收。”众僧推辞不过，只得收下。状元遂请父亲起身，同出金山寺，众僧送出山门不题。

且说公甫家中已经邮报梦蛟中了状元，家内锣鼓喧天，音乐震地，亲友填门，车马塞户，府县俱来作贺。公甫同许氏就如登天一般，喜得乱跳，碧莲欢喜更不必说。后来探知状元给假回家祭亲完娶，家中预先整治第宅，打点各项伺候。

不多时，状元舆马已到，府县出郭迎接，到得里门，迎入新第，家中又有一番的闹吵。状元拜见姑夫、姑母，公甫、许氏见汉文亦同状元回来，更加欢悦，状元将金山寻回之事一一说明。汉文同姊夫、姊姊相见，彼此乐极，不觉泪下。此时一家聚会，喜溢门阑，大开筵席作贺。汉文已经持斋，另治素筵，饮至更深方罢。

明日，清晨起来，状元全副执事，出了西关城，祭谒祖父、祖母坟墓。回来，请出诰敕，汉文同公甫、许氏一齐冠带起来，望阙谢恩。

状元吩咐治办礼物，同去西湖祭塔。一程到得西湖，雷峰塔下安排祭礼，状元跪下读罢诰敕，放声痛哭，汉文亦动悲声，公甫、许氏俱挥泪不止。

大家正在悲伤之际，只见空中来了法海禅师，叫声："好了，状元今日还乡祭塔，老僧今日亦来完却一场善缘。"公甫、汉文等看见，慌忙迎拜，就对状元道："这位就是法海大禅师。"状元见说，跪下拜求法师放出母亲。禅师慌忙扶起，道："状元皇家贵臣，老僧怎能生受得起。令堂夫人今日灾难已满，老僧奉佛旨特来放他出来，与状元相见。"状元听罢大喜。禅师遂即默念真言，将杖望塔一敲，塔登时摇动，移在一边。禅师高声叫道："白氏，快些出来。"只见底下一道白光冲出，白氏已在面前。禅师将杖向塔再敲一下，塔即仍归原处。

状元向前跪下，抱住白氏哭道："娘亲受灾，孩儿不能身代，直至今日方识娘面。"说罢，放声大哭。白氏手抚状元，泪流满面。叫声："儿呵，幸喜你今日金榜成名，求得诰敕回来，救出你母，足见孝思。"汉文叫声："贤妻，为夫只道今生不能与贤妻相会，谁知今日再得相逢。"说罢，悲恸起来。白氏不胜咽哽，叫声："官人，妾身冒罪，致官人遁迹空门，今日相见，恍似梦中。"许氏、公甫上前相见，也有一番言语，不必细表。正是：

人生无限伤心处，尽在生离死别时。

禅师听得多时，叫声："白氏，你今灾退难解，不可久恋红尘，老僧度你早归仙班。"说罢，随手取出白帕一条，铺在地中，叫声："白氏，可踏此帕之上，老僧度你成为正果。"白氏忙即跪下，叩谢佛恩，起来踏在帕上。禅师手指白帕大喝一声，只见白帕变作一朵白云，将白氏升上九霄云里。禅师又取出青帕一条，仍前铺好。叫声："道宗贤徒，你可踏此青帕之上，老僧度你并归仙班，同享逍遥之福。"汉文跪下稽首，起来踏在青帕之上。禅师也喝一声，青帕变作一朵青云，将汉文也升上云端。只见满天瑞彩，香气氤氲，二朵祥云冉冉望西而去，霎时不见。当下禅师度了二人飞升，遂即纵上云端，竟回灵山缴佛旨去了。

此时，公甫同许氏等一齐跪下，望空礼拜，只有状元哭倒在地。公甫近前扶起，劝道："侄儿，你父母白日升天，世间难得，此乃喜事，何必悲怀，可同回去罢。”状元被劝不过，只得上轿一同回来。状元到家后，追思不已，令人装塑父母二人金身，供养堂中，朝夕礼拜，如同生时。正是：

惟将朝暮瞻仰意，权作问安视膳时。

状元在家住了几时，因思钦限已迫，未完亲事，正在沉思。适值钱塘县来拜，状元大喜，迎接进内。坐定，状元开言道：“治弟正有一事要仗托老父母。”知县忙道：“殿元公有何事见委？学生自当领命。”状元道：“治弟从幼蒙家姑夫不弃，许以表妹缔结朱陈，仰蒙圣恩，赐归完娶。正虑无人执柯，敢求老父母作伐，未知肯否？”知县道：“原来殿元公有此快举，学生敢不效力。”遂即过去见了公甫，道明来意，公甫欣然，选定八月十五日完婚。知县过来回复，状元大喜，留住知县小酌，饮罢，告辞去了。

到了吉期，官员亲友齐来庆贺，金花表礼充室盈庭。状元乌纱帽，大红袍，簪花挂红，身骑骏马，鼓乐喧天，执事仪仗，一路迎来。知县吉服，也来相陪。这边，碧莲金装玉裹，冠带绕围，打扮如天仙一般。公甫、许氏亦穿了冠带等候。

须臾，状元到门，行礼已毕，迎归第中交拜天地，次拜父母神位，同入香房。外面排开喜筵，款待县令与众亲友，大家饮至更深，方各散去不题。这一夜，鸾帏中，一双少年夫妻，说不尽千般恩爱，万种风流。到了次日，亲友又有一番作贺，不必细表。满月后，状元迎请岳父母过来，同居新第，受享荣华。正是：

名遂功成谐素愿，阖家完聚受天恩。

过了些时，状元因钦限已满，打点入都复命，选择了黄道吉日，收拾起身，将岳父、岳母一并搬请入京。路出苏州，亲到吴家致谢员外的前情，到京面圣过，仍赴翰林院修撰之任。后来直做到詹事府正詹事，遂即荣归钱塘，优游林下。许夫人生了二子，状元即将次子承继岳父之后，接续宗枝。后来，公甫夫妻皆跻高寿，无病善终。状元同夫人亦并登古稀，无病端坐而逝。后代簪缨绵绵不绝，人皆以为孝义之报云。

狐狸缘

【清】醉月山人　著

前言

神魔小说，是中国古典小说的形式之一。明清时期，这类小说表面上看是在描述怪力乱神，其本意却是影射时事世情，或借以宣扬宗教思想，或反传统精神。“神魔小说”一词最初的提出者是鲁迅。鲁迅先生曾把明清时期兴盛一时的《西游记》《封神演义》《镜花缘》等优秀作品，归为十大神魔小说。据考证，这一流派小说的作者，因为不被当时社会承认并屡遭封杀禁止，因此大多或以名号隐去真名，或以无名氏而掩人耳目。有幸留存至今的一些著述书籍，其真正作者早已湮灭在历史尘埃中。《狐狸缘全传》（又名《狐狸缘》）是一部讲述狐妖与公子相恋、最后结为夫妇的传奇神魔小说。

《狐狸缘》由清代醉月山人所著，作者的真实姓名及生平已无从考据。全书共二十二回。描写的是一只修炼九千年的九尾玉面狐贪慕人间风情，来到凡间，变化成绝色美女胡小姐，与书生周公子相识相爱，并先后与道人、真人、天兵对战，最终因情而弃恶从善，舍弃千年道行，甘心与周公子结为夫妇的故事。整部小说通过变幻迷离的虚构故事，表述了爱情战胜天理、人妖相恋结缘的神话传奇。小说构思新颖独到，想象奇特瑰丽，情节富于变化，人物性格丰满，语言通俗，流畅自如，是清代神魔类小说的代表作之一。

本次再版《狐狸缘》，我们对原书中的笔误、疏漏、疑难字词，分别进行了更正、校勘和释义，便于读者阅读欣赏。对于仍遗存的疏失之处，还望专家学者予以指正。

目录

第一回

周太史隐居归仙阙　贤公子祭扫遇妖狐

话说此书乃青石山一段故事。细考此山形势，原在浙西宁波县城外，乃是个清静地方。四面远近虽有些村庄，较那居民稠密、城郭繁华之处，别有一种明秀幽雅气象。因此便引动一位告退的官宦。

此人姓周，名斌，字艺全。年将花甲，夫人已故。膝下只有一子，名唤信，号鸿年，年方十八。生得聪明文秀，体态风流。又有一仆，姓李名忠，因他上了年纪，都以老苍头称之。生有一子，名唤延寿，年方十二，亦在周府伺候公子。这周太史原籍乃金陵人氏，因慕宁波青石山玉润珠肥、山清水秀，便将家眷移在宁波城外太平庄居住，以娱桑榆晚景[1]。自移居之后，即将宦囊置买田宅铺户，以图久远之计。

迁来一载有余，周公忽染重病。公子侍奉汤药，日夜勤劳，谁知百方调治，总未痊愈。周公自知阳寿不永，大限难免，便对公子说道："我当初移居至此，原为博览此地山川美景，今乃天禄不永！有限时光，大概有愿难遂。我死之后，你须完我之志，葬于青石山侧，我愿足矣。"言讫[2]瞑目，溘[3]然而逝。正是：

三寸气在千般用，一旦无常万事休。

公子见父已终，恸[4]哭不止。苍头苦劝，依礼成殓。丧事已毕，公子遵父遗言，葬于青石山深林茂树之间。

公子在家守孝，光阴迅速，不觉过了秋冬，又到清明节令。公子

---

[1] 桑榆晚景：落日余晖照在桑树榆树梢上，喻指人之暮年。也作"桑榆暮景"。

[2] 讫（qì）：终结。

[3] 溘（kè）：忽然。

[4] 恸（tòng）：极其悲痛。

即吩咐苍头买办礼物，好到坟前祭祀。老苍头将物件备妥，公子即更了一身新素服，牵出坐骑，来在太平庄外。这太平庄虽属青石山的地界，却在坟墓之南，离茔[1]地尚有数里之遥。公子乘马，老苍头与延寿相随在后。此时正是二月上旬，天气不寒不暖，但见花红似锦，柳绿含烟，一路美景令人欣赏。主仆三人缓缓而行，直奔青石山的路径而来，不表。

从来说深山古洞多住妖魔。这座青石山，虽非三岛五岳之比，亦是浙西省内一个绝妙的境界。真是高通霄汉的奇峰，横锁烟霞之峻岭。却说此山有一嵯岈[2]古洞，因无修行养性的真人居住，洞内便孳生许多妖狐。有一只为首的乃是九尾元[3]狐，群妖称他作玉面仙姑。大凡狐之皮毛，都是花斑遍体，白质黑章[4]。取其皮，用刀裁碎，便作各色的皮裘。唯独元狐，通身一色皆黑，如同熏染貂皮一般，故其价最昂贵。这嵯岈洞九尾元狐就是黑色，股生九节尾，乃是九千余年的道行。将及万载，黑将变白，因先从面上变起，故名曰玉面。

却说这玉面仙姑，因修炼得有些道术，专在外访那有名的妖魔精怪，或找在一处，讲些修炼工夫；或访来结作姨妹来往。时常变化美女，在外闲游。他有两个最好的干姐妹，修的亦有千年道行。一个在四川，一个在山东，他们三人最是知心，不是你来，就是他往。

这日清明佳节，春光明媚，群狐都动了那素日收敛的春心，强扎挣的野性。一个个言语癫狂，情思迷离，便勾起玉面狐的一团火性。他心中暗想，同类者当此春深，尽都神情显露，我在洞中，倒觉不便。这九尾狐乃是一洞之主，他见群狐修炼的工夫与往日不同，他并不规劝提醒，倒勾起他的游荡之心，难以按捺，便欲幻化人形，到洞外去消遣。即便吩咐群狐，看守洞内，慢慢地走了出来，变绝色女子下了山径。

---

[1] 茔（yíng）：坟墓。

[2] 嵯岈（cuó yá）：高而险峻，错杂不齐。

[3] 元：原应为“玄”，清人避圣祖（玄烨）讳，改“玄”作元。玄，黑色。

[4] 白质黑章：白地儿黑纹。

也是他的劫数应然，他见外边花香柳媚，万紫千红，蝶舞蜂飞，鸟声听听，不由得就动贪恋红尘之心，更觉迷乱本性，情思缠绵，呆邪杏眼。正在思春之际，忽听马蹄响动，抬头顺着声音一望，远远地见有主仆三人：一个年少的乘马，后有一老一少，担笼执盒，缓缓相随。玉狐知是祭扫坟茔的。细看马上书生，别有一番景象，与那些山野农夫，田园俗子大不相同。他便隐住身形，偷看他仆主三人行路的形景。有赞为证：

山背后，狐精偷眼看，只见那主仆三人走荒郊。后面仆人分老少，马上的郎君比女子姣。美丰姿，貌端庄。地格圆，天庭饱。鼻方正，梁骨高。清而秀，一对眉毛相衬那如漆的眸子，更代着两耳垂稍。先天足，根基妙；看后天，栽培好。似傅粉，颜色姣，那一团足壮的精神在皮肉裹包。青簇簇，方巾小，青带儿，在脑后飘，紧紧地把头皮儿罩。顶门上嵌一块无瑕美玉，吐放光毫。玉色蓝，素罗袍，青圆领，在上面罩。系一条灰色绦，打扮得，淡而不艳，素里藏娇。方头靴，时样好，端正正把金镫挑。细篆底，用毡包，粉溶溶无点尘泥，不厚也不薄。提丝缰，举鞭稍，指甲长，天然俏，银合马，把素尾摇，稳坐在，马鞍桥。一步步，不紧不慢，走得逍遥。二仆人，跟着跑。一个老，一个少。老年人弯着腰，挎了个纸钱包，为利便，把衣襟儿吊，虽然是步下跑，汗淋漓，偏带笑，抖精神，不服老，走得他吁吁带喘，汗透了上黄袍；小儿童，多轻妙，抖机灵，颠又跑，称顽皮，蹿又跳，肩头上，把祭礼挑，他还学那惯挑担子的人儿叉着那腰。主仆三人来祭扫，想不到九尾元狐默地里偷瞧。

且说周公子主仆三人，不多一时早到了那阴宅门首。这些守墓的园丁，已在那里迎接伺候，将公子搀下坐骑，将马系在树上，便让主仆三人到房内，吃茶净面已毕，然后转到阴宅，陈设祭品，供在石桌之上。老苍头划了纸钱，堆上金银锞子[1]。公子跪倒拜墓，用火将纸焚化，不禁两泪交流。思念先人，癖好山水，一旦天禄不永，故于此处，甚觉可惨可悲，不由愈哭愈恸。苍头与园丁劝解须时，方止住悲声。站起身来，还是抽抽咽咽，向坟头发怔。众人见公子如此，急忙劝往阳宅而去。

谁知这里玉面狐将公子看了个意满心足，乃自忖道："瞧这公子，不唯相貌超群，而且更兼纯孝。大约是珠玑满腹，五内玲珑，日后必然名登金榜，为国栋梁。况且，年少英华，定是精神百倍。目如秋水，脸似银盆，足见元阳充足。"这妖狐正看到性至精微之际，主仆与园丁已从面前过去。犹自二目痴呆，直看着公子步入阳宅方转睛。自己叹道："我自居此洞，也时常出来消遣散闷，虽然也见些人物，不是精神暗昧，便是气浊志昏，哪有这出类拔萃之品，温雅齐全之士？倘若与这样人结成恩爱，必定是惜玉怜香。"妖狐想至此处，不禁跃然而动，心旌摇摇，淫情汲汲[2]，遂将数千年修炼之功，一旦付之东洋大海，安心要引诱周信。

你看他做出千般袅娜，万种风流，竟往园中等候。大约这周公子与妖狐合该前生有一段姻缘事不可解，偏偏周信用饭之后，见天时尚早，又兼爱慕青石山的景致，他便独自一人，步入阴宅后面园内闲玩。但见起造的月牙河石桥，似玉修理的玲珑塔，远映明堂；一带长溪，四围环绕；两旁大树，柳绿松青。树前列石人石马，坟后靠峻岭青山。东有来龙应风水，南风吹送野花香，石牌楼镇西来白虎，内有碑铭，字文俱佳。北有瀑布清泉，水响音清，芳草遍绿。遥看峰峦耸翠，云影徘徊，远黛含烟，树木密密，真是天然入画，景致非常。

公子游够多时，顺步行来，忽见太湖石旁恍惚有人弄影。紧走几步，仔细一看，乃是个绝色女子。公子一见，不觉吃了一惊，以为深山穷谷，乃有如此佳人，真乃是闭月羞花之貌，沉鱼落雁之容。何以见之，

---

[1] 锞（kè）子：旧时作货币用的小金锭、小银锭。

[2] 汲汲：形容心情急切。

有赞为证：

周公子，凝神仔细观，真个是丽丽娉婷女娇娥。好风流，真俊俏。鬓儿蓬，乌云儿绕，元宝式，把两头翘；双凤钗，金丝绕，排珠翠，带昭君套，对金龙，在左右靠，正中间嵌一块明珠放光毫。碧玉环，坠耳稍，远黛含，新月晓，又宜嗔，又宜笑，黑白分，明星照，水灵灵好一双杏眼，细弯弯似柳叶的眉毛。截筒鼻，双孔小，如悬胆，正且高，相衬那有棱角涂朱似的小樱桃。榴红衫，花样巧，三山式，把罗裙儿罩。云肩佩，穗子飘。春日暖，翠袖薄，纤纤玉指把春扇轻摇。体轻盈，千般妙，迎风舞，柳杨腰。步相沉，金莲小，就是那巧笔丹青难画也难描。变化得，神形巧，仙家术，天然的妙。一任你慧目灵心，也难辨他是个狐妖。

却说周公子看罢妖狐，不觉心猿动转，便生怜爱之情。这正是：

酒不醉人人自醉，色不迷人人自迷。

不知周信与玉面狐如何接谈，且听下回分解。

第二回

玉面狐幻化胡小姐　痴公子书室候佳期

词曰：

天上乌飞兔走，人间古往今来。沉吟屈指数英才，许多是非成败。祸福由人取，信邪反正堪哀。少年遇色须戒哉，有过切勿惮改。

话说周公子正自散闷，以解余悲，不期偶然遇一个美人，立在太湖石侧，手执纨扇，意静神遐，若有所思的样儿。看来真是翩若惊鸿，宛若游龙，又搭着这有情有趣的时光，无垢无尘的境界，越显得佳人体态风流。当此之际，就是铜铸的金刚，铁打的罗汉，也便情不自禁。而况周公子正在英年，才情无限，知识已开，未免有嘲风弄月之襟怀，惹草拈花的心性。他便笑吟吟理正衣冠，紧行几步，来至玉狐切近，深深打了一躬，说道："荒园小榭，唐突西施，幸蒙青睐，草木增光。甚愧点不堪玷辱佳人赏鉴。"

玉狐闻言，故作吃惊之态，羞怯之形，用春扇遮面，将身倒退两步，方启朱唇，低声答道："奴家偶尔绣慵，偷闲出户，贪看姣花嫩柳，不觉信步行来，得入芳园，眺览美景，幸遇主人，有失回避。今蒙不施叱逐，为幸多矣。"说罢，站在一旁，用杏眼偷看周生。公子听他言语典雅，倍加爱慕，故意问道："小娘子闲步至此，宝宅定离不远。不然，何以不带梅香[1]，孤身来到敝园之内？请问府上贵姓？尊大人何居？小姐芳名？望赐指示，改日好到宅拜见尊翁，稍尽邻里之谊。"玉狐见周生说话亲切，便知其心已动，乃含笑答道："萍水相逢，何

---

[1] 梅香：旧时小说戏曲中丫环的常用名。后也指代丫环。

敢周公子拜访？奴家姓胡，小字芸香，原籍乃淮南人氏。自去岁投亲不遇，移居此处，至今不过半载有余。家翁早已去世，现在只有孀居老母，相依度日。今日纱窗刺绣，困倦忽生，丫环午睡正浓，未肯唤醒令伊等相伴，故自身出外散闷。今乃得遇公子，实是三生有幸。又蒙俯问，足见长厚多情。公子坟墓在此，一定常来。奴家从此倒要不避嫌疑，求公子照顾护佑。则孤弱母女，感情多矣。”

这妖狐故逞媚人之术，真是莺声燕语，呖呖可听。公子又闻这一派言词，更兼妖狐作出许多情态，就似把三魂被他摄去一般，并不详细究问，便把一片虚言当作真事，心内反怜他母女孤单，又贪恋佳人模样，不由得便落在妖狐术内。因忙答道："小姐既系此处邻居，日后未免常来搅扰。适才所言，足征[1]雅爱，幸蒙不弃，小生敢不唯命。”此时周生已是意马难拴，无奈不敢冒昧。因又言道："小姐立谈多会，未免玉体劳烦。现在我园小轩颇静，请停息片刻，待小生献茶，聊表微意，望小姐见允才好。”此时妖狐虽欲与周生相嬲[2]，又恐有人撞见，查出他的破绽来，乃含笑答道:“公子情谊，奴家心领。奈奴出门多时，恐老母呼唤不便。速速回去，庶免高堂致问。”周公子听罢，心不自主，心知难以相强，遂带出些许留恋不舍之形。

玉狐参透其意，故意为难多会，方说道："既蒙公子不弃，奴家应该听从。无奈此时有许多不便，故不能遂相公之意。果然相公不鄙寒微，诚心相待，请暂且回府。至晚遣开贵介[3]，在书斋坐候，俟初更之际，奴家侍奉老母，小声与丫环等说明，使瞒老母一人，那时情愿不辞奔波，往相公书斋一会，以作倾夜之谈，岂不胜此一时眷恋乎！”周生尚要再言，只见玉狐已款动金莲，慢舒玉腕，向公子深深道个万福，故意连头不回，竟自去了。

但凡人要遇见美色，迷了心壳，便把“情理”二字不能思想。比

[1] 征：验证，证明。
[2] 嬲：纠缠，戏弄。
[3] 介：指书童或仆人。

如日下，一个闺中民女，黑夜之间独自一人，焉能奔驰五六里荒郊道路，至别人家叙谈？况在此初逢，并没言过门户方向，深宅大院，找到书斋，世界上哪有这等情理？总而言之，人若入了死心眼的道路，就有人指示投明弃暗，再也不肯回头。此乃人之懵懂着迷不能免的。

故周公子一味被玉狐惑乱，迷住心性，并不细详有此情理没有，眼望着妖狐去后，他便急忙回到阳宅，催苍头叫园丁收拾祭器，备马归家。你看他一边行走，一边思念今日奇缘，实为得意，恨不能一刻至家，打扫书斋，候胡小姐到来，好与他结成恩爱。想至此间，不觉喜形于色。复又暗想，他乃娇弱美女，三寸凌波，夜晚更深，恐不能行走。念及至此，不觉又是发闷。

从来书呆子作事，多露马脚。这老苍头乃是心细之人，见公子回归匆促，在马上又这般形景，未免有些疑心，便暗中低声说道："延寿儿，你看咱公子来时，祭扫坟茔何等悲泣！你可知他在阴宅遇何事故，回头反这等喜悦？"延寿乃轻轻答道："适才坟上祭奠已毕，我见园内桃花开得甚好，欲到树上去折一枝。走至树旁，刚要下手，忽听有人细语。猛一抬头，见咱公子与一个极俊的姑娘在太湖石旁边说话呢。哎哟！他们两人真是说得有来有去的。到后来，咱公子作揖，那姑娘也答拜，闹了好大工夫。想是咱公子说话烦琐，见那姑娘竟一溜烟似的走了。剩下咱公子，发了半天愣怔，方回身出离园内。我见到了阳宅，便吩咐速速备马。也不知他们两个有什么缘故。我恐叫他两人看见不便，连花也未折，便忙忙收拾起身来了。想这光景，咱公子必是与那姑娘拌了嘴，那姑娘赌气回去。不然就是和那姑娘题诗论文，叫那姑娘考短了。便是考短了，那姑娘不悦，咱公子也就没趣咧！大约是为这事，在马上又喜悦，又发闷的。"

苍头听延寿一片话，不觉得吃了一惊，说："此事有些奇怪。现在此处半是荒冢，并无多少住宅。纵有两家守墓的家眷，不是形容丑陋，便是相貌平常，何曾见有绝色姿容、知书识字之女？况且村上妇女，一见生人，早躲得无踪无影，慢说题诗讲文，就是说话尚不知从何处先言，焉能有惊动咱家相公的？即或有之，也不能在人家园内与年少书生盘谈多时、款诉衷情之理。”这老苍头乃是周宅上辈的老家人，周宅之事无一不知。修墓之际，皆他分派，所以这坟地四面居民，未有不晓得的。如今听了延寿儿的言词，满腹猜疑，再也想不出是谁家的女子。一路随着公子前行，也不敢致问。只见公子骑马紧走，已到自家门首，看门的将他搀下马来，竟自进入宅院去了。

你道周宅怎样装修？有赞为证：

这所在，是周宅的院宇，多齐整！看来是匠心费尽了细工夫。芸香院，通幽处，月洞门，便出入，影壁墙，亚似粉涂，汉白玉，镶甬路，四方砖，把满地铺，一步步，成百古。进中庭，楼阁屋，栋梁材，多硬木，安排好，点缀足，真正是修盖得华丽，精而不粗。深深院，幽香馥，假山堆，名太湖，叠翠形，崎岖处，青簇簇，芭蕉叶，相映着，四季花，梧桐树。罩纱窗，多幽竹。玉阶旁，瑶草绿。满庭中，奇葩异卉仿佛仙都。小书斋，似图书府。启帘栊，湘妃竹，翰墨香，散满屋，摆设着，瑶琴古，列七弦，分文武，镌款式，有名目，蔡邕题，小篆书，金徽[1]灿，玉轸[2]足，知音者，方能抚。看出处，这物件原来是刻着汉朝的印图。设棋枰，随着谱，云南子，润如珠，号手谈[3]，真不俗。论先后，分宾主。见高低，决胜负。论步位，分心路。得意间，忘情处。学奕术，能开心窍把忧闷舒。启琅函，册页贮。设案架，堆书处。标着签，分名目。好装潢，多套数。芸香薰，怕虫蠹。亿万卷，千百部。校兑清，无讹误。看来是三坟五典[4]、上古的奇书。满壁挂，古画轴。写成章，联成幅。墨山水，美人图。

[1] 徽：琴徽，系弦的绳。
[2] 轸：弦乐器上的轴转动弦线。
[3] 手谈：下棋的雅称。
[4] 三坟五典：传说中我国最古的书籍。伏羲、神农、黄帝之书谓“三坟”；少昊、颛顼、帝喾、唐、虞之书谓“五典”，即五常：父义、母慈、兄友、弟恭、子孝。

称妙手，笔力足。点缀好，五色涂。配对联，书法古，名人迹，
有印图，真正是丹青的妙笔世间无。靠粉墙，桌案处，摆设精，
文玩古。控金钩，把床帐铺，兰麝香，锦被褥，鸳鸯枕，碧纱橱，
真雅致，不透俗，看来是纵然富贵并不轻浮。

话说周公子回在院内，并不等候老苍头父子来到，他便换了便服，也不用饭吃茶，匆匆地竟奔书斋之内。老苍头后面赶到，忙令延寿儿到书房伺候公子净面，以便用饭。谁知净面已毕，即将延寿遣出，说："你不必在此伺候，如有他事，再行呼唤，无事不必再来。"延寿儿乃系小孩子，乐得躲开，吃罢饭要去。此话按下不提。

单说玉狐自花园中许下周生夜晚相会，他便匆匆归入洞府。众妖狐一见，急忙卷起湘帘，接去春扇，俱各含笑迎接。玉狐进入内洞，归了坐位，小妖送上茶来。玉狐擎茶在手，遂向群狐说道："今日洞内有何人到？众姊妹等作何玩耍？"群狐答道："我等并无别事，无非大家闲叙而已。"言罢，众狐又向玉狐问道："今日洞主下山，我等看脸含春色，鼻放毫光，定有遂心如意之事。不然，何以气象如此？如有什么奇遇，可对我等一言。"

玉狐闻听此言，满面堆欢，说道："近来众妹等眼力颇高，灵明百倍。我方进洞，就看出此次下山，定有机缘相凑。我实对妹等说罢，今日愚姐下山，正在郊原散步，忽见坟墓之旁来了主仆三人祭扫。我看其中有一书生，先天真元充实，后天栽培坚壮，满面红光一团秀，真是你我修炼难得的金丹至宝。况且生得品格端正，体态风流。因此我见他们祭祀毕，便隐在花园之内等候着他。可巧，也是天缘，此生又独自在花园内闲玩。我便故意与他撞见，谁知此生更自多情，被我三言两语，说得他实心相信，约定今晚在他书斋相会。"

玉狐从头至尾说了一遍，众妖听说，俱尽欢喜，遂一齐说道："仙姑若得此人朝夕相会，慢慢地盗他真宝，从此不愁大罗神仙之位。这也是仙姑的福气、缘法，方遇得此等机会，实是可喜可贺。"遂吩咐小妖："备办筵席，我等与仙姑增添圣寿。"顷刻间，便搬运了许多的佳肴美

馔[1]，摆设已毕，众妖把盏，请玉狐上坐。玉狐说道："即承众妹雅意，愚姐只得僭[2]坐了。妹等俱来相陪，咱大家好开怀畅饮。"小妖轮流劝酒，众狐饮宴多时，已是金乌西坠，玉兔东升之候，众狐皆有几分醉意，玉狐恐误相约之事，便吩咐撤去杯盘。吃茶已毕，便辞别众狐，出了洞府，来在青石山高顶之上，对月光先拜了四十八拜，然后张开口吸取明月精华。完了工夫，又到山下涧水之中洗了洗身体，抖净了皮毛的水迹，仍然化成美女，驾起妖云，直奔太平庄周公子的书室而来。

来在窗棂之外，按落云头，轻轻地站住，不敢遽然[3]进入。乃用舌尖舔破窗纸，以目往里张看，但见屋内高烧银烛，静悄无声。只见公子在那书案之旁坐着发怔，似有所思。看他那模样，借着灯光，比在花园初遇更添了许多的丰采。怎见得，有赞为证：

这正是，佳人站立纱窗外，舔破窗纸偷看英才。倚书案，似发呆，看标格，真可爱，借灯光更把那风流衬起来。素方巾，头上带，乌油黑，遮顶盖，正中间，玉一块。宫样袍，可体裁，青布厢，边儿窄，绣团花，分五彩，坎肩儿是一水蓝的颜色俗名叫月白。腰间系，白玉带，透玲珑，生光彩，银纽扣相配着护胸怀。厢云履，地下排，细粉底，轻且快，端正正，鼓满充足一点儿不歪。因守制，无缯彩，锦绣服，全更改，哪知道一身青皂愈显得唇红齿白，两颊粉腮。

玉狐隔著纱窗偷看多会，见公子坐在椅上，若有所待。观其美貌之处，真是粉装玉琢，犹如锦簇花团。妖狐此时，不觉淫情汲汲，爱欲滋滋，恨不能一时与他鸾交凤友，乃轻轻地在窗外咳嗽了一声。

话说公子自从书斋吃茶净面已毕，并不似每日在前边院内来与人说笑闲叙，也不唤仆人整理书室，将延寿儿遣开之后，竟自己将书室物件安置了一回。至用饭之时，老苍头亲身请问，他便带出许多不耐

---

[1] 馔（zhuàn）：食物。

[2] 僭（jiàn）：超越本分。此处是谦词。

[3] 遽（jù）然：匆忙，突然。

烦的样儿。苍头摸不着头绪，以为今日祭扫，身上必定劳碌，遂问道："公子今日身上若不畅快，想吃什么，可吩咐老奴，好派人去做。"问了几次，并不回答。苍头急忙出离书院，令厨役在书斋摆饭伺候。

哪知周信一心想着美貌佳人，将饭胡乱用些，便令撤去。厨役将要走时复又说道："你到前边院内将锁跨院门的钥匙取来交给我，烹一壶茶送来，你们在前边吃饭去罢。我今日身觉乏倦，需要歇息，如有事，候我呼唤再来。"厨役忙答应，将钥匙与茶放下，便自去了。这里剩他一人踱来踱去，顺着书院，绕到跨所门边，将门启放，向青石山望了一回，尚无踪影，复又回至书室坐着纳闷，恨不能一刻太阳西坠。又恐黑夜之间，苍苔露冷，鞋弓袜小，难以行走；又恐其老母未寝，阻住无由脱身。心中无限狐疑，搔首踟蹰，无聊之至。思虑盼望，好容易挨至初更之后，仍无人影。无奈何，自己点上银烛，倚靠书案，呆呆地在那里相待。正自发闷，忽听有人咳嗽一声，悄低低地说道："有劳相公久候，恕奴来迟，万勿见怪。"此时周信正在渴想之际，猛听这一派莺声俏语，犹如得了异宝一般。况且，周信又是乍逢美色，其心中之喜真是：

胜似洞房花烛夜，强如金榜挂名时。

不知周公子与胡小姐二人果能可成恩爱不能，且听下回分解。

第三回

玉面狐采阳补阴　周公子贪欢致病

诗曰：

窗明几净读书堂，斗转星移漏正长。
独坐含情怀彼美，相思有约赋高唐。
从来国色多怜爱，况遇佳人巧饰装。
莫怪妖狐惑周子，嫦娥且爱年少郎。

话说周公子一闻胡小姐的声音，不觉心中大悦，急忙离坐，开帘迎接，含笑说道："小姐真乃生人，小生有何德能，风寒月暗，敢劳仙人下降？"玉狐故装体倦身慵，娇模娇样地答道："身在闺中，视一里为遥。今乃奔驰五六里，实在怠惰之甚。"公子一见小姐，此时心内以为天下未有之喜，忙将湘帘打起，说道："书室并无他人，请小姐速进歇息玉体。"玉狐款动金莲，走入书室，见其中粉饰精工，摆设得诸般齐整，便对着公子福了一福，说："恕奴僭坐。"即在绣帐之内靠床坐定，反装出许多娇羞的样子，不言不语。

公子此刻不敢遽然相近，偷眼观瞧。常言道，灯下看美人。见其打扮的衣服华丽，借灯光一看，较花园乍见时倍添了几分风韵，真是巧挽乌云，天然俊俏。淡施脂粉，绝世姿容，更兼假装走得香汁津津，带出娇懒之态，更觉妩媚可爱。此皆妖狐作就的幻术迷人，岂知他自山洞之中，原是披毛的畜类。未从欲到何处，驾起妖云，将身一晃，比电还快，顷刻之间能行千里。何况太平庄五六里之遥，便觉不胜受累之理。所以装做这样情形者，恐人看出他的破绽，心生猜疑，便难盗周公子的真元至宝了。

哪知周公子贪其美貌，并不究其来由，一见这样光景，怜他走路奔波，心中甚觉不忍，反暗想：胡小姐弱质纤腰，自有生以来，定未受过这等辛苦。而今为我相会，反瞒他老母，悄地而来，更深路远，独自出门，为我用的这等苦心，实在难得。况且月夜之间，倘遇轻薄歹人，不但难免失节受辱，还怕因而废命伤身。如此担惊冒险，真是令人过意不去。常言说，时来逢益友，运蹇遇佳人。况周生自与玉狐相遇，已被他幻术拢住，莫说无人指破，即此有人说他是个妖精，见此等美貌多情，公子亦不相信。故此一心迷住，并不察问如何找到此处，由何处进入，一概不提。

他见玉狐香汗淋漓，就如桃花带雨一般，连忙深深打了一躬，说是："小姐如此多情，小生将来何以补报？"妖狐闻听，故做戚[1]容，说道："哎哟，我的相公，我母女背井离乡，举目无倚，久仰公子端方朴厚，文雅风流，天幸在园巧遇，得睹尊颜。今夕奴家特来相会，以求公子日后照拂我母女，别无他意。望祈正眼相看，勿为桑中之约，目作淫奔之女，使奴家赧颜一世。不过暂叙片刻之谈，以全园中之信，奴家便告辞。"公子听罢，不禁心内着急，说道："感蒙小姐光降敝斋，足征雅爱。不意小姐如此说来。想是以小生为不情之人，无义之辈，恐日后忘情负义，有玷小姐，故小姐拒绝如此。倘小姐心中疑虑，我周信情愿对灯盟誓。"

妖狐闻言，含笑说道："奴家非不欲与公子相交，特[2]恐公子不能做主，日后昌扬出去，众人见疑，倒觉公子许多不便。况奴观自古男女私约，起初如胶似漆，何等绸缪。及至日久生厌，或一时复有外遇，或父母逼迫结亲，到那时，便将从前之人置之度外。纵有盟誓，无非虚设。倒莫若撇却床笫之交，结作谈文之友，比那终日被情欲缠之人，岂不更有些意味？适才公子所说对天盟誓，亦无非哄愚人的牙疼咒儿，劝公子不必如此。请公子或是吟诗，或是著棋。奴虽不甚通文，颇愿学之。"周生此时一派欲意，忽听这些言语，不知妖狐是欲就反推，

---

[1] 戚：忧愁，悲哀。
[2] 特：只，但。

他便认起真来，说："小姐既然如此，莫若两不相识。难道叫小生剜出心来不成？此时小生唯心可表，如恐日后见弃，小生自愿对天设誓。听与不听，任凭小姐尊意。"

妖狐见公子说出急话，知道绝不见疑，复又含笑说道："公子果然见爱，奴家何敢自重其身？但后休忘今夜之情便了。何必如此着急。"公子见妖狐已有允意，将心放下，走到玉狐身边说道："小姐纵然相信，小生情愿诉诉心怀。"言罢，用手将玉狐搀起，一拉纤腕，周生便先跪倒。玉狐趁着此势，也就随弯就弯地跪下。

此刻正是夜深人静，恰好海誓山盟。公子对天达告已毕，二人携手站起，并倚香肩坐在绣帐之内。款语温存了多会，公子复又言道："良夜迢迢，小姐必定行走劳乏。小生有备下的酒肴，请与小姐共酌，不知意下何如？"玉狐并不推辞，说道："公子盛情，敢不承领？"言罢，二人便酌酒谈笑，自在叙情。此时正是，风声潇洒人声寂，夜色深沉月色明。三杯之后，玉狐酒淘真性，面放桃花。公子色欲迷心，情如烈火。只见玉狐娇滴滴含笑说道："奴家酒已够了，请公子自饮罢。"公子恨不能有这么一声，急忙将酒撤去，展开罗帏，铺放锦被，二人相携而入，唯恨解带宽衣之缓而已。这一夜你恩我爱，风流情态不必细述。正是：

温柔乡似迷魂阵，既入方知跳出难。

从来欢娱嫌夜短。二人定情之后，堪堪东方将曙，玉狐不待天明，忙着披衣下床，便欲告辞而去。公子说道："天色尚早，何必如此太急。"言罢复用手将玉狐拉在被内，说："待我与小姐一同起身，小生好去相送。"常言狐性最淫，他见周生如此重情，复又作出无限风情以媚之。阳台再赴，情不能已。这周生以为得了奇遇，唯恐妖狐之不来，再三约定，二人方穿好衣服，又叙了许多情话。

玉狐说道："东方已明，可放奴去罢。不然被人相遇，羞答答怎好见人。"公子此时不知怎样才好，有心留在书室，又恐其不从；有心叫他自走，又怕路上许多不便。真是恋恋不舍，无可如何，遂向玉狐千恩万谢，说道：“小姐欲归，小生也不敢相留。但独自行去，小生须得多送几步才得放心。”玉狐含笑答道：“公子何乃聪明一世，懵懂一时？我自己行去，即有人撞见，尚不知我是何人，从何处身。若要公子相送，岂不是将咱们的隐事明明告诉别人么？奴虽女流，自有防身主意，公子倒不必担忧。况奴既失身于公子，自当念念在心，乘隙必定早来。只求公子将跨所门虚掩，免得一时惊人耳目可也。公子亦当谨慎防范，守口如瓶，即宅内之人，亦不可令他们窥见。”公子一一答应了，二人方携手出门，又相叮嘱了几句，玉狐方款步而去。

公子回到书斋，日色已明，他也不顾吃茶净面，便仍卧在绣罗帐内，思想胡小姐如何打扮得艳丽，如何生长得娇美，如何夜里的风情款曲。思想了多时，复又昏昏睡去。及至小延寿捧来脸水伺候，方慢慢唤醒。梳洗吃茶已毕，摆上饭来，公子一面用饭，一面吩咐：“从此我要静心用功，尔等非奉呼唤，不必常来书院搅扰。”仆人答应了，对众说道：“公子勤学读书，欲图上进。咱们不可再去混他。每日吃茶用饭，令延寿儿端来撤去可也。”

哪知公子也并不是欲读书，也并不是要上进。白日在书室闷坐酣眠，黑夜与胡小姐贪欢取乐。宵来昼往，堪堪半载有余。世上有两句俗言，恰合周公子心意：宁在花下死，做鬼亦风流。

玉狐与周公子交接已久，妖狐见书斋清静，他便不甚隐藏，轻出轻入，毫不介意。周公子贪恋美色，也就诸事不顾，肆意叙情。岂知人之真元已失，未免精神倦怠，便就不似先前那等充实身体。况又旦旦而伐之，岂有不欲火上攻之理？所以人之元阳，乃系一身之宝者，不丧失，不但寒暑之气不侵，可以长生寿者。即入修炼之道，体健身轻，亦可容易飞升。不信，八仙之中吕纯阳便可相说。他因自幼不丧精元，故他的道术较别的仙人甚高。这人身的精血，岂不是至宝么？玉狐与周公子相会，亦为的是采取元阳，容易修成大道的心意。无奈周公子不知，反以为最美之事。哪知夜夜鸳鸯，朝朝鱼水，便是亡身致病之由。前人有四句诗，可以为戒：

二八佳人体似酥，腰间仗剑斩愚夫。

虽然不见人头落，暗里催君骨髓枯。

闲言休叙，且说玉狐自从得了周公子的真元，又遂了他的淫欲，回到洞中不胜欢喜，以为指日即可修到大罗仙的步位。这些大小妖狐，齐来相贺。一日由周公子书斋回洞，正在饮酒谈笑之际，忽见小妖来报说："蜀中凤箫公主到了。"玉狐闻听，急离坐相迎。

二妖一见，彼此叙礼已毕，玉狐吩咐再整佳筵，将凤箫公主让在客位，众狐侧坐相陪，大家畅饮闲叙。只见凤箫公主笑盈盈说道："闻听玉姐得一情郎，夜夜欢聚，不但有益修炼之功，而且得遂情欲之乐。今日小妹既来，无别的致贺，借姐姐之酒，奉敬三杯为寿，异日好求姐姐携带，会会得意郎君，不知姐姐意下何如？"玉狐答道："贤妹离此甚远，何由得知最切？"凤箫道："前日妹到云罗妹妹洞内，无事叙谈，因思念姐姐日久不晤，我二人轮指卜算，便知姐姐定有如心喜事。故此，小妹特来道贺。"玉狐又道："现今愚姐正为此事作难，敢请贤妹想一最妙主意方好。"凤箫道："你们二人正在得意之际，有什么为难之处？"玉狐长吁叹道："自今年清明佳节，愚姐出洞闲游，得遇此生上坟祭扫。愚姐见他天庭饱满，地阁方圆，更兼身体伟壮，举止风流。我想，此生日后必定富贵寿考。彼时愚姐凡心一动，故意与他相遇，用幻术将他引诱，用言语将他扣住，密定私约，得以往来。哪知与他期会未及一载，便觉骨瘦形消，似有支持不来的样儿。此刻欲要将他丢开，因其情深，又觉不忍。欲要仍与他相缠，又似无益。因此进退两难，故求贤妹为我决断。"

凤箫道："据小妹看来，此生既已病体支离，可令其潜心保养，大约此际不致亡身丧命。姐姐亦可从此打破欲网，斩断情丝，回洞纯修大道，此乃两不相负之法。若是仍然固结不开，有意逗留，恐其中日久生变，倒招祸患。纵然咱有些道术，不甚要紧，常言说，邪不能侵正。莫若此时以忍情绝痴情，及早回头，尚无妨碍。若今日缠绵不悟，到那时梦醒已迟，岂不悔之晚矣。"玉狐听罢，说道："多谢贤妹指教。

真是良言金玉，愚姐从此见机而作可也。”说罢，仍又酌酒谈笑。

饮至夕阳将落，凤箫道：“搅扰了众姐妹多时，日色沉西，小妹已该回洞了。”玉狐答道：“知心姐妹，何必客套？不知贤妹此去，何日再会？如见云罗贤妹，可代愚姐问候。贤妹若再来时，祈转请云妹一同到此作么。大家说笑一日，岂不甚妙。”凤箫道:“谨遵姐姐之命。”言罢告辞，乘风而去。

话说玉狐自与周公子相遇，夜夜得遂淫情，今听凤箫公主之言，欲待不往，心中着实地委决不下。况又被酒所困，事思云雨之情，无计奈何，早将适才所说禁欲之话撇至九霄云外。这也是乐极悲生，循环至理，万不能免去祸患。你看他，仍旧幻化得秀雅娉婷，打扮得清奇俏丽，身驾妖云，直奔周公子的书室。来在窗外，向里窥视，甚是寂静。案上残灯半明，公子尚卧罗帏。玉狐一见，回想初来此处，公子何等精神！书斋何等齐整！今日一看，与先前大不相同。妖狐思及于此，未免叹气自忖，然亦无可如何。

只得掀帘进去，乐一日是一日罢了。妖狐走进书斋，轻轻将公子唤醒。不知二人说些什么，且听下回分解。

第四回

玉面狐兴心食童男　小延寿摘果妖丧命

诗曰：

色作船头气作艄，中间财酒两相交。

劝君休在船中坐，四面杀人俱是刀。

话说周公子正在梦寐之间，忽听有人声唤，一睁二目，见是胡小姐，便急忙起身说道："敢则贤妹到来，有失迎迓。"言罢，同携素手，挨肩坐下。常言说，酒是色媒人。玉狐酒兴尚浓，未免春心摇荡，恨不即刻贴胸交股，共效于飞。所以二人并不闲话，即携手入帏，滋情取乐，至五更方止。一宿晚景不必细言。

且说老苍头自从清明之后，因公子吩咐，不奉呼唤不许来进书院。他想，公子必定趁着守孝，要专心诵读，心中甚喜。故每日只令延寿儿询问，送茶送饭，也就不在其意。及至日久，不但说未见游山访友，连前面院内也不见出来。且又从未听得读书之声。虽然甚疑，又不敢到书房察问探询。延寿儿说："咱公子终朝不是闷坐，便是睡卧。先前还在书院踱来踱去，这些日子，我见脸面尖瘦，气喘吁吁，总没见他看文章，听他念诗赋，似先前那声韵儿怪好听的。不知道晚上做些什么，日色老早的，便嘱咐我不必再来伺候，遂将书院前边这门拴上。你们想想，这可是何缘故呢？"

老苍头听罢延寿儿之话，心中甚是惊疑不定。细思公子这等形容，必定有由而起，莫非书室有人与他作些勾当不成？然此村中未闻有这等风声妇女。即或清明祭扫之时，有女子与他说话，却又离此甚远，亦难轻易至此。思来想去，竟揣摸不出头绪。盘算多会，忽然生出个主意来：现在时届中秋，果品已熟，过一两日走到书斋作为请公子到坟祭祀，到那时看他形景如何，再作道理。遂嘱咐延寿儿："不可竟去贪玩，须用心服侍公子。"言罢，老苍头又去查看地亩场园去了。

哪知公子之病，尚未至极重，其中便又生出祸来。这周公子自从被色迷住，凡宅中大小之事，不但不管，连问也不问。昼则眠思梦想，夜则倚翠偎红。日久天长，哪禁得淫欲无度。未免堪堪身形憔悴，神气恍惚，便觉有病入膏肓的样子。然而病至如此，犹不自悟。即偶尔想着禁情节欲，静养几日，及至胡小姐一到，见其湘裙下金莲瘦小，鸳袖下玉笋尖长，绰约艳丽，绝世风姿，情欲便陡然而起，仍然共枕同衾。况妖狐淫荡已极，来必阳台三赴。所以，这病只有日添、没有日减之理。

话说此时，节近中秋，这周宅后面园内有许多果树，枝上果子大半皆熟。这日周公子自觉形体枯槁，心中火热，忽然想着吃几个果品。可巧延寿儿正来送茶，便急忙叫派人摘了送来。公子自用几枚，余剩的赏了延寿儿。哪知延寿儿早就想到园里偷摘果子，因老苍头吩咐过，说："这果子虽然已熟，公子尚未到坟上进鲜致祭，断不准令别人先采摘。"故此令人看守甚严，专候公子吩咐采鲜祭祀。岂知公子被妖所缠，一灵真性迷乱，竟将秋季上坟之事忘了。老苍头候了两日，并无动静。又因听了延寿儿所说之话，不晓公子是何缘故，遂将那看守果品的心意就冷淡了。这延寿儿因先前不得下手，也就罢了。今忽尝着甜头，又见有机会，便想去偷吃。况且这孩子极是嘴馋淘气，天生地爱上树登高。谁知这一摘食果子不大要紧，便从此将小命废去。有延寿儿可以为证：

小延寿，生来是下流。不因孝母去把果偷。这孩子，年纪幼，他的父，是苍头，因无娘，管教不周，才惯成，为王不怕的跳钻猴。而且是，模样丑，长了个连本儿不够。小辫顶，挽了个鬏花儿，搅的头发往回里勾。那脑袋似蚕豆，顶门儿上觚觚[1]头，

[1] 觚（gū）：古代一种盛酒的器具。

虽下雨，淋不透。两个眼，往里眍，木儿耳相配着前廊后厦的奔娄。眵[1]目糊，眼角留；牙焦黄，口味臭；清鼻涕，向下流，不搽不省常往里抽。满脸上，生横肉，不爱洗，泥多厚。有伤痕，疤痢凑，更兼挫脚石一般的麻子是酱稠。短夹袄，汗塌透，扯去了两管袖，露两只胳膊肘。老鹳爪，两只手。敞着怀，钮不扣。裤儿破，腿肚子露，因何撕？为招狗。他那足下鞋穿着一双踢死牛。真个是，生成的姥姥不疼、舅舅不爱，若说起腌脏之人，属他打头。

且说延寿儿见他父亲看守果品之意松了许多，便留心想着去偷摘。这日天色未明，他便醒来，起身溜下床来，轻轻地撬开门，一直奔了后宅果园。此刻，太阳尚未发红，他便顺着树爬上墙头，用手去摘那果子。

谁知书室的妖狐，此刻也要起身，正欲披衣下床，公子也要随着起来。妖狐急忙拦阻说道："你这几日身体不爽，须温存将养方好。这外边风寒露冷，欠安的身体，恐难禁受。再者，天光尚暗，我去后，公子正好锦被高卧，安心稳睡，俟晚间再图欢聚。"公子此时正在困倦，乐得卧而不起。今闻胡小姐之言，点头说道："多蒙小姐体谅，敢不从命！"言罢，玉狐轻轻将门开放，出了书斋。

他见四面无人，便在院中款款而行，一面走，一面低头打算。看官，你猜玉狐打算什么？他原想，当初与公子相交，一者，为窃采元阳，炼他的金丹。二者，公子年少风流，正可常常贪欢取乐。此乃一举两得，方遂心愿。今见公子未及一载，体就受伤，交欢之际，少气无力，觉得不能满其所欲。因此，心内甚是不悦。他不想公子病由何起，反恨他太生得虚弱，无用，不足耐久，半途而废，枉费了一片心机。世间男子，若皆如此，凡我采补者流，几时方到成仙之位？可见妖精禽兽，不与人同。不但不知自反，而且多无恻隐之心。所以妖狐盘算的是，

[1] 眵（chī）：眼睑分泌出的黄色液体。

公子既已得病，大略难得痊愈，此刻想将他撇开，再觅相与，又无其人；欲再与他相缠，又不能如意。自忖多会，忽生了个主意，说："有了，我何不在郊原旷野，寻两个童男，暂且吃了，以补眼前缺陷，候着此生？或是好了，或是死了，再作计较。"

玉狐想罢，走到书院门边，将要启拴开门，忽听有人拉的树枝响声，他当是有人来查他们的行迹，未免吃了一惊，便忙抬头仔细一看，乃是一个小孩子，不觉心中甚喜，想：适才我欲吃童男，不意未曾寻觅，便即撞见，岂非造化？趁着此处无人，将他诓[1]下树来，引到暗处，饱餐一顿。妖狐刚要用计招呼，忽又自忖，想这孩子，并非别人，定是老苍头之子小延寿儿。这孩子生得有些机灵，又系伺候书斋的小厮，倘若将他吃了，老苍头必不干休。那时吵嚷起来，公子必定生疑。不如不睬他，作为未见，我走我的路便了。

哪知不巧不成话，小延寿儿应遭此祸。这玉狐用手一扯门拴，偏又响动一声，延寿儿以为看果子的到来，几乎不曾唬的掉下树来。他便手扶树枝，站在墙头，低着脑袋，向四面细看。妖狐此刻，正恐怕人看见，听门拴一响，不免也就回首。他见延寿儿已经瞧见，知道欲进不便，欲退不可。你看他，柳眉一蹙，计上心来，袅袅娜娜走至墙下，悄声说道："你这孩子，还不速速下来！登梯扒高，嫩骨嫩肉，要跌着了怎么好？也不怕你们家大人看见，快下来罢！若不听我说，我便告诉你们公子，重重地责你。那时，你可别怨我不好。"

这延寿儿正是一心高兴，扳枝摘果，唯恐看园的撞见。忽听门拴一响，唬了一跳。低头看去，并不是宅里的人，倒是一个绝色女子，立在墙根之下。只见他颦眉未画，乱挽青丝，仿佛乍睡足的海棠一般。小延寿将要发话询问，忽见款步向前，反吆喝了他几句。此时日色未出，小延寿未曾看得亲切，不知是谁。今相离较近，看见面目似曾相识，又想不起来在何处见过。今听他说话，猛然醒悟，说："是了，清明

[1] 诓（kuāng）：骗。

祭扫，与我们公子私自说话的，岂不是这个姑娘么？怨不得公子这等虚弱，必是被这姑娘缠住了。我父亲正查不着这个原由咧！他撞见我，不说安安静静地藏避，反倒拿话吓叱我，岂非自找羞辱吗？”

小延寿想罢，将小脸一绷，说道：“你这姑娘真不识羞！大清早起，你有什么事情？门尚未启，你怎么进来的？我想你必是昨晚来了，跟我们公子书房睡的。你打量我不认得？今年清明佳节，我们到坟前祭祀去，你和我们公子在花园太湖石旁，眉来眼去，悄语低言，闹了好大工夫。那时，我瞧着你们就有些缘故，因碍着我们公子，不肯给你吵嚷。倘若我与你扬说出去，你一个未出阁的姑娘，必定好说不好听的。你也应该自己想想，改了这行径才是。谁知你们倒敞开脸皮闹到我们院里来了。我且问你，离着好几里路，是谁送你来的？还是我们公子接你来的？你是初次到此？还是来过几次？我想，你必是跟我们公了睡了，必定不止来过三五次。你们偷着，神不知，鬼不觉，悄不声地走了回去，岂不完了。今儿遇着我，反老着脸，管我上树偷果子吃！难道你偷着跟我们公子勾搭上，就算你是谁的少奶奶，这果子许你管着不成？我是不怕你对我们公子说了呵斥我的。我若恼一恼儿，给你喊叫起，惊动出我们宅里的人来，我看你年轻轻的姑娘，脸上羞也不羞。”说罢，向着妖狐问道：“我说的是也不是？”看官，你论延寿儿这孩子，外面虽生得不大够本，却是外浊内秀。他竟有这一番思忖，有这么几句话语！那周公子乃是斯文秀士，竟一味地与胡小姐偷香窃玉，论爱说恩，忘了严亲的服制。不详妖媚行踪。较论起来，尚不如延寿有些见识呢。

延寿儿一见是个女子，便思想，怎么轻易来在书院之内？事有可疑。无奈，终是未经过事的顽童，虽然猜疑，却未疑到这女子即是妖怪。他想着说些厉害话，先放他走了，慢慢地再对宅里人说明，设法禁止。哪知玉狐听罢，觉着叫他问得无言可对，未免羞恼成怒，怀忌生恨。欲待驾云逃走，恐怕露出行藏[1]。秋波一转，计上心来，想道："我将他留下，定生枝节。莫若将他活活吞在腹内，却倒去了后患。"遂笑吟吟对延寿说道："好孩子，你别嚷。倘真有人来瞧见我，你叫我是活着，是死了呢？岂不叫我怪羞的。我烦你将门开了，我好趁早儿出去。刚才我同你说的是玩话，怕的是你跌下树来摔着。果然你要爱吃果子，今晚我给你带些个来你吃。你可不要对人说就是了。"

从来小孩子爱戴高帽儿，吃软不服硬。延寿儿见妖狐央及他，说的话又柔顺可听，他便信为真情，倒觉不好意思起来，说："姑娘，你等我下去给你开门。"便连忙顺着墙跳到平地。玉狐此刻不敢怠慢，陡起残害狠毒之心，一恍身形，现出本相，趁势一扑。延寿儿"哎哟"了一声，早唬得魂飞魄散。

看官，你道这玉面狐怎样厉害？有赞为证：

这个物，生来的形相真难看。他与那别的走兽不合群，驴儿大，尾九节，身似墨，面如银，最轻巧，赛猢狲，较比那虎豹豺狼灵透万分。处穴洞，啸古林，威假虎，善疑心，郊行见，日色昏，它单劫那小孩子是孤身。尖嘴岔，似血盆，牙若锯，齿儿匀。物到口，不囫囵，能把那日月光华往腹里吞。四只爪，赛钢针，曲如勾，快若刃，抓着物，难逃遁，常在那月下传丹拳而又伸。眼如灯，睛着惺。臊气味，人怕闻。多幻化，惯通神，它的那性情善媚还爱迷人。这才是，玉面狐一把原形现，可怜那小延寿，命见阎君。

话说小延寿忽见九尾狐这等恶相，早吓得真魂出窍，不省人事。玉狐就势将他扑倒，看了看，四面无人，连忙张开巨口，将顽童衔住，复一纵兽形，越过书院的墙垣，落在果木园内树密林深之处，抛在地下，正要用爪去撕扯衣裳，小顽童苏醒过来，忽然"哎哟"一声，便欲伏身而起。妖狐此时怎肯相容，仍又一伸脖子，在咽喉上就是一口。

[1] 行藏：形迹，行踪。

顽童一阵着疼，蹬踹了几下，早就四肢不动，呜乎哀哉。谚云：人不知死，车不知覆。

这延寿儿摘果来时，本是千伶百俐、满心淘气的孩子。今被妖狐一口咬死，扯去衣服，赤条条卧在平地，可怜连动也不动。有赞为证：

这孩子生来特吊猴，险些儿气坏了那老苍头。素昔顽皮淘气的很，今朝被妖狐把小命儿休。逢异事，来相凑，冤家路，偏邂逅，灾衬临，难逃走。谁叫你，无故瞒人来把果偷。想方才，在墙头，逞多能把机灵抖。淫邪事，全说透，难免与妖狐结下冤仇。羞变恼，恨难抛，现原形，张巨口，咬咽喉，难禁受，只落得一派蹬踹紧闭了双眸。赤着身，衣没有，躺在地，无人救。任妖精，吃个够。他的那素日顽皮一旦尽收。魂渺渺，魄悠悠，遭惨死，有谁尤，无非是一堆白骨，血水红流。

且说老苍头自听公子形容消瘦，几次要到书斋探问，因场园禾稼忙冗无暇。又想着前些日，令延寿儿代行问候，公子尚说过于琐碎；若要亲身找去说话，必定更不耐烦，所以迟滞下了。可巧，这日早晨，见延寿儿不在，便自己烹了一壶浓茶，用茶盘托住，来至书院门侧。复又自忖：我自己送进书斋，公子喜悦，未免招他劳碌、生气。莫若等他将息痊愈，再亲身致问。想罢，手擎茶盘，仍去找寻延寿儿。在宅里喊叫两次，不见踪迹。忽然说："是了，今日这孩子起得甚早，必定到园里偷果子去了。待我往树上找找他去。"老苍头一径来至果园，扬着脸，满树瞧看，并无踪影。不知不觉来到土坡之下，忽然一阵风起，吹到鼻中，一派腥血气味。不禁低头向地下一看，只见鲜血淋漓，白骨狼藉。猛一抬头，忽见那土坡上面，有一个驴儿大怪物！老苍头一见，惊得失魂走魄，"哎哟"了一声，身躯往后一仰，连茶盏一齐栽倒在地。

妖狐此刻正吃得高兴，忽听"咕咚"一声，仿佛有人跌倒之音。急往下一看，见是老苍头摔在地下。心内想道："这老狗才，真真可笑。大约来找他那嘴欠的孩子，见我在此吃了他，便吓倒在地。你偌大年纪，难道说还怕死不成！哪知你仙姑不吃这干柴似的老东西。有心将你咬死，于我也无益。不如趁着此时遁归洞府，有谁得知？”它便搽了搽口嘴，抖了抖皮毛，仍驾妖云而去。

这里老苍头苏醒了多时，方缓过气来。强扎挣了会子，好容易才坐起，尚觉骨软筋麻。自己揉了揉昏花二目，复向草坡一望，见妖怪已去。这才略略将心放下，两腿稍微地有了主胫骨儿咧。站将起来，慢慢走到血迹近前，可笑那条小腿尚未啃完。明知亲生儿子被妖怪所害，不觉心中大痛，复又昏迷跌倒。这也是，命不该死，终难绝气。仍然缓够多时，悠荡过来。你看他如痴似醉，爬起身躯，望着剩下的残骨号哭。

这苍头，不由得，一见白骨，心中惨恸，捶胸跺脚哭。代着咕，真可叹，命运乖，从自幼在周宅，到而今，年衰迈，未伤德，心不坏，不妄为，不贪财，不续弦，怕儿受害。非容易，才拉扯起我的小婴孩。为的是，续香烟，传后代。我若死，他葬埋，不抛露，我的尸骸。为什么，顷刻之间逢了恶灾？莫非是皇天怪？又何妨，我遭害。害了他，何苦来。老天爷错报循环该也不该？这苍头，哭了个哀，无指望，犯疑猜。想妖物，由何来？这么怪哉！平空里，起祸胎。思公子，无故病，最可异，事儿歪。看来是妖精一定能变化，日久藏伏在书斋。

苍头哭了多会，无人劝解，未免自己纳闷。细思此地，怎能跑出妖精来呢？正在无可如何，猛然间想起公子之病生的奇怪。自从扫墓，遇见什么胡小姐之后，便终日不出书房。我想青石山下，并未闻有姓胡的，亦未见有千姣百媚、通文识字的女子，彼时就觉可疑。适才吃延寿儿的明明是个九尾狐狸，狐能变化，公子一定被他迷住。如今将延寿儿吃了，老汉无了收成结果，这却还是小事。倘若妖精再伤了我家公子，断了周氏香烟，岂不是九泉之下难见我那上代的恩主吗？老苍头想到这里，迷迷糊糊地，也不顾那延寿儿一堆残骨与那茶盘茶盏，一直竟奔了书院，来探公子病势。

及走到书斋门首，尚听不见里边动静。站在台阶之上，知道公子未曾睡醒，轻轻地咳嗽两声，指望惊动起来。哪知公子黑夜盘桓，晨眠正在酣际。老苍头心内着急，又走在窗下，大声言道："窗头红日已上三竿，请公子梳洗了，好用饭。"周公子一翻身，听了听是苍头说话，便没好气。坐起来，使性将被一掀，嚷道："有什么要紧的事，也需等我穿妥衣裳。就是多睡一刻，也可候着，你便来耳根下乱嚷，故意地依老卖老。本来我不愿叫你们进这书院，你偏找来惹气。不知你们是何心意？"从来虚病之人，肝火盛。又兼欲令智昏，这周公子一见苍头搅了他美寝，并不问长问短，便发出这一派怒话，辜负了苍头之心。苍头因延寿儿被妖狐所害，复恐伤了公子性命，故将疼子之心撂[1]开，特到书房，诉说这宗怪事，劝公子保重自爱。不意将他唤醒，反被嗔斥了几句，真是有冤无处诉去。

不知苍头说些什么，且听下回分解。

---

[1] 撂（liào）：放，搁。

第五回

李苍头忠心劝幼主　周公子计瞒老家人

词曰：

自古怀忠义仆，人人皆愿谋求。盛衰兴败只低头，到老节操依旧。抛却亲儿被害，狐缠幼主生愁。冤心受叱总无尤，仍是真诚伺候。

话说老苍头听了公子一派怒语，心中又是悲恸，又是难受。欲要分辩几句，又怕冲撞了，反倒添病。无计奈何，只得低声说道："公子不必生恼，说是老奴故意来此搅乱。因老奴有要事禀报，所以将公子惊醒。公子若未睡足，老奴暂且退去可也。"此时，公子虽一心不悦，然似这等老家人，夙日并无不是之处，若太作威福，自己也过意不去。只得披好衣服，坐在床头，说道："你进来罢，有什么急事？说说我听。"老苍头忙答应一声，走将进来。但见公子坐在床上，斜跨着引枕，形容大改，面色焦黄。看这光景已是危殆不堪的样子。老苍头不觉一阵心酸，失声自叹：想不到我未来书院，并无多日，为何形体就这样各别？

精神少，气带厥，两腮瘦，天庭瘪，满脸上皱纹儿叠。黑且暗，光彩缺，似忧愁，无欢悦，比较起从前差了好些。眉稍儿，往下斜；眼珠儿，神光灭；鼻梁儿，青筋凸；嘴唇儿，白似雪。他的那机灵似失，剩了痴呆。倚床坐，身歪列；听声音，软怯怯；衣上钮，还未扣结。看起那两只胳膊，细似麻秸。床上被，未曾叠；汗巾儿，褥下掖；香串儿，一旁撇；绣帐外，横抛着一双福字履的鞋。未说话，喘相接，真可痛，这样邪，大约是眼冒金花行步趔趄。谢苍天，既然绝了我李门后，千万地别再伤了我这糊涂少爷。

老苍头看罢公子，早把痛念延寿儿之心撂在脖子后头。满面含悲，说道：“我的主人哪，老奴因公子近来性情好生气，暂且躲避几时。想不到，病至如此危险。请公子把得病原由，可对老奴说明，好速觅名医，先退邪气，再慢慢用心调治。千万莫贪意外奇逢，恋良宵欢会，总以身体为重，方不失公子自幼聪明、生平高洁之志。今若仍为所迷，岂不是聪明反被聪明误了吗？”

这周公子尚不知延寿儿叫妖狐所害，听得苍头之话，句句掇心，有意点他与人私会。他便故将双眉一皱，带怒说道：“你真愈发活颠倒了。人食五谷杂粮，谁保不病？这清平世界，咱们这等门第，哪里来的邪气？说的一派言词，我一概不懂。我这病也并没甚大关系的，只用清清静静，抚养两日，自然而然就好了。你何苦动这一片邪说，大惊小怪的。”

公子指这几句话将苍头混过去，哪知老苍头听罢，言道：“公子不必遮瞒老奴，实对公子说罢，今早我烹了一壶茶，欲遣延寿儿来送，呼叫了两声，不见踪影。老奴知他必在后边来偷果子，老奴便走到果园找他。刚走至土坡之处，忽见一汪血水，一堆白骨。又一抬头，见极大一个九尾狐，抱着只人腿在那里啃吃，把老奴唬了一跤，昏迷过去。及至醒来，这狐便不见了。我想延寿儿定然被它吃了。咱这宅里，素昔本无妖精，怎么它就特意来此吃人呢？老奴想狐能变幻，倘若它再化成人形来惑公子，岂不是病更沉重吗？老奴所以前来禀明公子，好自保身体。岂知公子沉疴如此，叫老奴悲痛交加，心如针刺。公子既说书院并无妖怪，老奴何敢在公子之前欺心撒谎。只求公子守身如玉，从此潜养身心，老奴也就不便分辨此事了。”

周公子说：“我都知道了，你不必再言，用饭去罢。”苍头见公子撵他，知道其心仍然不悟，便自己想道：“我家公子，到底年轻。以忠直之言，反为逆耳，恐劝不成，倒与他添烦。莫若顺情说好话，暂把见妖一事先混过去。以后再作道理。免得此刻病中恼怒我。”想罢，复带笑说道：“老奴适才真是活糊涂了，见得不实，便来说咱宅里有妖怪。复又一想，俗语说得好，见怪不怪，其怪自败。还是公子圣明，见解高。况且咱这官宦人家，纵有妖魔，也不敢入宅搅闹。公子不必厌恶老奴了。常言说，雪中埋物，终须败露。大约延寿儿外边贪玩去了，终久有个回来。老奴一时不见他，心里便觉有些迷糊，两眼昏花，仿佛见神见怪似的。此时公子该用早饭了。老奴派人送来，再去寻他可也。”

这是老苍头一时权变，故责自己出言不慎，把双关的话暗点公子。岂知公子听了，冷笑说道："你如今想过来了？不认准咱宅中有妖怪了？想你在我周家，原是一两辈的老管事，我是你从小儿看着长这么大。你说，什么事瞒过你呢？如今我有点微恙，必须静心略养几日，并不是做主儿的有什么作私之处，不令你知道。你何苦造一派流言，什么妖狐变化迷人咧，又什么鲜血白骨咧，说得如此凶恶，叫我担惊受怕，心里不安。纵然有些形迹，你应该暂不提才是。你未见的确，心中先倒胡想。别瞧我病歪歪的，自然有个正经主意。况延寿儿平日不爱乱跑？不定在何处淘气去呢。假若真是被妖所害，果园必定有他的衣裳在那里。不知你见了什么生灵骨头，有狗再从你身边过，大眵目糊糊着二目，疑是延寿儿叫妖怪吃了，大早晨的你便说这许多不祥之话。按我说，你派长工将他找回来就完了。”

看官，你道周公子为何前倨[1]后恭？他因信了老苍头假说自己见妖不实的话，便趁势将书房私约隐起，说些正大光明、素不信邪之言，好使人不疑。这正是他痴情着迷，私心护短，以为强词夺理，就可遮掩过去了。这老苍头早窥破其意，故用好言顺过一时，然后再想方法。两人各有心意。闲言少叙，且说苍头听公子言罢，说："老奴到前边看看去，公子安心养病要紧。”出离书斋，自悲自叹地去了。

公子一见老苍头已去，以为一肚子鬼胎瞒过。也不顾延寿儿找着找不着，仍复卧倒。自己也觉气短神亏，饮食减少，心内虽知从清明以来与胡小姐缠绕以致如此，然此乃背人机密之事，胡小姐曾吩咐，不准泄漏。更兼羞口难开，到底不如隐瞒为是。倘若露出形迹来，老

[1] 倨（jū）：傲慢。

苍头必定严锁门户，日夜巡查，岂不断了胡小姐的道路往来？大有不便。莫若等他再来时，找他个错缝儿，嗔唬他一顿，不给他体面，使他永不再进书院才好。然他大约似参透了几分，适才想他说的奇逢欢会，又什么雪埋物、终要露这些话，岂是说延寿儿呢？定然他想着胡小姐是妖精，因我说宅内并无妖精，他所以用双关的话点我。虽说这是他忠心美意，未免过于啰咤。我想，胡小姐断不能是妖怪。无奈我们二人私会，也非正事，他劝我几句也算应该。况且幼曾受先人教训，宜知书达礼，以孝为先。如今双亲辞世，虽无人管，也宜树大自直，独立成家。回忆寒食扫墓，自己实在错误。我常向人讲，男女授受不亲，需学鲁男子坐怀不乱，方不枉读书，志在圣贤。那时与胡小姐相遇，若能抽身退步，岂不是正理？反去搭讪与他交谈。幸这小姐大方，不嗔不恼，更且多情。倘若当日血口喷人，岂非自惹羞耻，招人笑话。现在屈指算来，已有半载来往，我又未探听过，到底不知这小姐是甚等人家。此时虽无人知晓，似这么暮隐而入，朝隐而出，何日是个结局？事已至此，有心将话对苍头说明了，但这话怎好出口？况我自己也辨不准他的真迹，若说他是妖精，哪有妖能通文识字、抚琴吟诗这等风雅之理？据我瞧，一定是宦门的小姐，门第如今冷落了。恐日后失身非偶，知我是书香后裔，方忍羞与我相会。这也是有心胸志气的女子。常言说道：

旁观者清，当局者迷。

这周公子原自聪慧，听了苍头之话，却也觉背礼，自愧情虚。思想了一回，原悟过一半来，无奈见闻不广，以为妖精绝不能明通文墨。又兼淫欲私情，最难抛绝，故此他认准玉狐是个千金小姐。反说果园即有妖魔，断不是胡小姐变化的，胡小姐明明绝世佳人，我与他正是郎才女貌，好容易方得丝萝相结，此时岂可负了初心，有背盟誓？果然若能白头相守，亦不枉人生一世。想罢，依然在销金帐内，妥实地睡去了。

不知周公子从此病势如何，且听下回分解。

第六回

众佃户拙计捕妖狐　老苍头收埋寿儿骨

诗曰：

从来采补是旁门，邪正之间莫错分。

利己损人能得道，谁还苦炼戒贪淫？

且说老苍头自从离了书斋，却复站在窗外，发闷多时。听了听公子仍又沉睡。自己悲悲惨惨慢步出了书院之门，来至前边司事房内。有打扫房屋的仆人，见老苍头满面愁容，便问道："你老人家从公子书房下来，有什么事吗？"苍头说："你且不必问话，速到外边将咱那些长工、佃户尽皆叫来，我有话吩咐。"这仆人答应一声说："你老人家在此坐着等罢，现在他们有打稻的，有在场里扬簸粮食的，还有在地里收割高粱谷子的。若要去叫，须得许大工夫。莫若将咱那面铜锣筛响，他们一闻锣声，便都来了。"苍头说："这倒很好。"于是，那仆人将锣筛得"当""当"声响。

此时，这些长工、佃户，一闻铜锣之声，俱都撂下活计，陆续来至司事房外。见了苍头，一齐问道："咱宅有何急事，此刻筛锣呼唤我等？如今人俱到齐，老管家快将情由说明，我等因你老人家宽厚，素日忠直，即便赴汤蹈火，亦所心愿。"老苍头见众人如此相问，乃长叹一声，说道："叫众位到来，并无别事，你们可知咱公子为什么病的？近来外边可有什么风声没有？"众人一齐摇头，答道："并没听见有甚风声，亦不知因何有病。自三月之后，咱公子性情大改，与从前回乎两样。先前在书房用完功课，有时便遛哒到我们一处，说笑散闷。谁知寒食祭扫回来，反叫人嘱咐我们，不许至书院窥视。从此，他也终无出来，亦未曾与他见面。你老人家大约也知道他有病无病，为何反来问我们呢？”苍头说：“众位之话，一毫不错。但公子之病，你们不知。你等可知咱们这里有妖怪没有呢？”这些长工佃户一听问妖怪，便都说道：“你老人家若找妖怪，咱们这里可是近来闹得很凶，情真必实的，常在人家作耗。但不知这些妖精俱是由哪里来的。”

有一佃户接话说道：“你老人家不信，”用手指着一个长工，“问问他，亲眼见的。咱们这村里贾家，那日也是打稻子，雇了几个佣工的，这贾老大的媳妇同他妹子做饭，将掉下一锅米去，展眼之间，一掀锅盖米水俱无，却跑出满锅的长尾巴蝎子来，向外乱爬。姑嫂二人一齐吓得扑倒在地。贾老大的老娘听见，将他两人搀起，从此便似疯了一般，不是撕衣骂人，就是胡言乱语。你们说，这事奇也不奇？”又一个佃户指着个长工道：“你们说的还不算新闻，你们听听咱这位老弟家里，更觉奇怪。”只见那个年轻的长工说道：“大哥不要提我的家务事。”佃户道：“这又何必害羞？言亦无妨。”说道，“他本系新娶的娘子，尚未满月，忽于前日半夜里，闻听‘哎哟’一声，他连忙就问，不见动静。及点上灯一看，门窗未开，人无踪影。大家寻觅了许久，并不知去向。谁想天明，竟在乱草堆上找着了。至今还是着迷似的，常自己弄香，对着青石山乱烧。又自己说，还要作巫治病。你们想，这妖怪如此混闹，这还了得吗？”

众人你言我语，老苍头听罢，说道：“你们说的这妖怪，虽然搅闹，无非家宅不安罢了，还不至害了人命。似咱宅里，竟被妖精活活地吃了去。”众人听说妖怪吃人，俱都唬了一跳，忙问道：“你老人家快说，吃了谁？”苍头道：“今日清晨，我因有点闲工夫，煎了一壶浓茶，想给公子送至书房。我自己进去，又怕咱公子见我不悦。无奈，去找延寿儿，及找到果园里边，猛抬头一看，见很大的一个九尾狐狸，在草坡旁边密树之下，抱着只雪白的小人腿在那里啃呢！登时唬了我一个跟头。及苏醒过来，这狐就不见了。至今延寿儿也不来家用饭，一定这孩子被妖狐吃了。但这狐狸如何跑至宅内呢？我想，咱公子这病也来得蹊跷，清明之时，他曾于坟墓之旁遇一个女子。延寿去折桃花，在树上见他与那女子说了半天话。延寿回来对我一说，彼时我就疑惑，那地方离青石山甚近，未免有妖精变化。大约这女子不是正人，况且咱公子从此便不离书院，必是这妖精幻化常来。不然，咱公子何故病到如此。这妖见公子精神缺少，再恨延寿常在书院混跑，冲破了机关，一定趁着今早这孩子去摘果子，妖怪就势将他吃了。故此，我将众位寻来，一者，往四处找找延寿的小衣裳。再者，大家想个法儿，或是请个善降妖的，将它捉住；或是咱大众将它赶离了书院，免得再伤了公子方好。”

众人听罢，俱愤恨说道：“这妖精真是可恶，胆敢青天白日，在院里来吃人，这可是要作反。”其中有被妖精搅过的与那胆小的，纵然也是心里恨恼妖精，却无主意。有几个愣头青，便觉无明火起，一齐说道：“你老人家不必害怕。我等有个最妙计策，准可拿住妖狐，与延寿报仇，与咱本地除害。”苍头道：“你等有何妙法，可将妖精擒住？说说，咱先作个计较。不然，这妖精既能变化，定有神通。你等是些农夫，又不会武艺，又无应手器械，何能与它相持，岂是它的对手？倘若拿不住，得罪了它，闹得更凶了，岂不是自增灾祸。俗语说得好，打不倒狐狸惹着一身臊。这可不是儿戏的。”几个二青头说道：“你老不必忒[1]小心，我等将捉狐狸的家伙先说说老管家听——

我们齐心大奋勇，去找那害物迷人狐狸妖。因村中，防贼盗，俱都有，枪与刀。这器具，真个妙，农事毕，便演操。杆子多，铁尺饶；流星锤，短练绕；虎头钩，连环套；还有那一撒手伤人的生铁标。火线枪，最可怕，狐若见，准心焦，不亚似，过山鸟。铁沙子，合火药，全都是，一大包。谁爱拿什么只管去挑。如不够，莫辞劳，速去找，各处瞧。或木棒，或通条，或拐杖，或铁锹，掏火杷，大铁杓，赶牛鞭，还有那个撑船的篙。我等若凑齐备了，管保精灵无处逃。

[1] 忒（tuī）：太，过分。

“老管家想想，有了这些兵器，你老人家率领上我们，将书院先围个水泄不通。它既迷着咱公子，一定还来书室。那时，暗隐在窗棂之外看着，它如若是人，说话行事自然与妖怪不同。候等它来，老管家只消说几句廉耻话，它一害羞，自然就不来了。若看出是妖精，你老咳嗽一声，我等便一齐下手，将它捉拿。但只一件，你老人家可先对公子说了，不然，他现时病着，倘惊动了岂不见罪？那时我等岂不劳而无功。”

苍头听罢，说道：“众位只管竭力擒妖，自有我承当，总不要紧。”于是这些笨汉凑了有二三十个，手执器械，一齐说道：“你老人家领着我们，先到果园，看看何处可以埋伏，就势好找延寿儿衣服。”言罢，有几个性急的便要动身。其中有个多嘴的长工说：“你们不用忙，咱们虽有了家伙，老管家还空着手呢。再与他老人家找一件东西拿着方精。”众佃户道：“你不用乱谈，咱们年轻力壮的，足可与妖精鏖战。何用老管家动手呢？”那长工说道：“我不是叫他老人家擒妖，为的是此刻拿个拐杖，倘咱打了败仗，老管家好跟着跑得快些。不然，走在末后，被妖害了，岂不又是一条人命。”众佃户说：“未曾见阵，你先出此不利之言，按律应该推出斩首。”苍头不等他再说，连忙阻住道：“你们不可乱说闲话，速跟着我到果园里去罢。”

你看乱哄哄的，你言我语，一直来到鲜血痕迹之处。内中一个佃户道：“你们且莫吵嚷，不要惊走了妖怪。需要依我们的计策，听老管家分派。”只听一个长工说道：“何用等着分派。我先装上鸟枪，点着火线，候着打它。”又有一个长工说：“我先拿这单刀，在宽敞处砍个架子，叫妖精瞧见害怕。”那个说：“我这扎杆子，善能打野兽。将后手一摆，前手一抖，杆子尖滴溜一转，管教妖精躲不及。”众长工俱要卖弄，老苍头说：“你们同我擒妖，也宜养精蓄锐才是。做什么，未见妖怪，说这些用不着的话？依我说，咱这果园虽不甚大，四围也有二三里远近，又兼树木森森，焉能看得周到？莫如大众四散分头去察。如若谁见了妖怪，咱这墙下设着一面号锣，将这铜锣响起来，大众便聚一处，并力捕妖，岂不为妙。”

众佃户道：“还是老管家有见识，说出话来，都有道理，咱们需依令而行。”言罢，一齐散在果木园内，将那邃密隐僻之地，各去搜索了一回，谁也没见妖精的下落。众人复又聚在一处，对苍头道：“你老人家莫非看错了不成，我等找了遍地，也无妖怪的影响。”苍头道：“岂有此理。你们不信，现今这里有对证。适才进来。我因不理你，这极惨，所以先同你们找妖怪。尔等既恐我看错了，何妨齐去一看，以验虚实。”于是，老苍头引着众人一齐奔那妖狐吃剩的残骨之处。

走至土坡之下，老苍头一见，不禁放声大哭，说：“我的儿呀，你死的好苦也！痛煞我也！”一面哭一面说道：“众位可见着这尸骨了？不是我那糊涂孩子是谁？”众佃户也上前看了一回，齐声说道：“此事真来的奇异。”内里有宽慰苍头的道：“你老人家先不要如此悲啼，据我瞧，此处虽有妖精吃人，未必准是延寿儿。若准是他被害，定有小衣裳撇在这里。咱们大众何妨先去找着衣裳，再定真假。”言罢，早有几个年轻的飞也似地各处查看去了。找了一会，并未见着。

众人正在纳闷，忽有一个长工跑到土坡高处，向四外一望，偶然见那密林柳树上，模模糊糊的似有物件在上挂着。连忙走到近前，爬上树一瞧，果是衣服。即便用手拿下来，到众人之前，连叫带嚷地说道：“真是了不的，果然延寿儿叫狐狸吃了。你们众位来瞧瞧。这不是他的衣裳？方才我由柳树上拿下来的。”众人近前看罢，说道：“这事果然是真了。幸尔眼快，找着这衣服。不然，到底还是疑信相半。”此时老苍头看了实物，不免见物思人，复又对众哭道：“老汉虽是无德，皇天本佑，何必使我断后绝嗣？”言罢，仍是悲哀不止。众佃户等急相解劝，说道：“延寿儿既被妖害，论理，你老人家固然心疼。无奈死者不能复生，儿女也是强求不来的。你今偌大年纪，倘若哭得有个好歹，岂不更有许多不便。劝你老人家，先办理正事要紧。凶手既是妖怪，大约清官也无法究治。故此，也不必呈报请验。唯先将白骨血迹撮捡起来，买口棺木装好，这果园里都是净土，就在西北角上，按乾向掘个坑将他埋了。然后再想主意，捉拿妖狐报仇，岂不为妙。”

苍头听罢，便擦干了眼泪说：“承众位劝解，是怕我为延寿儿哭坏身体。但不知我并非只为延寿儿被妖吃了伤心，所为的咱公子虽然自幼聪明，到底不甚老练。如今病到这等地位，尚不肯自言得病之由。若说是奋志读书，劳累如此，断不能面带邪气，羞吐真情。看来明是被妖所迷。我恐公子再要牵缠不悟，未免将来定有不祥。延寿儿既死，尚是小事，倘若公子再有差错，九泉之下，怎对故主老爷之面？今蒙众位良言相劝，只可将延寿儿残骨衣裳埋了。然后破着我这把老骨，咱们再商议除妖报仇。”于是，众人抬棺材的，刨坑的，登时将延寿儿掩埋已毕。不知老苍头如何商量去捉妖怪，且听下回分解。

第七回

痴公子怒叱苍头　众庄丁定计擒妖

诗曰：

流水姻缘不久长，长忧独卧象牙床。
床空梦醒推鸳枕，枕冷魂消月满窗。
窗外妖狐来窃盗，盗他真宝是元阳。
阳衰阴盛实堪恨，恨把书房作病房。

话说老苍头亲眼看见将延寿儿掩埋已毕，不免又悲痛了一回，对众说道："如今亡的亡，病的病，皆由被妖之害。我与妖精势不两立！求众位仍然帮我商酌，如何办理方妥？"众佃户说道："你老不必着急，咱们今晚大家先捉它一次，如若得胜，那就不必说了。倘若不济，咱这里有一个手段最高的，提起来谁都知道，他原本是个老道打扮，善能画符降妖。现在住居迎喜观内，真似活神仙似的。那时将他请来，准保妖精可除，公子之病也可痊愈。"

苍头听罢说道："这主意却很好。咱们先到前边司事房歇息歇息，吃了晚饭，再来书院巡察。"于是大众出了果园，苍头说："方才延寿儿之事，多蒙众位扶持鼎力。本该治酒酬劳，但因公子之病，不能得暇。俟过日，定行补情致谢。"众佃户道："老管家何必如此说，这些事俱是我等应该效力的，何谢之有？"苍头道："公子伤了真元，恐其命在旦夕。今晚咱将书院围裹，倘若拿住妖怪，那就不用说了。若是拿不住，你们说的迎喜观最善捉妖治病的，是怎么个称呼？说给我，等明日好找去。"众人道："这方都称他为王半仙。你老若是找他时，他那观外摆着摊子，到那里一探听就可知道了。但这些事，你老也须禀明公子，然后竭诚办去方好。"苍头道："众位说的也是。你们先去用饭，候着我去通禀回来，再作道理。”

说罢，一直来到书斋，掀帘而入。见公子昏昏沉沉，在床上仍是和衣而睡。老苍头猛然一看，更觉不堪，真是面如金纸。不禁点头暗叹，一阵心酸，早落下泪来。暗叫：“老天哪，老天，我上辈主人世代积善，轮到我这幼主，怎么叫他逢这样异灾，病至无可救处。”老苍头正自默想，忽然见公子似梦里南柯[1]一般，两眼朦胧着，扎挣起身形，东倒西歪地走了几步，用手拉着苍头，含笑说道：“小姐这等用心，叫小生”，“叫小生”三字将已出头，老苍头便道：“公子，是老奴进来了。哪里有小姐敢入书房之理。”

周公子这才将眼一睁，方知错误，自悔失言。欲要遮饰，又改不过口来，不觉满脸羞怒，遂拿出那阿公子的气派，发出那娇生惯养的性情，一回身，就赌气坐在椅上，瞪着两眼，大声说道：“我告诉过你没有？我在这里浓睡，你也可不必进来。你偏赶到此时进来扰乱，你还眼泪汪汪，不知你是怎么个心意，难道说你哭，这病便哭好了么！你不想，我此刻身体不比平日，往往胡言乱语，梦魂不定，再加你常来惊吓，我这病可也就快了。从此你倒少要进我书房，我还安静些。”

这周公子梦寐之间，错把苍头当作小姐拉扯，醒悟过来，自觉羞愧。故此先给苍头一个雷头风，拿话将苍头压回去，使他不能开口，就可将这错儿掩过去，免得苍头拿话戳他的心病。谁知那苍头为主之心，棒打不回。见公子这等发怒，并不理论，仍是和颜悦色地说道：“老奴前来，有话回禀公子。适才因众长工佃户至果园去找妖怪，妖怪却无踪影。那柳树上却挂着延寿儿的衣服，可见这孩子实是被妖精吃了。这也是老奴命该如此。众人已将他埋在果木园了，老奴特来回禀。不意公子把老奴当小姐称呼，想来公子之病，也是被妖迷惑。不然，公子万不至此虚危。如今隐微既露，性命要紧。公子倒不必羞口难开，快将这本末原由说明了。咱这里好派人寻找妖精。再者，有个

[1] 南柯：喻梦境。典出唐传奇《南柯太守传》。

迎喜观的老道，人称他为王半仙，此人善能调理沉疴[1]，最能驱除妖孽。将他请来调治也可。”

公子听到这里，甚是不悦。心里想着：“若依他们的主意，不用说踏罡步斗、念咒画符地搅乱个坐卧不安，就是明灯蜡烛，昼夜地胡闹，胡小姐也自然不能往来。即便不是妖精，也难至此相会。他儿子叫妖精吃了，说我这病也系妖精闹的，岂不是故意地拆散姻缘。莫若我仍然不吐实话，说些夙不信邪的言词，将老厌物止住，免得胡小姐来不了，不放心。”想罢，便面带不悦，手指着苍头说：“你在我周家一两辈子的人，难道说你连规矩记不清？从来不准以邪招邪，信妖信鬼的。延寿儿虽说被害，你准知是何畜类吃了？难道说这一定就是妖怪。如今你领着头儿无事生非，你这是瞧着我不懂什么，故意与我相谬。这何曾是与我治病，竟是与我追命呢。你这么大岁数，甚事没经炼过？为何将那搂局卖当的老道，弄来诓骗银钱。我耳朵一软，岂不叫你们闹个翻江搅海。我是不能依你的。”

这老苍头，乃是一片实心为公子治病。有妖精也是眼见的实事。况且延寿被害，众人皆知，故老苍头好意来回禀，不料公子仍说出些乖谬[2]之言，也不查问延寿被害原因，只说一些不信邪的话遮盖。苍头明知他是护短，但是忠心为主。后又勉强说道：“公子既以正大存心，谅有妖邪，也不敢侵犯。还是老奴昏聩，失于检点。公子不必着急，待老奴到前边，命厨下或是煎点好汤，或是煮点粥饭，公子好些须多用点饮食，这身子也就健壮得快了。”言罢，老苍头抽身向外而去。

剩下公子，自己暗想，适才机关泄漏，大概被他参透。但他劝我，给我治病，却都是人意，唯有他说我是妖怪缠绕，叫人实在可恼。现在明明如花似玉的美人，偏要说他会变妖怪，在果园吃了延寿儿。据我说，似胡小姐这样娇柔，桃腮樱口，别说一个活人叫他吞了，就是那岔眼的东西，他也未必能咽得下去。况且，我们二人虽说私自期会，

---

[1] 疴（kē）：病。

[2] 乖谬：反常，错误。

情深义重，犹如结发夫妻，如此多日，丝毫未见似妖精样式。纵然真是妖怪，他见我与他这等恩爱，绝不能瞒这等严密，不对我明言。他又并无害我的形迹，怎么说他一定是妖精呢？今晚他来时，我且用话盘问，果然察出他是妖精来，再与他好离好散，免得耳常听琐碎之话。他们不说见我有病疑心，反说我被妖精缠绕，真乃岂有此理！自己想罢，仍仰卧在榻上，闭目养神。

且说苍头来到前面，见众人仍复相聚，便对众言道："方才将请王半仙的话对公子禀明，谁知咱公子执迷不醒，将我呵斥了几句，反说我无事生非。我想，众位吃罢饭暂且散去，将这些鸟枪等物先留在此，候晚上咱再聚齐。"背着公子布置妥当，仍然努力擒妖怪。众人道："这话也可。无奈，就怕捉不着，倒闹大了。又不令请王半仙，将来何以除根？我们倒给你老人家想了个善全的主意：莫若老管家速速托两个媒人，与公子早早定亲。到那时，将公子搬到外边宅里，有了人陪伴，妖精或者也就不敢来了。

即使妖精仍然不退，咱公子正在燕尔新婚，娘子若再美貌，公子果然如意，恋着这个新人，也就许将妖精丢开。那时公子心内冷落了他，省悟过来，自然地就叫找人捉他了。况且，公子也大了，也可以结亲了，趁这机会，却倒两全其美。"苍头听罢，"你们众位说得虽然不错，无奈其中仍有不妥之处。咱公子偷着私会的必定十分美丽。倘若定的亲比不上，公子一定怪罪。再者，他们私自期会的，倘若是人，他见另娶了亲，或者恐人笑话不敢明来搅闹，虽然吃醋，不过在心里。看起来，公子所与的明是妖狐幻化，妇人吃醋尚不容易阻止，何况妖精本就闹得很乱，再加上醋，岂不更闹得凶了。到那时，公子果然明白，还觉易处，倘若它再帮着捣乱，这事岂不更难办了吗！莫若众位仍先散去，到日落之后，在书院四面围绕。见着妖精，咱就动手。你们说好不好？"众人说："候晚间，听老管家分拨就是了。"于是众人仍去各人料理各人活计。

苍头自己不禁心中想道："延寿儿一死，叫人可怕。这宗事，看来把我害杀。思公子，身长大，淫邪事，破身家。所以我，苦劝他，谁知他反将恶语来把我压。眼睁睁，病势大，无故的，说胡话，呼小姐，情由差，虚弱的身子竟将我拉。兄也无，弟也寡，眼珠儿，就是他。老爷死，有谁查？入邪途，把正道岔，明明的一块美玉有了瑕。一听我，劝的话，使性子把怒发，几乎的，将我骂，真赛过，当犬马，并不管人的委曲，胡把错抓。我欲想，把手撒，大小事，全丢下，不当这，老管家，倒干净，无牵挂。就只是，难对恩主付托的意嘉。还得把，主意打。谅妖精，不肯罢。商量个，妥当法，今夜里，防备下，等着来，相亵狎，好令人冒猛出来把怪物拿。”老苍头自己思想了一回，看了看太阳将落，便忙派人将那些庄汉找至宅内。

众人俱已来齐，恰到黄昏时候。遂吩咐众长工、佃户说：“尔等诸人，今晚需要分作两班，前半夜巡更的，到后半夜睡觉；后半夜巡更的，前半夜先睡。大家都要留心，如若见着妖怪，暗暗俱都唤醒，好聚在一处。”众庄汉个个俱遵调派，一直来到书院，手拿器械，布散了个严密。这正是：

渔翁抛下针和线，专等游鱼暗上钩。

不知众人能伤着玉狐否，且听下回分解。

第八回

妖狐吐丹唬庄汉　书斋媚语探周生

诗曰：

饱食安居乐矣哉，这场春梦几时回。

若还要醒今当醒，莫待藤枯树倒来。

话说玉狐，天交二鼓之时，从洞中驾起妖云，早来至周宅墙外。刚欲落地，忽然向下一看，不免吃了一惊。心中想道："今日怎与往日大不相同？往日灭灯息烛，鸦雀无声。今夜为何明灯下烛？莫非公子病重不成？"又仔细一瞧，还有许多的人，手把兵刃，来往巡更喝号。妖狐又不转想，心内明白，说："是了，这必是公子听了苍头之话，心内犯疑，派人捉拿于我。但我虽然盗你的元阳，也是同你情投意合，此时你纵然有病，亦系你自己贪欢取乐，大意而为。如今你却生这个主意。唉！周信哪，我把你这无义狂徒，不知死的冤家，你把仙姑看到哪里去了？你仙姑的道术，慢说这几个笨汉，就备下千军万马，又何足惧哉！我今本该追了这些人的性命，无奈家奴犯罪，罪坐家主。我且把这等笨汉打发开，再进书斋，看周信这厮以何言答对我。"妖狐想罢，便运动了丹田，把口一张，吐出那千年修炼的一粒金丹，随风而变，顷刻间大放毫光。此时那些庄汉正围着书院乱转，猛然间，见一轮大火球扑将下来，似欲落在宅内，一个个吓得不知怎好，俱都暗说"奇怪！"这才是：

一颗内丹吐出了口，众人看去甚觉蹊跷。炼它时，工夫到，能护身，无价宝。月色浸，日光照，清风吹，仙露泡，这本是狐狸腹内生产的灵苗。炮制它，费材料：龙脑香，灵芝草，牛中黄，犬中宝，虎豹筋，麟凤爪，蝎子须，长虫脚，他用那文武火炼慢慢地熬。押甲子，轮回妙，合天机，通神道，取阴阳，二气调，六十年来才炼一遭。炼成了，红色娇，如米粒，似胡椒，或能大，或能小，应吐纳，任意招，真是血帖一般有万丈光豪。这便是妖狐作怪的防身物，就把那巡更的庄人吓了个发毛。

且说玉狐吐出内丹，展眼落在书院之内，乱滚乱入。这些庄汉一见，不知是个什么物件，俱吓得魂飞魄散，撇下器械，梆铃，躲的躲，藏的藏，一齐要奔驰四散，来找老苍头诉说此事。玉狐空中一见，不觉心中暗笑，说："这些无用的村夫！看了一粒金丹，便这样心虚害怕，似这等胆子还捉我，岂非胡闹？不免我趁着他们失魂丧魄之际，收回内丹，按落云头，速进书室。"

你看它，仍幻化了艳丽模样，轻轻走进，站在销金帐外，低声问道："相公可曾安寝了么？贵恙可觉见轻些？"周公子闻是胡小姐声音，忙将二目睁开，扎挣着身体，欲要由榻上迎将下来。玉狐忙移莲步，来到榻前，说："公子不必起身。作什么多此举动？"于是，二人同榻而坐，公子说道："小生并无好处到小姐身上，蒙小姐夜夜驾入敝斋，香肌玉体，不辞劳乏。小生心里实在感激不尽。无奈，这几日小生实是人倦神疲，自觉难以支持。有心不令小姐枉费奔波，又恐下负小姐热心；有意叫小姐在此居住，又怕众人胡言乱道。现在小生懒散不堪，四肢无力，只得与小姐商量，暂且在府上消遣几日，宽限小生，培养精神，调理病症。俟等贱体稍愈，再造尊府致请，不知小姐心意何如？"

玉狐来时，见些庄汉，便疑公子看破了它的行藏，埋伏下人擒它。正想用话探口气，忽听公子又说了这一片言词。这妖狐心里更不自在起来。遂暗自发恨道："周信哪，你的命犹如在仙姑手内攥着一般。我倒因你情重，未肯叫你一时死在我手。如今你倒说出什么宽限不宽限的话来！仙姑眼看九转金丹，成在旦夕，原是借你的真阳，修我的大道，又可因此两相取乐，我所以悦色和容，常来欢会。你今既听信旁言，致疑于我，就算改变了心肠，背盟薄幸。你既无情，我便无义，到今日欲要逃命，岂非错想？"且说玉狐听罢公子之言，心里必然暗恨，却也被情欲所缠，唯恐冤了公子，复又转想，莫非派这些村夫不是公子的主意？不然在面上怎么毫无惊慌之色？待我试探试探他，再辨真假。想罢，故做忧愁之态，假意含悲说道："唉！我的公子，你既身体欠安，奴家心内未免挂念，欲思不来，心又不忍。故此含羞仍来探望。公子若憎奴家烦絮，奴家焉敢不从公子之命速退？但只更深夜黑，寸步难行，公子且容奴在书斋暂宿一宵，俟明晨即便归去。奴家既为弃置之人，无非从此独处深闺，自怨薄命而已。再也不敢自认情痴，来瞧公子，收了我这等妄想罢了。"说罢，故作悲恸，泪如泉涌。

公子见胡小姐满面泪痕，哽咽得连话未曾说完，便躺在它怀里啼哭，不免自己又是后悔，又是怜惜。心中想道："似这等娇生女子，大略从未受过逆耳之言。我说了这么两句不要紧的话，他便如此脸热，真乃闺阁中多情之女。老苍头并没见过他，所以妄说他是妖精。看来哪有妖精能这样多情？幸亏他不知这里的人都把他当妖怪，倘然要是知道了，不定怎么气恼，闹个寻死觅活哪！"

且说公子听见玉狐说话可怜，躺到它怀内悲啼，不觉情急心乱，忘了低言悄语，强支着带病身躯，一抖精神，大声说道："我的知心小姐，小生若与你有异心，天诛地灭！快莫要错想起来，宽衣歇息，玉体要紧！"

公子此刻想不到说话声高，哪知早惊动了被妖丹吓走的庄汉。这些庄汉自从见了那颗内丹，心中惊惧，来见苍头。近前说道："你老人家看见没有？方才有个大火球落至院内，乱转了会子，又踪影不见。我等不知什么东西，故此唬得我们同来对老管家说。这事真是有些奇异。"老苍头道："你们不必胆小，仍去巡更密察。手拿着兵器，怕什么。"正说到这里，有一佃户说："你们听着，公子书房里嚷呢。我听见有了什么小姐，又什么宽衣睡觉呢！"一个长工说道："咱们先别大惊小怪，果然是妖怪，不要惊走了。莫若先将他们后半夜巡更的一齐唤醒，凑齐了兵刃，装上鸟枪，预备妥当，就可一阵成功。"苍头道："尔等且莫高声，需要机密谨慎为妙。待我将众人唤聚一处，好布散在书院之内。”

老苍头分拨已毕，长工、佃户便抖威风，欲要前去动手。老苍头说：“你们先别妄动，妖精既在书房，暗暗地先去围住。俟东方将白，妖精必走。那时它一出门，大众一同下手，这叫做攻其不备，大略可以成功，妖精插翅也难飞走。又可免得惊动了公子。千万黑夜之间，不要声张，不可莽撞。”众人道：“老管家说的最妥，我等遵令。既然如此，你老人家先去养神。鸡鸣后，你老人家再来看我们取胜。”言罢，将书房围了个风雨不透。

且说玉狐听见公子发誓明心。知道这些庄汉不是公子的主意所派。故此，它料定这些人纵然知它是妖精，因公子有病，绝不敢入书室来动手捉它。所以将假哭止住，仍与公子说恩说爱。此时，周公子并不理论外边有人，遂对玉狐说道：“小姐从此不必多心，小生绝不能无情无义。因近来实是气促神亏，衰败特甚。小姐纵然辛苦而来，也甚无益，所以欲小姐忍耐几日。岂知小姐不谅我心，竟错会意呢？”玉狐道：“奴家并非错想，乃自顾薄命，不禁伤心耳。想奴亦系名门之女，至今异乡而居，门第零落。偶遇公子人才，不觉心中爱慕，因自乘姆教，赧然仰攀，遂成自献之丑。指望终身有倚，白首同欢，岂知公子中道猜疑，奴乃大失所望。公子妙年才美，结亲定有佳人。奴家犹如白圭之玷，难免秋肩不见捐也。”玉狐言罢，公子忙与它并倚香肩，说道：“小姐且莫伤心，方才小生言过，日后若有遐弃之处，小生有如皎日！小生偶尔失言，望小姐宽恕则个。倘小姐若有好歹，岂非使小生罪上加罪，辜负小姐深情。”

这公子与玉狐互相谈论，被这些庄汉俱已听明，遂交头接耳地说道：“这妖精果然在内，你们听听它说的话！咱公子病到这步田地，它还缠魔呢。咱们千万留心候着，天明了，妖人一露身形，咱就用枪打去，必要捉住，除了根。此时任凭他们说去。咱们就在书房以外偃旗息鼓地听着吧。”且说公子也不息灯，也不安寝，妖狐想着，公子也真是病体难支。所以心中说道：“纵然苦苦地缠他，亦是无益。莫若待至东方将曙，回伊洞府。”这也是公子命未该绝，所以玉狐有怜惜之意，不然，盗取真元之后，妖狐早使他命赴黄泉矣。此时说话之间，已是鸡声乱唱，忽听玉狐又道：“公子暂且自保，奴先告辞而去，俟黄昏后，再来问候金安。”公子自顾不暇，也不便强留，故此，玉狐摇摆着往外便走。

这些众庄汉已将苍头请至，现在排布得密似网罗。有几个窗外寻风的，听说里边要走，便暗叫众人防范。玉狐将一启门，众庄汉一齐观看，只见妙丽无比的一个女子由书室冉冉而出。老苍头因救主心切，遂吩咐道：“众位快放鸟枪，勿使妖精逃走。”众庄汉答应一声，不敢怠慢，举枪便下手。

不知众人伤着玉狐否，且听下回分解。

第九回

老苍头抢枪打妖狐　化天桥欲瞒众庄客

诗曰：

酒色财气四堵墙，多少迷人在里藏。

人能跳出墙儿外，便是长生不老方。

话说老苍头听见房门一响，举目留神，见一绝色女子款款地走将出来。苍头到底是有年纪的人，博闻广见耳。早料定，世上绝无这等尤物，所以认准是妖精。看罢，便忙招呼众人举枪动手。哪知这些庄汉此刻竟你顾我，我看你，犹如木雕泥塑，直了眼，只是看。

你道这些庄汉是怎么？其中有个缘故，凡人少所见者，必多所怪。这人只知种田园，勤稼穑，居在穷乡僻壤之区，何曾见过此等风流人物？所以他们一看，心里倒觉纳罕，竟认作俏丽佳人，反怪苍头错疑，倒全不想是妖精幻化的了。又兼玉狐已明白外边有人算计它，早就心内安排妥当。故此，也不同公子睡觉，说了些情话，便不慌不忙地款动金莲，来到房门之外，稳站书院之中，吐莺声说道："你们这些村夫，真来得愚鲁莽撞，无故拦阻我去路，是何道理？我虽与你家公子相会，是你们公子请我来的。你们公子倘若知道，岂不添病？再者，你们刀儿枪儿拿着，若要将我伤着，难道无故将我打死就算了不成？岂不闻杀人者偿命。你们竟听老管家一面之辞，真算不明白。"这妖狐一面说着话，一面用那秋水一般的两个杏眼来往地撩拨人。看看这个长工，又瞧瞧那个佃户，故做许多媚态，轻盈娇怯招人怜爱，令人动情。

这些庄汉，本来一见美貌如此，就活了心。又听了这一派话，未免更觉游移不定，竟不敢举枪勾火，反站着看得发起怔来。岂知这正是妖精变动想就的法术，好令人退去雄勇之心，添上惜玉怜香之意。

这些长工、佃户不识其假，反想：这个样儿绝不是妖怪。若是妖物见了这些虎臂熊腰的人，刀枪剑戟之器，早就驾云跑了。看来，这分明是个温婉女子。如此娇嫩，漫说用器械降他，就是大大的一口哈气，料也禁不住。这么好模样儿，别怪咱公子留恋不舍，便是石人见着，也不免动心。况且他们两个合在一处，正是郎才女貌。不知咱老管家是何主意，硬说他是妖精。似这樱桃小口，每日三餐，能用多少？一个延寿会被他吞了？常言，宁拆十座庙宇，不破一人婚姻。我们虽系无知，也不可欺压这等的弱女。

此刻，众佃户等被妖狐媚气所迷，同公子一样的偏想。总不想这女子是妖精幻化来的，所以反到心软，将捉妖之念置之九霄云外，呆呆地只是胡想。这也是他们到底不甚关心，又唯恐惹出错来。唯独老苍头，他乃一心秉正，唯怕公子受害。他见众人听着妖怪说话之后，仍然不肯动手，便急说道：“你们是助我捉妖怪来，还是帮着发怔来了呢？”众佃户等道：“妖怪在哪里？”苍头道：“你们莫非眼花了，是糊涂了呢？妖精在眼前站着，难道看不见么？”众人道：“你老真是气颠倒了，这分明是个女子，怎么偏说他是妖精？难为你老人家也说得出口来。”玉狐见苍头催促众人下手，它趁着众人尚在犯疑，复又放出撒泼样儿，将双眉一蹙，杏眼含嗔，娇声叱道：“你们这些凡夫，料也不识得姑娘，以为我是妖怪。我实对你们说罢，吾并非别个，乃九天神女，上界仙姑。因与你家公子有宿世良缘，故此临凡，特来相会。你等若知好歹，早早回避。若仍痴迷不醒，背谬天机，未免于尔等眼下不利。”你看，真是愚民易哄。这些庄汉先认妖精是个世间美女，而今听说这一派话，又真信是天上的神仙，不但一个个面面相觑，反有几个佃户道：“我说这位姑娘如此美丽，原来是仙女下界。我常听老年人说过，古来多有神女临凡，什么张四姐配崔文瑞，云英嫁裴航，又什么刘晨、阮肇遇天台仙子，这都是对证。大约咱公子也不是凡人，所以感动仙女降下世，咱们要与仙女动手，岂不是自寻其死。”

老苍头瞧着众庄汉似被妖精所惑，急忙大声嚷道：“你们别信妖人花言巧语，被它瞒过。只管着枪去打，有祸老汉抵挡。”哪知众庄汉信定是天上的仙姑，仍是不肯向前。老苍头此时忠心为主，拼着老命急便从一个长工手内夺过一杆鸟枪，勾上机，将枪头对准，一捏火，向妖精就点着了。只见一股黑烟，如雷响一般，打将下去。妖狐一见，不敢怠慢，连忙一晃身形，腾空而起，只听“铛”地一声，墙砖落下半块，并无沾着妖怪分毫。

且说玉狐躲过了鸟枪，纵有法术防身，未免也是害怕。于是故意站在云端，用大话诈吓众人道：“尔等凡夫，当真要伤仙姑圣驾，岂得能够。仙姑以慈悲为心，不肯计较你们。若是一怒，叫尔等俱个倾生。到那时，才知你仙姑的手段，可就悔之晚矣。”言罢，将它拿的一条手帕向空一掷，展眼间化现了一座白玉长桥，真是万丈有余，直通天际。众人抬头，看见妖精已摇摇摆摆，站在桥梁之上。这正是妖狐卖弄它的妖术，令人测摸好生疑。掷手帕，弄玄虚，化座桥，真正细，高悬在，云端里，好仿佛，上天梯，纵有鲁班手段也难这等急。一蹬蹬，台阶似，一步步，层次砌。两边排，栏杆密。看来是直通银汉，遮住虹霓。一根根，汉白玉，是谁凿，玲珑体？论雕工，是巧技，有铰角，最精异，是神功，非人力，怎么凡人一见不纳罕惊奇？

且说妖狐用幻术变了一玲珑透体的长桥，便慢慢升天而去。没后化成一股白烟，随风而散。众庄汉哪知这个障眼法儿，怔科科地向空中看着。妖精去得无影无踪。这方回头对苍头说道：“你老人家太也不斟酌，如今得罪了神女，一定复生灾害。我们看还怎么办理？”苍头见众人一口同音，又不好与他们分辨惹气，只得问道：“你们到底说它是神仙，是妖怪？你们是被它所惑。”众庄汉不待苍头说定，便一齐道：“我们看是真正仙女，方才谁没瞧见，从天上现出一座白玉桥，将他接引上了天咧！即今桥也没咧，仙女也走了。咱们也没了事咧？你老说是妖精，你老自己捉去罢咧。我们不敢逆天而行，咱大家散散罢，凭他老人家一个人闹罢。”又一庄汉说道：“将这兵器给他老留下，咱们好走。才刚仙女说过，叫咱不必在这里多事。他与公子了罢宿缘，那时，自然仍回上界。若咱们说他是妖怪，捉拿他，一惹恼了恐于咱们大有不利。莫若早些躲开，免得遇见了仙女，难保性命。”言罢，各将器具一扔，哄然散去。

老苍头一见，又气又急，想要发作他们几句，又恐法不责众。无奈，将这些物件自己捡起，来至前边司事房内，一面歇息，心里思虑今日这事：妖怪未曾伤着，不定还来。倘若妖精怪恨在心，拿着公子报仇，老汉岂非自增罪过？况这妖精看着颇有神通，不然，众人何至被它迷乱至此？若说它不是妖精，焉有神女吃人之理？不但这事可疑，现在公子病得极虚极弱，它不以神术相救，反夜夜来此欢聚，大约神女仙姑所作所为，绝不若是淫乱。苍头踌躇了多会，又不敢去与公子商议。自己想着，真是有冤无处诉，正在慨叹，忽然想起一事，说：“有了，前日他们说的王老道，不知手段果是何如？既然这等有名，大概有些法术。莫若将他请来，看看是何妖物，剪除了这个祸根，搭救公子之命。”老苍头忠心耿耿，自己拿定了主意，也不令众人知道，也不骑驴备马，拿起拐杖，先到书斋窗外听了听，公子浓睡。也并不加禀一声，独自一人，便一直往迎喜观而去。

不知老苍头将王半仙可能请来不能，且听下回分解。

第十回

嵯岈洞众狐定计　老苍头延师治妖

词曰：

犬马犹然恋主，况于列位生人？为奴护救主人身，深识恩情名分。主虐奴非正道，奴欺主是伤伦。能为义仆即忠心，何惮筋劳力尽。

话说老苍头自己，踽踽凉凉，一直奔了迎喜观去请王半仙。这话且按下不表。却说玉狐自从躲过了鸟枪，用手帕化了座通天桥，它便悠悠荡荡地似从桥上而去。岂知这乃它的障眼法，叫凡人看着它是上天去了。其实，它是躲避苍头这一鸟枪，暗中逃遁。你说这妖狐避枪，何不就驾云而去？作什么多这一番啰嗦？众位有所不知，其中有个缘故，这妖精先曾说过，是神女降世，又说有些手段的大话吓人。它若因一鸟枪驾云走得无形无影，恐这些人必疑它被鸟枪所伤，说它不是神女。故此假作从容之态，用这幻术，好令人知它有本领、害怕，从此之后，便可由着它现形来往，再没有人敢拿鸟枪打它了。这乃是妖狐的巧计，欲叫人揣测不来的心意。彼时，这玉狐由空中收了手帕，连忙回归洞府。

那些群狐望见，一齐迎接。进入内洞，玉狐虽然坐定，尚是气喘吁吁，香汗渍渍。众狐吃惊问道："洞主今日回来，为何面带惊慌之色？云鬓蓬松，神气不定？莫非大道将成，还有什么阻隔变异之处？"玉狐道："你等猜得不错。只因我吃了那顽儿延寿，微露了些形迹，周家那老奴才犯了猜疑，背着他们公子，聚集了许多笨汉，手持锋刃，巡更防守，意欲将我捉住报仇。昨晚我用金丹吓住他们，方入了书房。进去一看，周公子实病得不堪，因此亦未与他同寝。这些庄汉俱布散在书斋之外，今早出门，指望用一片大话将这些人俱都唬住。谁知众村夫却倒未敢动手，竟被这个老奴才打了一鸟枪。幸尔我眼快身轻，驾云而起。不然险些儿就伤了我的身体。”

众妖听玉狐说罢，一齐野性发作，带怒说道：“这老奴才，真是可恶，竟敢伤仙姑圣驾！咱们断不可与他干休善罢。”玉狐道：“众姨妹，你们还不知道呢，慢说咱不肯干休善罢，我想这老奴才还更不善罢干休呢。前几日我就闻说迎喜观有个王半仙，善能降妖治病。如今我想着，行藏既被老奴才看破，他必去请那王半仙前来捉我。”众狐道：“我们也听说过这王半仙，他算得了什么！他所仗的无非口巧舌辨，真本领半点皆无，不过哄骗愚人，诓取财物而已。即便他来，这又何足惧哉！”玉面狐道：“你们正知其一，不知其二，这个王半仙虽不可怕，只因他的师傅是大罗神仙，非同小可。此人姓吕字洞宾，道号纯阳子。现在仙家里头，就是他闹手。时常遨游人世，度化门徒，连他那大徒弟柳树精的道术都不可限量。如今愚妇、顽童，皆知他的名号，莫不尊崇奉敬，最是不好惹的神仙。倘若咱们伤了他徒弟，他就许不依。一动嗔痴，怕咱不是他的劲敌。故此，我神情不定。”

众狐听了这一派话，更动了气，道：“仙姑何必长他人锐气，灭自己威风。那吕洞宾虽说道高术广，大概也系单丝不线，孤树不林。咱们洞中，现有我等许多的大众，齐心努力，何愁他一个纯阳子？就是十个纯阳子亦是稀松之事。况且，到那时再不能取胜，将洞主那些结拜姊妹请来帮助，总可以敌得住他。虽说他是什么大罗神仙，要降伏我等，料也费难。再者，洞主随身尚有无穷法术，岂不可自立旗枪，纵横山洞？俗语说，宁打金钟一下，不击铲钹三千。能够将吕洞宾小道术破了，咱们教中，谁还敢正眼相睹？”

众狐你言我语，激发得玉狐上了骑虎之势，不觉一阵火性，气忿忿地说道：“我想，吕洞宾不来便罢，倘若多管闲事，破着我这千年道术，与他们作神仙的拼一拼，也免得他们日后小看咱们。”言罢，便吩咐一个小妖儿，将文房四宝取到，写了一个请帖，上边是：

于明日，谨具洁樽，奉请凤云二位贤妹驾临敝洞，清酌款叙。幸勿见辞为望。并祈携带防身兵刃为妙。

下写“愚姐玉面姑敛衽拜订”。写毕，令小妖儿相持而去。玉狐复又言道：“王半仙大约一请便来，咱们如今既去与他相抗，你等需要听我分拨，遵我号令。”众狐道：“谁敢不听洞主之命。”玉狐道：“今晚咱先齐进周宅，在书室之外，隐住身形，到那时听着我呼哨一声，你们再一齐现像。一切衣裳、容貌，务要幻化与我相同，叫他们辨不清白，也好捉弄他们。再者，我俟王半仙来到，看他出口言词如何，若是善言相劝，咱便退回，免得惹气；他若要自逞其能，胡言乱作，咱就一齐下手，各携一根荆条，轻轻把他先打一顿，给他个没脸营生，叫他丢人。那时，再看他如何办理。咱们也再预备防范可也。”玉狐吩咐已毕，众妖狐一齐连忙整理衣物，安排齐备。

看看天色将晚，玉狐遂率领众妖陆续地驾起妖云，一直地奔到太平庄村内，进了周宅，俱都用隐身法遮住原形，藏在幽僻之处，专等画符念咒的王老道。

且说这个王老道，他本是天真烂漫一个人，因自幼缺爷少娘，连籍贯、年岁，俱都湮渝[1]难考。他在迎喜观出家，原系流落至此。其先，本庙长老看他朴实，所以收留下他，叫他也认识几个字。到后来，因庙内有吕祖仙像，香火最盛，每年至吕祖圣诞之期，进香之人蜂拥蚁聚。有一年，吕祖曾降临尘世，欲要度化众生，可惜这些肉眼凡胎，俱看着是个腌脏老道，也有憎恶的，也有不理论的，唯有王老道，他因自己不爱干净，见了别人不干净，他也不嫌，这也是他的缘法。吕祖在庙内游来游去，并无一个可度之人，正要出庙到别处去，可巧与王老道相遇。这王老道一抬头，见也是个道装打扮的，身上虽然褴褛，却是有些仙风道骨，他便走到近前，说：“道兄请了！不知道兄在何宝刹修炼？道号怎么称呼？既来到敝观，请到里边坐坐。咱们既是同教，

---

[1] 湮渝（yānyú）：埋没，变异。

何不用些斋再去？”说罢，便扯着就走。此刻吕祖也不好推辞，便同他来到庙内。

此时正是热闹之际，众人见老道扯进个极脏的老道来，众人俱不愿意。这王老道并不管三七二十一，他便将吕祖让到一张桌上，捧过些斋饭，他坐下陪着叫吃。吕祖见他蠢直诚朴，想道："这个老道，虽然鄙陋，倒还忠厚。无奈，似这等人，众人必将他看不到眼里。待我叫众人从此之后俱钦敬钦敬他，也不枉他待我这点诚意。”想罢，便故意对着王老道说："你不必费心。斋，我是不用，我有一件事与你商量，不知你肯不肯？”王老道:“什么事？只管说罢。”吕祖道:“我看你倒与我合式。我打算收你作个徒弟，不知你意下何如？”这也合该王老道有这点造化，他听吕祖一说，乃随便答道："自是你要愿意，我便认你作师傅，也不算什么。”说罢，迷迷糊糊地跪下来，对吕祖就叩了个头。站起来说道："师傅，我可是拜咧！日后可要管酒喝，若无酒喝，作无这宗事罢。”吕祖也不回答他，站起身来，说是:“徒儿，你爱喝酒，日后足够你喝，我要去了。”言罢，腾云而起。此时，这些众人一齐暗怒吕祖妄自尊大，说王老道无知，怎么年纪差不多，便与他作徒弟？况且知他是何处来的，这等狂野！众人正在不悦，忽又猛一回头，就不见那个老道了。众人问道:“老王，你的那个新师傅呢？”王老道说："我也不知，一转眼就无哩。”众人说："这事奇怪，莫非妖精来了。”正在疑惑，只见地下有个柬帖，拿起一看，上写诗四句。诗曰：

一剑凌空海色秋，玉皇赐宴紫虚楼。

今朝欲度红尘客，怎奈愚人不点头。

旁边又赘一行细字，乃“山石道人偶题”。众人看罢，有悟过来的，便吃惊说道："原来真仙下界！咱们可真是有眼无珠，倒叫老王得了这好处。咱们终日对着圣像焚香叩拜，如今亲眼见着，反不能识。真算咱们枉自伶俐，盲人一般。”众人纷纷言讲，王老道尚怔着两眼，问道："你们说的些什么，我怎么得了好处？你们别这么奚落人。”众人道:“不是奚落你。适才你拜的那师傅，乃是吕祖大仙。你看看那柬帖上‘山石道人’乃是个岩字，此乃隐语，不是吕仙是谁？这岂不是你得了好处呢。”王老道又一细想，不觉心内明白过来。你看他，忙着跪在地下，复又叩了两个头，说道：“早知师傅是大仙，我跟着去学学那点石化成金的法儿好不好？你老人家怎不言语声就走了哪。”众人见了，也有笑他的，也有说：“你起来罢，你既有了神仙师傅，还怕什么。”这王老道自己也觉得意之甚，不知要怎么荣耀荣显方好。从此众人吵嚷开了，俱说他是吕祖的弟子。借着这个仙气儿，谁还敢小瞧他。他便也这原因弄神弄鬼，说什么会捉妖，会算卦，会治病。在迎喜观庙门之外，放下一张桌子，挂着个招牌，终日招得那些愚民拥挤不动地争看。有请他的，得了钱回来，便买些酒菜，与那等闲散人去吃喝。这些人也愿意与他来往，常常地来与他趁摊。所以王老道真是生意兴隆。他见众人信服，每逢有人围看，更假装出那真人不露相的样儿来，不是推聋，便是装哑。不然便行哭，就笑，喜怒无常。有王道赞可证：

迎喜观终朝人如蚁，为的是齐来要看吕祖的门徒。山门外，大松树，密阴浓，太阳不入，当地下一张桌儿挖单上铺。有蒲团，无蝇拂，这个摊，真厌恶，黑红笔，尖儿秃，破砚台，满尘土，旧签桶，麻线箍，竹签子，不够数，卦盒儿，糊着布，还乱堆着少尾无头几本破书。低日头，闭着目，两眼角，眵目糊，满脖泥，一脸土，哈拉子，流不住，未睡着，假打呼，招苍蝇，脸上扑，便搭着，擀成毡的乱麻交枪连着胡。破道袍，补又补，不亚如，撮油布，无扣襟，露着肚，烂丝绦，系不住，披散开，好几股，结疙瘩，一嘟噜，用线串，还拴着半截没嘴的沙酒壶。这便是王道哄人真面目。惯弄虚头叫人信服。

这王老道装腔做势，为的是哄这些村傻愚民。这些愚民见他作怪，偏就信他。一设上这摊，便里三层外三层地围着争瞧。而且把他喝了酒的醉话，竟认作点化人的法术，便牢牢记在心里。一传十，十传百，哄扬得各处知名，都以王半仙呼之。所以，这王老道一二年的工夫，真是日日足吃足喝。

俗语说，盛极必衰，泰极生否[1]。这日，合当王老道晦气星照命。刚设摆上摊子，招了许多的人，王老道睁眼瞅了瞅，尽是闲散游人，知道不能赚钱，便仍将那酒烧透了两只红眼合上装睡，专等那未会过面的生人来了，好卖弄他的生意。可巧此际老苍头已经寻找至此，只见四面围裹的人甚多，于是分开大众，挤到里边。苍头知他是好喝酒的醉老道，便走至近前，用手将王老道一拍，说道："神仙老爷别睡觉了。我们宅里妖精闹得甚凶，快跟我去捉妖罢。"说罢，拉着就要走。众人见老苍头冒冒失失，也不施礼，便去扯拉，遂一齐说道："你这老头儿，真不通情理，哪有聘请真人这样亵慢的。就是本处官宦，也不敢拿大胳膊来硬压派仙家。你瞅着，真人要不怪你。还不快撒手！"那众人正在叫老苍头放手，忽见王老道已睁开醉眼，哼了一声，也不知说了些什么话，且听下回再讲。

[1] 泰极生否（pǐ）：好事到了头，坏事就要来了。泰，否，均是卦名。泰为好的卦，否是坏的卦。

第十一回

迎喜观王道捉妖　青石山妖狐斗法

词曰：

世上痴人如梦，邪言入耳偏听。道人称道是仙翁，便说咒符灵应。一旦逢人聘请，假象露出无能。真仙若是惧妖精，岂不可笑可痛。

话说老苍头扯住王老道，被众人说得将要撒手，只见王老道哼了一声，睁开两只红眼大声说道："我这铁板数，从来不差分厘。我早知你这老头儿，定有很大为难之事。所以从清晨就在这里打坐，专等着你到。我算你家要紧之人，被魔魇住，病得危迫。因我王半仙与你们有缘，应该速去搭救。你这老头儿总算请着了。"老苍头说道："神仙老爷言得一点不错。现在小主人实是病得深沉[1]。"

王老道不待苍头将原由说明，他便又用试探法听口气，问道："你家幼主乃是年轻的人，时令症候，绝不至如此。他这病着实在非儿戏，其中有些奇怪。"老苍头道："谁说不是呢？神仙爷既然算就，又与我们有缘，千万勿要推诿。定祈仙驾俯临，拯求小主之命。方才神仙爷说这病奇怪，他怎么会不奇怪呢？自从今年清明扫墓，小主遇见了个绝色女子，及小主回宅，不知那女子怎么也就来到书斋。两人朝欢暮乐，约有半载。所以小主至今骨细如柴，沉疴在体。小女子尚夜夜来会。还有小儿延寿，到后园摘果，无故被一九尾妖狐吃了，可惨可痛，这是我亲眼见的。如今想尽法儿也擒不住它。并且来来去去，人不知，鬼不觉。小主叫他迷得也不醒悟。昨晚我派了几个庄汉，为的是将妖

[1] 深沉：厚重。

怪阻住，不知它什么时候早已进了书室之内。今早它将出门，我打了它一鸟枪，也并未伤着。它用手帕化了一条通天桥，竟从桥上而去。它还说它是神女仙姑。到底也辨不准是仙是妖。”王老道又接口说道：“一定是妖，非捉不可。”苍头道：“我也想着，这美女绝非仙女下界。故此特请神仙爷大施法力，将妖怪捉住，好救我家公子。”

王老道见苍头已经信了他的话，又听说是个公子，心里想着，既这等官宦人家来请，何不装出些做派来。你看他，对着苍头说道：“我王半仙也不是吹牛夸口，天下妖怪不用说，准能手到便除。他一听见我的法号，大约先就害怕，欲想逃跑。无奈你家幼主被妖缠迷已久，空画几道符，你拿去将妖退了，怕那病人不能骤然见效。莫若我亲身走一次，两宗事就可以俱无妨碍了。然捉妖治病倒不费难，就怕用的东西过多，有些花费，你们舍不得破钞。再者，我给你们将妖擒住，治好病症，咱们也先说个明白，不然，如今人情反复得多，过了河便拆桥，看完了经就打老道。我实对老头儿说罢，我是叫人家攥怕了。我今先给你开个单儿，你拿回去同你们公子也商量商量，如要真心情愿，我作神仙的人亦不肯难为你，披给你二成账，叫你也彩彩。常言说，一遭生，两遭熟。倘日后你们再闹妖精，再得大病，我也好拉个主顾。那时还重重地补付你呢。今儿这件事，你只管听我嘱咐办去，我也不能过于自抬声价，留点人情，日后也好见面。”苍头道：“神仙爷，我们这一次妖精，闹得还天翻地覆，哪里禁得再有这样缘故。神仙爷千万别这么照顾了。”王半仙道：“就让你家这一次除了根，难道说你们本族、邻里、沾亲代故，就准保不生灾病，不闹妖精吗？你举荐我，我拉扯你，咱们两个一把锁，一把钥匙，谁还来敲咱的杠呢。不是说唯独开方，治病、念咒、捉妖，犹如探囊取物一般，他人料也没有这等手段。谁不知我王半仙是天上的徒弟，敢劫我的生意。”一面说着，将苍头一按说：“你坐下，我跑不了。你等着我给你开个捉妖单子，你好忙回去商议。我在这里听候准信。”

老苍头听说要叫他先商量去，连忙说道：“神仙爷，不必这等取笑。

我门宅中之事，同是老奴做主。一切应用的物件，无不全备。神仙爷只管跟着我去，你老怎么吩咐怎么是。只要治好我的主人，除去妖精怪，情愿千金相谢。我们绝不敢辜负大德，好了疮疤忘了疼痛。日后决不食言。”王半仙听罢，自己正在盘算，只见旁边有几个那平日给他趁摊贴彩的附耳低言说道：“这是咱们这一方的头个财主，周宅老管事的。收了摊跟了他去罢。”王道得了主意，望着这些给他贴彩的说：“有劳列位，把我的摊子代我收了。贫道好去捉妖救命。”言毕起身，付着与他看，朝这些无考究的人作了半截揖，跟着苍头便走。

顷刻来到周宅，让进大门。王道故意揉了揉他的红眼，向四下一瞅，便嚷说道：“厉害！厉害！满院妖气甚重。幸你有些见识，特去请我。若再耽搁几天，必定大祸临门。”苍头闻听，说：“神仙既然看破，先到书房看看我主人之病。”王道摇头说道：“你且慢着，你等我把妖怪根基寻找寻找。”说罢，便东瞅西看，满院里摇摆了半天，说：“你快找洁净屋子两间，我好请神退妖。”苍头道：“我们厅房宽敞，神仙爷同我看看。”王道说：“这也罢了。”二人入了厅房，这王道便坐在上面，假装着打坐养神，心里却打算着动什么法儿，想他们的银钱。苍头一边待立，连咳嗽声也不敢。令小厮捧过茶来，恭恭敬敬地放在桌案之上，一声也不言语，仍暗自倒退出来，在门外站立。老苍头伺候足有一个时辰，王道才伸了伸懒腰，打了个哈什，拿起茶来漱了漱口。老苍头说：“神仙老爷，醒了么？”王道便一声断喝，说道：“你真是肉眼凡夫！你打谅这是困觉呢？这是运出我的元神，遍游天下，去查访妖怪的来历。适才到了峨眉山，去问我们一家王禅老祖，他说不知。我又至水帘洞内去问孙大圣，他也说没有。我想他三个尚然不知，这必不是人间的妖精。我赶着就忙上了天咧。刚到了南天门，又听说玉皇爷卷帘朝散，众天神已各退回。我又奔了蟠桃宫，这还凑巧，幸亏太白李金星在那桃树底下够不着摘桃儿，馋得流哈拉子哪。这太白金星见了我，羞得满脸通红。我说：‘这又何妨？不但你老人家爱作这营生，连东方朔、孙悟空他们还来偷吃哪。’太白星听我说话和气，忙问我有什么要紧的事，好代我去办。我赶着将咱们这事说了一遍，太白金星说：‘原来为这点小事。昨儿我已奏过了，那原是棒槌精作耗。当时玉皇大帝就要派天兵天将下界捉它，因又奏过，说这点小妖儿作乱，何必劳动天神。浙江迎喜观有个王半仙，他足可捉妖拿怪。’玉皇大帝允奏。可巧我正去寻找妖精来历。太白金星遂将缘由对我说了，我方回来，如今元神已归了壳。你快去将宅里所有的棒槌都拿到我看，认出它来，好画道符，给他贴上，定有效验。”

苍头听罢，说道：“世界上从未听说棒槌成精之理。”王半仙道：“你们哪里得知，这个棒槌往往妇女使它捶衣裳，好打个花点儿，只顾用双杵打的石头叭儿叭儿乱响，听热闹，猛然将棒槌一扬，碰破了鼻子，流出血来，滴在上头。受了日精月华，它便能成精作耗呢。”苍头道：“不必论是何妖怪，唯求神仙爷拿住它就是了。你老快将捉妖用的东西告诉我，好去速速备办。”王半仙道：“先取文房四宝过来。”小厮听说，急忙捧到桌上。王半仙举笔便写，先要了许多用不着的物件，然后取过两张黄纸，俱都扯成条儿，胡抹乱画，又闹了有两个时辰方完，对着老苍头说道：“这符已经画妥，你拿去从上房贴起，凡所有的房子，一个门上一张。贴完了，管保灵应。”苍头道：“你老画的这符，都是什么字，这等乱糊？”王半仙道：“这都是老君秘诵的咒语，五雷八卦灵符，又经玉皇爷阅过、念过，一句一字都不能错。这才又交给掌教元始天尊。天尊又传与天师张道陵。因张天师同我那神仙师傅相好，常来谈道，那时我还年纪不大，张天师瞅着我长得爱人，遂同我师说道：‘你这徒弟，甚是灵透，将来必成正果。我有秘授宝藏的神符灵咒，从不传人，今儿看你面上，我传了你这徒弟，也不枉咱们契一场。’言罢，都教给了我。我师傅令我受罢，叩谢已毕，张天师也就去了。我便一遍一遍、一句一句一地通学会了。从此我师傅便叫我到各处遨游，捉妖治病，拯救万民，行功积德。我当时又下了许多死工夫，将这符咒温习熟了，才出来救人疾苦。这是我揭心窝的本领，再不传人的法术。无怪你们凡夫不识这等文字，上边有好些位天神哪。”

苍头道：“这等说，灵符有这些来历，妖怪一定可捉成了。”忙伸手接将过来，去到各房门上去贴。凡前边宅内房子俱各贴到。此时天色看看已晚，老苍头复又举步，欲奔书房，刚走至书院之内，一抬头，见一个女子立在书斋门口。仔细一看，竟是那用鸟枪打的那个仙姑。老苍头不见犹可，一见了这女子，唬得连忙向回里而走。

不知老苍头如何告诉王半仙，且听下回分解。

第十二回

半仙周府粘符篆　众狐荆抽王道人

词曰：

狐媚群兴作耗，道人得便忙逃。山川满目路迢遥，仙境伊谁能到。无计仍归道院，欲将众友相邀。撞钟击鼓又吹箫，反使妖魔见笑。

话说那玉面狐，自从将众妖安置在僻静之处，它却于周宅用隐身法等候王半仙。等至夕阳将落，老苍头已同王半仙进入大门。玉狐一见，即知道他并无真正法术，遂又跟在他身后，听他说些什么。只见王半仙胡诌乱画，闹了许多时候，玉狐尽都看在心里。末后，王半仙叫行心院里门贴符，玉狐即暗来对众狐如此这般说了一遍，复令众狐每一房门站立一个。玉狐却在书斋门外而站，等着王半仙来了，好一同下手。这话按下不表。

且说老苍头在别的房门去贴符，未见有妖怪动静，心内念佛，以为这符定有些灵验。及至来到书院门上去贴，猛一抬头，见那被枪打的仙姑在那里站着呢，这苍头一看，吓得心悸身战，即忙复回跑到王半仙面前，喘气说道："神仙爷，这灵符贴不成了！如何是好？"正说着，忽见先前贴的符，俱一阵风都飘送在王半仙眼前。王半仙连忙问道："你莫非打的面糊不稠，粘贴得不稳吗？你看看，贴上的俱都被风刮下来咧！怨不得你说贴不成咧。"苍头听罢，说是："这事奇异，我方才贴的那几处，粘得甚是结实，怎么就能刮得下来？莫非个个屋内都有了妖怪？"王半仙道："岂有此理！你再去贴它一回，准保妖精见了便跑。"苍头道："你老别说咧，适才我到书斋，将要拿符去贴，见那女妖在门外站着呢。求神仙爷自己亲手去贴罢。"王半仙道："你这是疑心生暗鬼。哪有这等的事，你去贴符，可巧妖精就在那里？”苍头道：“我是被妖精唬破了胆咧！这符是你老画的，你老暗念着那咒儿就可以贴上了。我实不敢再去。”王老道此刻亦是骑虎之势，只得仍旧装腔做势地将符要将过来，说道：“你这等凡夫，真是无用。你瞅着，待我贴去。”言罢，一同苍头往外便走。

及到门槛之外，王半仙向四下里一望，只见这宅内各房门外，俱站着个一样的美貌女子。自己看着，未免心内也是吃惊，想道：“这莫非就是妖精？不然贴上的符如何俱都揭将下来？待我不要言语，同这老头子先奔书房，若贴上书房的这张符，回来我就有的说了。”此时老苍头只顾低头前行，并未瞅见这边门外站的女子。遂问王半仙道：“我贴的已经刮下，咱是先贴何处呢？”王半仙道：“快领着我奔书斋，不要让妖怪跑了，再拿就费周折了。”

看官，你知王老道这是怎么个心意？他想着周宅之内，绝不能有这许多家眷。即便有这些女子，既为他们家捉妖，岂肯将符揭将下来？他猜度着这些妖精，此刻必同离了书斋，至前边宅来搅乱。故此，他欲趁这机会先奔书院，就免得遇见妖精了。你看他，催着老苍头一齐来至书斋门外，正要叫苍头去刷面糊，他自己去要贴时，忽然从门里袅袅娜娜出来个美人。王半仙看罢，说道：“咱们快回避了吧，不要叫妇女冲了我的灵符，你必说我的法术不真。我没对你说过吗？我的符最怕阴人。”老苍头听说叫回避，猛一抬头，便忙嚷道：“神仙爷，不好了，这就是那妖怪！神仙爷快显大法力，擒住它。千万不要令它逃跑了。”老苍头甚是着急，只听王半仙说道：“你别哄我咧，这分明是你们少奶奶，给你家公子作什么来咧。你叫我拿它当妖怪捉了，你家公子若是知道，不说咱们是玩笑，必说是我调戏有夫之妇。那时，倘若吵嚷起来，不用说我出家人担不起这个名声，还不定得个什么罪过呢。你真把我瞅傻咧。”苍头听罢，急地跺脚说道：“神仙爷，别错了主意。这并不是我们少奶奶，这就是缠迷人的妖怪。快些动手罢！”王半仙道：“你敢做主么？”苍头道：“有了错处，老奴担当。”王半仙道：

"你既然敢承当，瞅我的罢！"于是，将他那没锋刃的宝剑，用手插在背后，又把他戴的那油纸如土似的道冠往上挺了两挺，脑门子上拍了三巴掌，又向东喷了一口气，便直着身子站在书斋门外，口中咕咕哝哝地念诵道："天黄黄，地黄黄，灵符一道吐霞光。二十八宿齐下降，六丁六甲众天罡，快把妖精来擒去，从今后，再不许它们进书房。我奉太上老君命，急如律令敕。"念罢，又要拿符往门框上去贴。

玉面狐便暗用它那细细的一根荆条，轻轻向王半仙手内，将那符一挑，往地下一撂。这新刷面糊的黄纸，如何不沾了好些沙土？王半仙一见，知是不妥。遂故意嚷道："你看如何？我这符咒极是灵的，凡是妖精，一听见我念咒贴符，早躲得无形无影。就是怕逢阴人孕妇，一冲了这符便贴不住。我说的话，你一点又不听，只顾拿我取笑儿，把你们带肚儿的少奶奶告诉我是妖精。你瞅瞅，这符贴不上咧。你快叫他们小男妇女的躲开罢。"苍头此刻又是怕，又是急。忙道："我的神仙爷，你老莫错认是取笑儿。他是千真万真的妖怪，我们公子尚未娶亲，哪里能有少奶奶。你老只管向着妖精耍戏，可就误了我们小主人的命了。虽说有你老在此，妖精不敢狠闹，也不如快用现成的宝剑，将它杀了，除了根。"王半仙道："你也真说得容易。你看看，它长的这等细皮白肉儿，画儿画的这等好看。连我修炼了多少年的道行，心里还觉动火哪，怎好一宝剑将它斩了呢？少不得你们公子叫它闹得成了虚痨。再者，我要将它杀错了，公子不依，谁给偿命？"苍头道："你老杀了，老奴情愿偿命。"王半仙将嘴一撇，说道："这么着，我给你个便宜，你杀了它，我偿命，好不好呢？"苍头着急说道："你老既称神仙，是有法力的。老奴若能杀它，岂肯用千金谢礼奉请有道术的高人呢？你老速用宝剑斩它罢。事后谢仪，毫厘不敢缺少。有了错误，不干你老之事。"

这王半仙有心再推辞，因听着千金礼物，又觉动心。旁边苍头又直逼迫，只得无计奈何，挽了挽破道袍袖，抽出那没刃带锈的剑来，假装怒气冲冲，吹着胡子，鼓着两腮，青筋叠露，咬牙切齿地瞪着两只红眼，嚷道:“你们闲人快要躲开，我可要擒妖精咧！这是真杀真砍，别当我是老谣，这剑上可没有眼睛，碰着可不是玩的。”这王半仙一面瞎诈着刺，一面便舞那卷刃不磨的宝剑去玉狐，要动粗鲁。

且说玉狐先前见王半仙这等捣鬼，又是暗笑，又觉暗恨。今又见他要来动手，不免微微地一笑，故意地轻移莲步，往后倒退，慢转柳腰，假做惊慌，说道 :“你是哪里来的野牛鼻子？难道你不知王法？青天白日入人宅院，拿刀弄杖，威吓妇人。大约你要想行凶谋害，讹诈钱财呀！我实对你说罢，你这是困了。你在我跟前，闹这个缘故，岂不是班门弄斧，不知自量？”说着，暗运了丹田一股妖气，照王老道面上一直喷去。王老道觉着难以禁受，“哎哟”了一声，便跌了个倒仰。于是，撂下那宝剑，急忙趴起身来，欲要跑时，却被妖气迷漫，不得能够，遂睁着两个烂红眼，把脑袋往墙上撞，不防备，去天灵盖上又碰了个大紫包。自己摸了摸，也不敢嚷疼。无计奈何，只得上前抓着苍头说道 :“这个黄毛儿丫头，真正厉害，你快领着我出去，换那锋快的刀去。你快找着门，同我走呀。”说罢，拉着苍头，刚要迈步，此时玉狐哪里肯放，只听呼哨了一声，众妖哄然而至。玉狐便吩咐道:“这样无知野道，实在可恼。众姨妹同来收拾这杂毛儿，别要轻饶恕他，免得他常管闲事，骗愚民。”众妖答应一声，齐现了一样的面目形容，打扮的俱是百蝶穿花粉红袍儿，长短、肥瘦、一般无二。王半仙一见，唬得就似土块擦屁股，迷了门了。真是，上天找不着路，入地摸不着门。迷离迷糊，站在那里，与灯谜一般，贴墙而立，等着挨打。

众妖全是满脸怒色，各持一根荆条，玉面狐上前，用手一指说道:“你别装憨咧，你也闹够了，也该我们收拾收拾你咧。”说罢，走过去，便先扯住道袍大领儿。王老道以抵对不敢支持，指望趁势一躺，将妖精撞个跟头，谁知妖精身体灵便，往后一闪，倒把自己摔了个仰八角子。众妖见他跌倒在地，便去揪胡子的，撕嘴的，捏鼻子的，扯视的，先揉搓了一顿。然后拿起荆棍，一齐向他下半截刷、刷、犹如雨点似的一般乱抽混打。王老道伏在地，四肢朝天，满口里破米糟糠，只是乱骂。他见打得不甚很重，愈发不以为事，便放出来那光棍无赖调儿，说道："我把你们这些粉面油头，偷汉子的狐媚子，你们今儿既动了我王老头儿，咱爷们准准的是场官司。先前，我看着你们是些女孩儿，嫩皮嫩肉儿，细腰小脚儿，常言说，男不与女斗。所以我不肯奈何你们。哪知你们竟是些臭婆娘，淫娃子，大亢的真鸡屎呢。这可真是阴盛阳衰咧。你们生敢成群搭伙玩弄我王半仙。简直的说罢，既要打，可别心虚，绝没有哼哈字。我王老头儿再也不能不是个东西。若不信，只管问去。幼年间没有底真，乱儿闯过多哩。爱招事，无人敢比。跌倒了，仍趴起。谁要同我争斗，我便敢与他拼命用刀劈。红通条都不惧，黑鞭子当儿戏，劈柴棍是常挨的，一咬牙便挺过去。不动窝，从早晨能骂到日平西。有朋友，就完事，从不会斗经纪。说不了，打官司，衙门口去相抵。真无理，搅出理。四角台上，从来没有受过委屈。到今日，学老实不泼皮。或占卦，或行医，除妖怪，救人迷，迎喜观把身栖。为传名，不需利，我王半仙一生忠厚倒被你们欺。这掸痒痒的荆条，算甚事。指望着有人来劝，就算完哩。既打我，咱们已是一场子乱儿事，说不得。你们这些臭骨头，直不直。"

且说王老道骂的都是些市俗之话，说的都是些无赖子匪言，众妖一概不懂，只知他是骂人。便又把荆条加上力，抡圆了，没死活，只是胡乱抽打。王老道只道先前荆条儿无甚力量，不大理论，所以还能够乱骂。次后觉着有些重势，那两条老腿，便不似起先那样四平八稳在地下放着不动咧，荆棍抽在身上一次，不是蜷回，就是伸去，不是旁闪，就是暗躲。堪堪得擎受不起，意思欲要告饶，又觉难以出口。因抬头瞅了瞅，老苍头一旁站着，离得甚远，只是老着脸说道："你们这些姑娘，难道真把王老头儿打秃了吗。"

玉狐听得此话，知他已是禁架不住，遂冷笑说道："你这打不死的杂毛老道，你不孤立了，你来这里治病，哄人钱财，尚还可恕。你又卖弄会捉妖。你看看，这里谁是妖精？如今你既然怕打，暂且饶过你去。倘若仍然不改，再犯到我的手里，我也不费这个事打你，我叫我那些众妹子,揪你这老杂毛的胡子。”玉狐一句一句地数落了他半天,王老道一声也不敢言语。只听玉狐又吩咐道:“众姨妹,咱们也将野道打乏了。咱们暂且回去歇息歇息,明日再来理论。”言罢,各将手帕一抖,展眼间俱都不见。

不知王老道如何,且听下回分解。

第十三回

王老道回观邀众友 老苍头书斋搭经台

诗曰：

只为元门术太低，酿成祸患苦相欺。

顽皮道士遭羞辱，忠义苍头暗惨凄。

宝剑空持无用处，灵符已假便生迷。

群狐大逞妖魔技，须待纯阳到此携。

话说众妖狐闻听洞主吩咐住手，便一齐放下荆条，将各自拿的手帕，俱都一抖，借遁光，一齐回洞。王老道自觉羞愧，尚不敢抬头。先慢慢地偷眼看了看，一个个俱都不见踪迹，于是放开胆子，复又往四下里仔细一望，方知这些女子已皆去净。此时也不大声儿说话了，一面哼哼着，向苍头说道："今日我可丢了人咧。你也不来劝解一声儿。"老苍头走至近前，先用手将他搀起，说："我的道爷，你老还禁得住几荆条。我要将妖精劝恼了，若再打起我来，同你老一样，我可就早见了阎王爷了。快请起来，同我到前边用斋去罢。"王半仙道："我这嘴脸，怎好前去见人？你快将门开放，当个屁放了我罢。"

老苍头听罢，不觉心如刀绞，忙将王老道扯住说："如今神仙爷将妖精得罪了，妖精岂肯歇心饶恕我家？我的神仙爷，你老若再去了，谁还能保我们公子之命？今日你老虽然未能降了他们，咱们慢慢地再想主意。常言胜败乃是常事，你老倒不必如此愧怍。回来用斋已毕，奉求你老细细地写一道神疏，至诚向空焚化，哀告上天神圣怜悯老奴的愚衷，把我余生阳寿借与我家公子，我这把朽骨情愿抛残，留下小主人的性命，不灭周氏宗支。你老将此情达告过往神祇，奏与天曹俯垂鉴佑，你老虽体上天好生之德，大发慈悲呢。常言道，救人一命，胜造七级浮屠。你老若一撒手而去，不但周氏断绝香烟，你老见死不救，未免也有过处。况出家人同有善念，你老若从此袖手旁观，我还往何处再能找似你老这等半仙之体去？还求神仙爷竭力搭救我一宅性命罢。”

此际，王老道见苍头凄惨悲声，实在地进退两难。自己心里暗想，妖精大约无别的本领，不过以多为胜。莫若我也多集几个道友，与它们一对一个，就许可以取胜了。遂望着苍头说道：“你既然这等恳求，我只得仍给你们设法。适才，我并不是要走。我想着要掏寻我师傅去，问问他，传授我这些符咒，怎么捉妖治病倒不灵，挨打却这么快。倒是教的错了，还是学的差了。我挨顿打倒不要紧，叫人连我师傅的法术都瞅着不高。我若在深山古洞摸着了他，我老爷两个总得嚼会子牙呢。”苍头听说去找他师傅，连忙问道：“令师是哪位仙长？”王半仙道：“你站牢稳了些，要提起我师傅，还唬你一溜跟头哪。”苍头道：“是谁，这样大名声？”王半仙道:“叫什么，‘海里奔’。”苍头没听说过这名儿。王半仙道：“不是‘海里奔’，莫非是‘虎里槟’吧！”苍头道：“没有，没有。大概是吕洞宾老祖吧。”王半仙道：“是他，是他！我是要试探你认得不认得，你敢则也知道这么一位有字号的好朋友哪。你可老实等着我罢。我找了我师傅来，咱大家伙儿同妖精打场热闹官司，准保万不含糊。我找我师傅可是找去，把妖精可是交给了你咧，要跑了一个，可向你要两。你放心罢，这一件事全都在我姓王的身上就是咧。”说罢，假装没挨打似的，掸了掸尘土，捽着手，一直地便出了周宅后门而去。

一面走，一面低头暗想道：“我自身入道院，本来没学过一点法术。可巧今儿晦气，遇着这些恶妖怪，被它们羞辱了一场。早知如此，狠不应该允。倘若素日有些工夫，借着纯阳老祖的名声，制服了妖精，不但受周宅千金谢礼，而且还为同道增光，也显自己的名。今反挨了这顿荆棍儿，岂不丢人太甚？这个脸须得想法找回才好。哪怕到了观院里，给众道友磕头，也要叫他们帮扶我，将妖赶跑了。不然，令外人知道，岂不轻薄于我？这个跟头实在栽得无味。但我到观内，不可露受打的样儿，须得这般如此地说去，管保道友必来。”于是慌慌张张，假带满脸怒色，一径入了迎喜观内。

且说这个迎喜观，原是一座老道的长住处。地界宽阔，房广多。其中居住的老道，聚集极众。虽无飞升的真仙，却有修炼的道容。此时大众俱在院内讲论道法，只见王老道带怒，狼狈而归。大众看着他走至切近，一齐问道："王道友今日出去，生意可好？为何这等模样回来。"王老道在路上已经安排妥了主意，今听大众一问，便故意叹气说道："众道友你们猜，周家是怎么宗事？原来竟是些年轻的女子，混相窝反。我起初一去，老苍头说妖精闹得甚凶，我便连忙施展法力。哪知刚到他们公子书房，便从里面风摆柳似的出来了好几个最美貌的姑娘，我恐是他们的内眷，正要躲开，老苍头说：'那就是妖怪，快用宝剑捉罢。'并不是咱们攒细，果然是三头六臂、青脸红发的精灵，哪怕咱与它拼了命呢，这都使得。我想，几个柔弱女子，怎好与他们相斗？常听人说，男女授受不亲。咱要与这些小娘们动手动脚，未免叫人睄薄了。再者，又怕染了咱的仙根，故此不肯同他们较量。谁知这周公子竟招的些个会武艺的女孩子，见了我这样年纪，以为可欺，便不知进退起来，暗中给我个冷不防，一齐上前，将我按倒，拿荆条棍，倒把我好抽。将我抽急了，将要用宝剑乱砍。他们一展眼睛便都跑了。就像这么白打白散，咱这迎喜观岂不软尽了名头，令人耻笑？所以他们的千金谢礼，我也没要，总得找回这气来。我想，我虽衰败无能，我这有法力的师兄弟多着哪。我们一笔写不出两个道字来，他们眼看着我跌了蹽脖跟头，再无称怨之理。我回来时，已将这话发了出去。别管怎样，望求众道友有愿去的助我一膀之力。不欲去的帮我个妙计。等着报过这仇来，再与老苍头要谢仪。"

众道听王半仙之话，一齐信以为真，同动了不平之气。一个个发恨说道："咱同是老君门下正派，王道友既然被欺，我等也无光彩。他们别说道教缺少人物，这等任他们放肆。要叫这些女子白欺负了，谁还敬咱迎喜观是有名的道院？咱去报仇，也不用与他们对打，等着这几个毛女儿出来，咱大众也不怎样他们，一齐将他们用绳捆上，两人抬一个，全弄在咱这观里来，重重羞辱他们一顿，再将他们放回去，叫他们不好见人。周公子若是知道，也就不要他们了，从此，那病也许好了。咱王道友这脸可就找回来咧。”有两个年长的道士说道：“这么办使不得。这些女子准要是人，仗着道友众多，固可捉得住他们。然要弄在咱道院里来，未免叫人犯疑，说咱们做事不正经。再着，这些女子倘若真是妖精，咱要同他们动手，焉能准保敌得住他们？咱们先问到底的，这些女子准是人，准是妖，再作定夺。”王老道听罢，说道：“我也辨不很准，要瞅他们一展眼走得那等快，多半是妖精。”众道士说道：“若是妖精，更觉可恶咧。他们既然修炼，应该敬重道教。他们见了王道友画符持咒，就当假装惧怕，速行躲避，这才是知时务的妖怪。他们反给道友个没意思，是何道理？如今咱也不必论他是人，是妖咧。咱们给他个两全的道儿罢。”

王老道听了，忙问：“怎个两全的法儿？”众道说：“咱们大众俱奔周宅，在他书院，令人搭起一坐高台，咱们坐在上面，将天罡齐齐整整念七昼夜。这些女子要是人呢，见咱们眼目众多，大约也不敢再进书室。若不是人呢，咱们念的这天罡，慢说是妖精，就是得道的仙子，也得远离。到那时，没有了别的动静，咱就说，仍须大施法力，将妖精与他们剪草除根，好再多受用他们几天。然须先对周宅讲明，每日预备三餐，极要丰盛。你就说，我们俱是请来白帮助的，不图什么，须得如此。然后等着咱们回来时，再给王道友，叫他们写千两银子的布施。你们说，这个道儿好不好呢？”王老道此刻已将挨荆条的难受撇在度外了，听见众道说的这法儿，又得吃喝，又得财帛，不觉心内暗喜。连忙对大众说道：“众位道友，既有这等高见，务祈同我走这一次吧。”众道士说道：“咱们同是道门枝派，气体相关，不分彼此。王道友只管放心，不必游移，我等一定相帮。事不宜迟，速速到周宅说去罢。”王老道点头，急忙复至周宅。

进了门房，叫人回禀了一声，老苍头闻听连忙迎接。入了客位，问道：“神仙爷回来了？可曾请得令师尊下降？”王半仙道：“我为你们这事，可大费了力咧。我好容易到了海上仙山之处，找遍了三岛的仙境，末后在蓬莱岛内，方见了我师傅。我还未曾告诉他老人家，我师傅便早知道咧。先叫我坐在个神仙椅上，令仙童给了我一杯仙茶。我师傅对着我说道:“徒儿，你原来受了妖精的委屈了。这也是前生造定的因果，该有这场疼痛之灾。本当下凡给你报此仇恨，无奈这几个毛崽子妖精，也值不得我身亲临尘界。我今传授你个奇绝法，包管把那些毛妖精唬得他们尿流屁滚。连它姥姥家都认不得了。于是将诀法尽给了我。我忙着嗑了个响头，我又想起这诀法虽然学会，尚不知怎么施展，正想要说，将用法亦求恩师赐教，我师又早明白我的心意，乃复行吩咐我道：‘你回去，先到周宅，派人搭起一座法台，愈高愈好，再叫周宅多备酒肉，你从此可要开荤破戒，将你们观里众道友邀上他十二位，我再赐你一部天罡经，连你共十三位，一齐念起。往来念他七昼夜，管把妖精捉净了。’说罢，还叫我不许索讨钱财，‘等着完了，只叫周宅主人到观里五道庙前写五百六十两银子布施。倘或周宅事毕之后，负心不给，五道爷自必叫他们受报应，那可不是玩的。徒儿，你可记着。天也不早了，你下山去罢。’我就回来。这都是我师傅嘱咐的话，叫人不可不信。所以我连歇歇腿都没有，就忙找了你来了。”

此时老苍头已是心迷意乱，只得百依百随。忙说道：“令师既这等吩咐，岂敢不遵。”便急忙聚集众工人，搭台的搭台，备酒席的备酒席。不好拙比，就仿佛办丧事的一般掉起来。常言说，为人最怕挠头事。老苍头被妖搅得毫无主见，这王老道之言，明明不近情理，他听着竟是实的一样。只求有人捉了妖精，就花费千金也不吝惜。正是所谓，得病乱投医。且说众工人将该预备的，件件俱都安排妥当焉，等这些嘴馋的老道，好来吃这七天七夜。这王老道见法台搭起，酒席齐整，欣欣然便忙回了迎喜观。见众道友，将周宅布置的话，俱都一一说明。众道听了，也甚欢喜，以为这好酒席一定吃到嘴里咧。于是，忙差了四个伙工道士，挑着神像、疏表、香烛、供器、法衣、乐器等物，凡应用的，一概全都先送至周宅。随后，王老道领着那十二个道士，拿着踏罡步斗的宝剑，一齐来到。又令当伙居道的铺垫在法台上，设摆整齐。

不知众道士如何做作，且听下回分解。

第十四回

群狐大闹撕神像　老祖令召吕真人

诗曰：

几个雌狐便逞雄，无端作乱弄神通。

可怜众道难降伏，枉费苍头为主忠。

话说众道齐至周宅，令人在法台设了五个香案，桌儿正当中，挂上老君、元始、通天三清神像。案上铺的俱是红毡，圆桌俱是黄缎，摆上炉瓶三式，备下香烛，列上诸天总圣牌位。法台四面，悬起三教降世源流画轴，与那六丁、六甲、二十八宿、十二元辰、五雷、四帅、白虎、青龙、天蓬、黑煞、丧门、吊客，许多的凶星恶像。又拉上彩绸，挂一百单八对旗幡。所用祭品，俱摆在一张洁净桌上。台正中，设下一张正印掌教的八宝如意床。床前桌上，放定牒文、敕旨、令牌、宝剑、九环铜铃、三厢手磬、朱笔、黄笺、施食、法水。两旁排开两行桌椅，桌上设放铙、钹、钟、鼓、笙、管、笛、箫。台上左右角儿，也摆两个桌儿，一边放着个黄布包裹，乃是道德天罡经卷。一边放着许多应用物件。这放黄包袱的桌旁坐位，是王道查阅众道念的是不是对的坐儿。从来僧道门中，大凡应事的揽头，就是这个坐位。只在上坐着看经，最是个清闲事儿。

且说伙居道士摆毕，这些众道俱大摆地先进了大厅，并不拘泥，一齐就位而坐。老苍头下拜见礼，泡茶，饮毕，王半仙便说道："咱们先响响法器，通知通知妖怪。咱大家回来，吃了斋，再去念先师的真经。"说罢，王道先穿了法衣，领着众道，冉冉地上了法台，一齐按位坐定，各就所长，将乐器拿起，便吹的吹，打的打，犹如念经一样排场。将音乐吹打了几下，王老道便持起铜铃，哗唧声一响，众道一同止住乐器。于是，王道宽了法衣，率领众道下了法台，连忙来至大厅，仍然归坐。

老苍头急忙派了厨役，挑开桌椅，摆上酒席。众道此时闻着，真是扑鼻喷香，馋得暗暗流涎，恨不能一时到口。正摆齐备，老苍头忙来相让。王半仙道："你不必来让。众道友全是知己，同没讲究，绝不能作客的。老苍头去后，众道指望任性饱餐，吃个不亦乐乎。

哪知玉面狐自从将王半仙辱打之后，便归洞去歇息。及至王道叫搭台备酒席之际，玉狐早又派小妖儿巡了风去。所以众道士响法器时，它早也就率领群狐而来，藏在暗处了。今见众道见了斋这等不堪，实在忍耐不住，便一团火性，陡然而起。说道："众姨妹你们瞧，这伙证嘴吃的杂毛野道，真乃不知自羞。令人看着，实不可容。"众狐说道："仙姑不要着急。等他们将酒菜吃上两嘴，尝着甜头，咱们再大展法力，闹他个望影而逃。叫这些馋痨道士酒不得饮，菜不得吃，干去难受。"玉狐听罢，说道："这等收拾他们，甚为痛快。"众妖计议已定，各用隐身法遮住身形，等候众道赴席饮酒。

且说众道俱各僭让了半天，方挑定坐位。将拿起箸来，夹了菜，喝了两口酒，忽然见一阵旋风，卷土扬沙，刮得天昏地暗。众道士美酒佳肴将到口，一阵风沙起得甚邪。法台中，香烛灭，法器飞，旗幡裂，众神牌，全折截。神像儿乱翻元始天尊掌教的老爷。桌椅歪，香案趄，飘朱笔，撕疏牒，箸与杯，满地撇。酒菜中，多尘屑，那饭内泥土更刮了好些。众道士，心胆怕，战兢兢，暗气噎，立不牢，脚趔趄，一个个皱眉瞪目似傻如呆。道院饭，粗而劣，早就想，把馋解。这机会，得意惬，为什么大风刮得这样各别？真是个，活冤孽，眼睁睁，难饱饫不亚，一如把命劫。这等摔碎了海碗水盘加添的菜碟。众道正然心痛恨，玉面狐已将神像扯了个尽绝。

且说众妖大展威风，真是刮了个凛烈烈，卷土飞尘。闹得众道有饭难吃，有经难唪[1]。一切供器、法衣、圣像、神牌、俱都摔坏，撂在满地，闹了个落花流水。众妖犹未足性，在法台上闹够了，便又奔了摆酒席之处。只见众道尚在那里瞅着酒菜干生气，那玉面狐又吩咐一声，说道："这些野道，未曾吃饱酒饭。众姨妹，可将拳脚管饱了他们罢。"于是，众妖一齐上前，拧嘴的，揪胡子，扯衣裳的，拳打脚踢，吓得众道东奔西逃。连那茶房与铺垫，伙居道士，也有挨挂误打的，故此俱都不敢出头。

老苍头一见众道这等形状，不觉眼含痛泪，忙跪在法台之下，祷告众圣诸神，求公子病痊灾退。这也是忠心所感，义气动天。此时遂感动了上八洞的神仙、掌教的南极寿星老祖。这南极子正在静坐之际，只见一股妖气从下界直冲霄汉。急用慧目一观，早知其意。因想，这些妖狐真乃胆大，怎敢侮弄道门，残毁圣像，妄害人命，采补贪淫，作恶多端，未免可恼、可恨。若由妖精这般胡为，不但将来道教令人轻视，而且周信主仆之命，谅亦难保，遂忙叫一声："白鹤童儿何在？"白鹤忙转至老祖面前，应道："童儿在此伺候。"老祖吩咐道："你速到庐山之上，诏取纯阳子吕洞宾前来听令。"这才是，白鹤应命把真形现，原来是顶如朱赤，身似雪团。腾空起，入云端，睁慧眼，看人间，叹尘世，特愚顽，利心重，被名缠，岂不知痴心到底也是徒然。总不如，全生命，保真元，超世外，入深山，苦修炼，炼汞铅，功行满，道心坚，祥云绕，瑞气攒，似我这虽非人类还列仙班。玉面狐，错了念，化人身，功非浅，阴阳气，炼成丹，生九尾，数千年，得正果，眼然间。为什么，清明佳节却又思凡？与周信，结姻缘，不勇退，更流连，害人命，罪如山，惊动了，大罗仙，定然是恨把妖魔一刻灭完。工夫废，道行捐，难再去，乐洞天，又不知何日轮回再得转圆。白鹤飞舞空中叹，不多时望见庐山在面前。

且说吕祖遨游仙岛，自在逍遥。这日正在庐山闲观山景，忽见

[1] 唪（fěng）：高声念诵。

白鹤仙童来到。吕祖未待白鹤开言，便知其意。遂言道："仙童至此，大约为妖狐作乱，此事我已知之。我与仙童速行可也。"于是，吕祖随着白鹤仙童，一齐来见寿星老祖。参拜已毕，寿星说道："下界青石山下，群狐作祟。有汝门徒王道，不能降服，反惹得妖狐肆虐，毁坏了圣像、经卷，辱打道教门徒，实系可恼。今遣汝速临尘界，至周宅诛妖馘[1]怪，感醒世人，免至从此道教无人敬重。"纯阳子喏喏连声，便领了寿星老祖法谕，急驾祥云，一直奔了太平庄村内。

不知吕祖如何捉拿妖怪，且听下回分解。

[1] 馘（guó）：古时割取所杀敌人的左耳，用以计功。此指斩杀。

第十五回

吕祖金丹救周信　群妖法台见真人

诗曰：

妖魔集众势难当，虽是真人未易降。

仙发慈悲狐逞恶，神凭道理怪凭强。

物如害命多遭劫，罪若通天定受殃。

非是祖师无法力，群阴合聚胜纯阳。

话说众狐见这些无能的老道，俱都躲藏，便任意在法台搅乱了个不堪。这话不提，且说纯阳子按落云头，直奔周宅书院。众狐一见大罗神仙来到，不免心中胆怯，忙借遁光回了嵯岈古洞。纯阳子上了法台，一见神像、经卷，已是践踏残毁，未免在那里心中叹惜。老苍头忽然见一个道士在台上站定，便忙说道："我的道爷，你快下来罢，妖精刚走了，你怎么又去招惹？"此时王老道因藏在书院墙外柴草垛内，猛然听说妖精已去，便从草堆里连忙钻出，问道："你说什么哪？"苍头道："你瞅你们那道友，妖精在这里，他也不敢上台，妖精将去了也不知，就跑在台上作什么？"王老道忽抬头一望，不觉哈哈地大笑，说道："老苍头，你快过来磕头罢。这是我师傅来了。"说罢，复又使起他那泼皮性子，破口大骂道："我说你们这些妖崽子跑了哪，原来瞅见我师傅来咧。你们如今倒是回来，咱老爷们到底见个真章儿，较量较量才算。要是这么撕了碎了一跑儿，姓王的不能这么好惹的。非得见个上下不成。"

老苍头见他说的这些话，疯不疯、傻不傻的，忙说道："既令师尊到来，自有擒妖之法，任凭老祖发落便了。"老苍头跪在法台之下，在那里候着。吕祖对着王老道说道："你快躲远些，不必在这里乱嚷。

将这些伤了的物件，速派人送至迎喜观去罢，此处一概不用。”于是，王老道忙将这些茶房、伙居道士叫出来，一齐收拾净了，同着众道拜见真人，先回迎喜观去了。

此刻唯有王老道以为吕祖是他师傅，须在这里伺候，仍然未去。纯阳子见这些器皿送走，遂对苍头说道：“山人此来，虽然为的降妖，需先救你主人性命要紧。待山人下台，你同着速去观看。”说罢，老苍头引路，一齐来至书房。老苍头将软帘卷起，真是满屋妖气。只见周公子一丝游气，身体枯干，二目紧闭，面色焦黄，悠悠地卧在榻上。凡作仙人的，都是意善心慈。用慧目一看，不由得叹惜说道：“年轻的孺子，事务不谙，被妖狐缠得如此，尚不醒悟，未免无知太甚。”苍头见仙真点头赞叹，以为公子料难救转，不觉泪眼愁眉。

吕祖见他忧烦，忙说道：“苍头，你不必如此。山人自有妙法搭救。”言罢，便回手取出一个锦袋，擎出一枚仙丹，名为九转还魂丹，递给了苍头。说道：“你速用水调化，与你主人灌将下去。”老苍头接到手内，闻得冷森森一阵清香，连忙调好，送到周公子嘴边，拖着灌到腹内。这药真是仙家奥妙，不亚起死回生。登时之间，便回真阳，保住性命。吕祖又对苍头说道：“公子之病，已是无碍。再取纸来，给他画道灵符，贴在书房门上，日后纵有妖怪，也不敢再来。然从此不可自己胡思乱想，还得静养百日，真体方能复旧还原。”

这周公子自由病深之后，已是命在旦夕，所以王老道捉妖等事，已迷得一概不知。适才因吃了仙丹，腹中邪气散尽。元阳已自保住，虽一时身不自主，心里已明白了许多，今听书室有人说话，便慢慢地睁了睁眼。苍头一见，心中大悦，忙来至公子面前，如此这般，回禀了一遍。“如今仙人现在，大约妖怪不敢再至。公子静心保养可也。”周公子听罢，也顾不得歪想，仍然合目而眠。老苍头拨了两名妥当仆人服侍伺候，诸事安排已毕。

吕祖仍又吩咐道：“苍头，你同山人仍上法台，急令仆人排开坐位，山人好画符，诏取妖狐至此，把这事解合。一者，体上天好生之德。

再者，不伤我道教慈悲之念。三者，不碍他万年修炼工夫。”苍头闻听，忙派人安置停妥，请吕祖又上了法台。预备下朱笔，铺下黄纸，吕祖入了法坐，提笔写道：“纯阳子，谨遵南极仙翁命，为尔妖狐降下方。你等本是披毛类，原许你们恭修把道详。既然得入真门路，便应该遵正去循良。为什么无故生邪念，因补纯阴去采阳？既然未遇雷击劫，须回洞，改恶于善把身藏。却偏要藕断丝连贪淫欲，恨不能把懵懂书生性命伤。至而今，虽然我门徒得罪你，并未将你怎样伤。尔等毫无忌惮多肆恶，经卷、神牌、残毁实不当。尔等只知利己损人虽得意，岂知是，罪大如天自找灭亡。山人此来无别意，写这道解合的牒文[1]尔等细详。若是遵依我教令，山人慈悲尔等不相戕。倘若是痴迷终不悔，山人怒，未免与尔等个恶收场。”

吕祖爷书罢牒文，便一声唤道：“当方土地何在？”土地连忙应道:“小神在此伺候。不知大仙有何法令？”吕祖吩咐道:“有一道牒文，尊神可送至青石山下嵯岈洞内，传玉面狐前来见我。”土地接了牒文，领命而去。

且说玉面狐率众归入洞府，虽说扎挣不肯害怕，未免总带惊惧之色。坐在内洞，默默无言。别的妖狐见洞主如此，便你言我语，商量说道:“仙姑也是几千年得道之体，何论什么真人不真人呢？既然高兴，残坏了神像、经卷等物，惹下他们，便不怕他们。俗语说，打破了脑袋用扇扇。丑媳妇难免见婆婆。既作泥鳅，不怕挖眼。总在洞里藏着，亦是无益。他是真人，也得讲理。莫若出去，看他怎样。他若是以强压弱，咱到底与他见见输赢。难道他是大罗神仙就无短处吗？他当时也行过不正道的事，今日若将咱们赶尽杀绝，他也须得自己想想。”

众狐正在议论纷纷之际，忽听洞外有叫门之声，玉面狐以为吕祖来到，气得脸色焦黄。众妖道：“洞主不必生气。吕洞宾今既找上门来欺人，未免不通情理。咱们正是一不作，二不休的时候。洞主想个

[1] 牒文：公文，文书。

奈何他的计策，先将他制服，羞辱了他，管保从今以后，道门再不敢轻易临门，欺负咱们。即或他不肯干休，再来报仇，大约欲伤咱们，也非容易。再者，到那时，料着不能取胜，便想个善全的法儿，躲避了他未迟。”玉面狐听罢，说道：“事已至此，就按着这么行便了。”于是，玉狐结束停妥，方令小妖儿开了洞门。此时，土地随着便走将进去。到了洞内，对着妖狐，口称道：“仙姑在上，当方土地稽首了。”玉面狐见是本方土地，这方将心放下。

看官，你道土地怎生模样？有赞为证：

见土地稽首哆嗦年衰迈，是一个白发迭斜老头儿。荷叶巾儿，扣顶门，面门儿上起皱纹，白胡须，连着鬓儿，搭撒着两道眉儿。奢列着嘴唇儿，满面欢容笑弥嘻儿。躬了腰控着背儿，上黄袍是大领儿，香色绦四头秋火，下腰系白绢裙儿。护膝袜抱着腿儿，登云鞋是圆蝙蝠的前脸云头在后根儿。手执着过头棍儿，随脚步能持劲儿，拄着他能歇腿儿，更为是保养路远走的精气神儿。谅土地多大职分儿，不过是管小鬼儿，住的是小庙儿。住家户儿，也尊其位儿，当地下受灰尘儿，头顶着佛爷桌儿。同说他最怕婆儿，就真是他怕婆儿，可总没见他骑过骡儿。土地爷眼望着妖狐说禀事儿，这是纯阳子亲笔写的牒文儿。

玉面狐听说有吕祖的一道牒文，连忙令小妖接过，送到面前。玉狐拿在手内，从头至尾看了一遍。又递给众妖互相瞅罢，玉狐对着众妖说道：“吕洞宾书写牒文，与咱们前去说合之意，我看并非是要动嗔痴，与咱们较量。都是与他徒弟解合，令咱们悔过。这不过给王半仙找找脸罢了。据我想来，这倒很好。趁着周公子未曾丧命，倒不如与他相见，息事罢词，仍自各不相伤，岂不两全其美。”

众妖听罢，俱各摇手，说道：“不可，不可。洞主岂不闻吕洞宾收柳树精时节，七擒七纵，或硬或软，用无限的机关，方把柳树精制服作门徒。这而今三眼侍者、飞絮真人，飘遥海外，放荡天涯，谁不晓得？如今吕洞宾既差土地前来投此牒文，这叫做先礼后兵、调虎离山之计。指望把咱们诓去，先用话语压服。若与他顶撞，再施法术，制服咱们。仙姑断不可信他束牒文，自己去找耻辱。况牒文上直骂咱们是披毛畜类，并无仙姑暗吃延寿儿一层公案。焉有人命关天之事，牒文上反不提起之理？可见是叶底藏花，虚言相诱。咱不可坠在他术内。”

玉狐听罢，微微笑道：“众妹不必多言。洞宾此来，专为经卷、神像一事。他既以礼而来，我也以礼而去。若不分皂白，便去与他相持，未免咱们无礼。等着与他见了面，回来再作区处可也。”言罢，叫小妖儿取过文房四宝，提起笔来，在牒文后面写了八个细字，乃是：“即刻便去，当面领教。”书毕，仍将牒文递与土地，说：“劳动你拿去交与吕纯阳，就说仙姑随后便至。”土地答应一声，接在手内，举步而回。

这些群狐一个个呆呆胆怯，说道：“仙姑这事做得未免轻率，千万不要孤身去与吕洞宾会面。想洞主现已修成仙体，岂能受人当面挟制？倘一时言差语错，空身与他斗法，胜不了吕洞宾，这不是负薪投火，自烧其身吗？今既批了牒文，说即刻便去，料难更改。然须商议个万全计策，莫要粗心轻敌方妥。我等想着，洞主若与吕洞宾前去相会，我们大众仍然同走一次，在那里等候。如若是讲合劝解，彼此不伤，作为无事。倘若你们一时反目，我们给他个一哄而上，一齐努力，破了他，然后再作定夺。”玉狐被众妖怂恿不过，遂说道：“这个主意也是。若有个不测，众妹好一齐帮助。”说罢，玉面狐先换了戎装，众妖打扮得轻衣短袖，更换完毕，齐借遁光，直扑周宅而去。

且说土地自嵯岈洞回至法台之上，见了吕祖，呈缴牒文。吕祖接到案上，铺开一看，见牒文后面写着“即刻便去，当面领教”，看罢，不由拈髯微微冷笑，说道：“这孽畜真是不知自愧，无理之至。”连忙把牒文掷在一旁，回头对土地说道：“有劳尊神往复，且请回位。”土地打了个稽首，归位去讫。吕祖吩咐苍头，将王半仙叫到台上，对众言道：“山人不动嗔痴之气，已五百余年。似此妖狐，这等狂妄，将字批在牒文之上。定是善者不来，来者不善。未免又要山上动嗔痴了。

这也是劫数宜然，料难自免。且待众妖来时，先以好言解释，他们如若执迷不悟，只得再用法术，降他们便了。”说罢，又令王老道与苍头，“若见妖狐一到，叫他们上法台来见我。”

老苍头与王老道一齐领命，走至门外，刚一张望，早见对面来了几个女子。老苍头知是妖怪，却见他们都是月貌花容，天姿国色，改换了戎妆，一个个打扮得齐齐整整，真是眉如黛翠，唇似涂朱，眼若秋星，腮含春色，一样妆梳、美丽，分不出伯仲妍媸[1]。虽然令人瞅着怜爱，销魂淡雅之中，却暗藏煞气。故此与人相接，惯能丧命亡身。老苍头看罢，暗说：“一个妖精便闹了个翻江搅海，因这王老道，反招出一大群来。也不知这位吕祖师捉得了他们不能？”心中正在暗想，只听王半仙嚷道：“妖精同来到了，我先跑罢！不看他们记着仇，再用荆条棍，先打我一顿。”老苍头听他一嚷，忙一抬头，见玉面狐虽然改了戎妆，仍是胡小姐模样，花枝招展，已经来在门外。苍头因得罪过他一鸟枪，不免对面一看，也觉心中胆怯。又搭着玉面狐还带着好几个戎妆的妖精，怎么能不唬得害怕？有心要同王老道事先跑了，又怕违了吕祖法令。无奈，乍着胆子对妖精说道：“吕仙今在法台有请。”

众妖见苍头战兢兢地说话，便含笑说道：“此来正要会会吕纯阳，你引路领我们前去相见。你就说，‘玉面仙姑已至’。”于是，老苍头领着众妖进了大门，转弯抹角，来到书院。苍头连忙先到法台之前，说是：“回禀祖师，众妖俱到。”吕祖吩咐道：“你暂且退后罢。”

只见不多一刻，众妖果然娇模娇样来至法台之下，一个个乱语纷纷。又听玉面狐说道：“既然纯阳子以礼相请，众妹等也须遵奉牒文。咱并非惧怕谁，不能不奉元始天尊、太上老君、通天教主、变化三清之义，咱见了洞宾，也要分个次序，这截教、元门同是一理。”众妖道：“我等凭洞主调令便了。”玉面狐率众站在法台之旁，开声叫道：“老苍头在哪里？你速到台上，就说玉面仙姑在此行礼哪！”老苍头

---

[1] 伯仲妍媸（chī）：比喻不分上下。兄弟排行，伯为老大，仲为老二。妍，漂亮；媸，丑陋。

听罢，忙走至吕祖之前，说道："众妖要行礼哪。祖师怎样降他们？"吕祖拈着髯微笑道："你去对他们说去，就说山人在此迎接了。"苍头犹若惊弓之鸟，忙说："小人被妖吓破了胆哩！只为王半仙把小人闹苦了。有话神仙老爷自去说罢。小人肉眼凡夫，再不敢前去与妖说话了。"吕祖道："如此，待山人自去便了。"

不知吕祖见着妖怪何如，且听下回分解。

第十六回

法台上吕祖劝妖狐　半虚空真人斗道法

诗曰：

狐媚神通广，神仙法术高。

欲知谁胜负，邪者自难逃。

话说吕祖大摇大摆慢慢地走至法台之前，用目观看，只见众妖狐一个个变化打扮得——

眉如翠月，肌若凝脂，齿如瓠犀[1]，手似柔荑[2]。

脸衬桃花片，鬓堆金凤丝。

秋波淡淡妖娆态，春笋纤纤娇媚姿。

说什么汉苑王嫱，说什么吴宫西施。

柳腰微摆鸣金珮，莲步轻移动玉肢。

月里嫦娥堪此蹇，九天仙子亦如斯。

戎妆巧样藏杀气，无怪凡情为若痴。

此时吕祖来至台前，妖狐也忙抬头而望，只见吕祖爷仙风道骨，儒雅斯文，暗里藏着威严可畏：

戴一顶，九梁巾，绣带垂，掐金线，灿生辉，太极图，居正位，蜀地锦，镶四围，紧扣着那无烦恼的头发两鬓漆黑。穿一件，赭黄袍，绣立水，八吉祥，藏水内；织金片，龙凤飞，八卦文，阴阳配；这件袍，外道邪魔不敢披。系一条，水火绦，细丝累，蝴蝶扣，鸳鸯穗；真苎麻，绵而翠；淘洗过，天河水；

[1] 瓠犀（hùxī）：瓠，即“葫芦”。瓠犀，瓠瓜的子，因其整齐洁白，常用来比喻女子的牙齿。

[2] 柔荑（tí）：荑，初生的茅草。柔，嫩。比喻女子手纤细白嫩。

织女编，绕来回。一条线，无头尾，仿蛇皮，白与黑，为的是，虚拢着，无拘束的身儿不往紧里勒。横担着一口剑，号蛾眉。鞘儿窄，藏锋锐，斩妖魔，惊神鬼；在尘凡，还诛尽了丁血斑痕，似湘妃泪，又在那老君炉内还炼过几回。足蹬着，靴一对，方是头，圆是尾。步青云，绝尘秽，朝玉帝，随班队。赴王母，蟠桃会。不似那化双凫的云鞋任性儿飞。面庞儿，也不瘦，也不肥，如古月，有光辉；衬三山，眼与眉，鼻如胆，耳有垂，唇上须，掩着嘴，颏下的长髯墨锭儿黑。八仙中，吕祖虽然不是领袖，较比那七位神仙还时道当为。

吕祖与妖狐彼此看罢，玉面狐已被大仙正气所逼，倒退了几步，方望着台上说道："仙真不必劳动，仍祈请允我等在此伺候便了。"

于是，吕祖吩咐苍头，叫派人在台下摆上座位，众妖一齐归坐。吕祖也将桌椅令人移在法台之前，方在座位坐定。遂拈须对众妖言道："适发小诏，深幸不违。今山人有几句良言，欲对尔等陈其颠末，不知你等肯听否？"玉面狐道："既蒙仙真见诏，有什么吩咐，请说便了。"

吕祖道："夫元门、截教，虽非同类，实属一理。太上老君、元始天尊、通天教主、变化三清，本乎一气相传至道。俟后，又经历劫数至今。你我之根基虽有人畜之别，你我之功业无毫发之分。莫不本乎人心，合乎天理，以慈悲为修行之正务；以杀害为参悟之戒端。你等素具性灵，久慕人道，礼星拜斗，食露吸风，并非一朝一夕的功夫，脱出皮毛之丑，得化人身之尊。倘能倍加奋勉，何愁身入仙区。乃无故动狂荡之邪心，与周信嘲风弄月；破残害之杀戒，将延寿粉骨碎身；毁天尊之宝卷；撕诸圣之金容；应犯天诛，罪在不赦！山人姑念尔等潜修不易，倘一旦身遭天谴，尽弃前功，深为可惜。故发牒文一道，特诏尔等前来，果能痛改恶愆[1]，尚还不晚。如若心为不然，我山人的道术，谅尔亦所素晓。断不能容留宽恕！"

---

[1] 愆（qiān）：罪过，过失。

玉面狐听罢，虽觉无言可答，但听到什么非类，又什么脱去皮毛咧，分明是詈[1]他们为畜牲，不觉羞恶之心便难按捺。于是，杏眼含嗔，双蛾紧皱，用手往桌案上一拍，对着吕祖，娇音咤斥地说道："吕纯阳，你且住口！你说的这些话，未免过觉刻薄。你既用牒文将我等诏来，就应用善言解合。作什么讲根柢，兜我们的短？扬人之恶，并不隐言。当着我这些同气连枝的众姨妹，竟用这些大言铺派羞辱于我。你想想，这些话叫人听得上听不上？我今日要受了你的这口气，我这玉面仙姑的名儿谁还当个什么！

你未从褒贬我，你也把自己行藏想想再说别人。你的出身，原是黉[2]门一秀士。赴科场，名落孙山。既读孔孟之书，就不该弃儒入道，大概因着学问浅薄，不敢再奔功名。然既归了道教，应该行些正事，谁知你仍然品行污浊。岳阳楼贪杯滥醉戏牡丹，破了真元，那时你也是犯了天谴，险些儿作不成神仙。幸尔汉钟离给你出了个坏主意，打下了成胎的婴儿，化为乌有，方保住你的性命。难道说，你这不是伤害人命，破了杀戒吗？洛阳修桥，观音大士变化美女，在采莲船上歌唱，言有'以金、银、财宝打中者，愿以身归之，'这原是为的蔡状元力孤，工程浩大，故此，菩萨设法攒凑财帛，资助鲁班以成功效。你一知道，便陡起邪心，便去把菩萨调戏，以致菩萨一见，飘然遐举[3]。游黄龙寺，你又卖弄法术，无故飞剑去斩黄龙。身列仙班，虽说应该下界度人，但你不是卖墨，便是货药。又用瓦罐贮钱，令凡人看着虽小，到底投之不满。难道你这不是幻术惑人，嗔痴不断吗？你的这生平履历，我看着酒、色、财、气，般般都有。你还是大罗神仙，尚且如此。我虽行得错误，与你并不相干。你说仙姑是邪魔外道，护着你那无用的门徒，你焉知仙姑也不是好惹的呢！"

这妖狐说的一片言词，虽属荒唐，亦有毫厘实事。但他将实事说

[1] 詈（lì）：责骂。
[2] 黉（hóng）：古时学校。
[3] 遐举：远行。

得截头去尾，倒仿佛吕祖真是如此是的。岂知吕祖有慧剑三：一断烦恼，二断色欲，三断贪嗔。焉有神仙如吕祖而烦恼、色欲、贪嗔不尽断绝之理？凡玉面狐说的戏牡丹之事，与洛阳桥打采莲船，俱是齐东野人[1]之语，无可考较之言。至于飞剑斩黄龙，更是伪撰妄言，虚无缥缈不过。妖狐觉着对答不来吕祖之话，故杜撰出这等幻异之说，以诬吕祖。哪知神仙已是火气消除殆尽，方证无上妙果。再若能有可原谅之处，总是涵养着，不妄动嗔怒之气。所以吕祖听罢这些无影响的话语，仍然不动声色，只是拈髯微笑，暗想，妖狐真是嘴巧，竟敢与我开这一番议论。似此无稽之谈，倒不必与他分辨。我仍把正教、邪教，分析明白，叫他自己斟酌。若能悔过醒悟，就便两免嗔痴，又对着妖狐说道:“玉面狐，你造作谣言，山人也不与你计较。我劝你改过收心，弃邪归正，皆是善意。你果能蠲免[2]了那恣情纵欲之心，消除了那肆恶逞凶之性，改了截教中之匪气，顺了我存心见性、为善行慈元门中的道理，自然日后修到了天狐地位。”

这玉面狐听到此处，又不待吕祖说完，便将身站起，说是：“好个纯阳子吕洞宾，你倒不必绕着弯儿倚你们是元门正教，暗讽我们是截教旁门，来拿这话压人。你也不必绕舌，错了念头。你既说仙姑是旁门，索性与你分个胜负，咱们见个高低，看看截教、元门谁强谁弱便了。”说罢扭项回头说：“众妹你们看，这野道实在欺人太甚！咱大众一齐动手，看他有何能为？”

且说这些众狐，本是野性不退的妖魔，见吕祖这样说话，早就不怀好意。今听玉面狐吩咐，便齐抖精神，要闹个武不善作。你看，一个个紧了紧头上罩的弹花帕，搓拳捋袖，直奔法台。玉面狐更是心中冒火，一纵身形，先来至吕祖法坐之前，踢翻桌案；又往西北上一指，口中念念有词，登时之间起了一阵狂风，尘沙乱滚，烟雾迷漫，满院

[1] 齐东野人：孟子答弟子问上古故事时，说：“此……为齐东野人之语。”后喻道听途说、荒诞无稽之语。亦作“齐东野语”。
[2] 蠲（juān）免：免除。

里乒乒乓乓，真是刮得昏昏黑黑，怒号跳叫，亚似撼天关，摇地轴，指望把真仙眼目迷遮住了，好上前动手。

哪知吕祖见妖精如此无理，便一挥手，拔出宝剑，按在手中，向乾天一指，叱曰："风伯等神，速将此风止息。"那风须臾之间就停住了。这些妖精起了妖风之后，便用遁法腾空，站在云端之上，暗暗地看着吕祖。只见风虽厉害，法台并未折倒，吕祖亦仍在那里稳坐。又见他用宝剑一指，风便息了。玉面狐已知破了他的法术，不觉脸上一羞，倍加恼怒，遂大声嚷道："吕洞宾，你敢到空中与仙姑比拼，方算你是仙人领袖。"

吕祖见妖精甚是不知进退，手持锋刃在空中讨战。吕祖一想，这等泼魔，若不与它个厉害，终难降伏了事。于是，将身一动，足下便生了几朵金光灿烂的莲花，捧着化身，忽忽悠悠往上而起五彩祥光。来到空中，仍凑合在一处，犹如履平地一般。堪堪离着玉面狐切近，一回手，由背上亮出蛾眉宝剑，用剑一指言道："我把你不知死活的畜类，实实可恼。有心将尔等一剑挥为两段，又怕污吾宝剑。"

此时玉面狐见吕祖来至近前亮出玉剑，以为是要厮杀，也听不见吕祖说的话是什么，便把手中的兵刃迎着吕祖砍来。吕祖连忙用宝剑架住，说道："山人若与尔等动手相拼，大失仙家雅道。"言罢，用手中蛾眉剑向着众狐一掷，顷刻间，变出无数的蛾眉，如剑林一般，将众狐一齐围裹。这些众狐俱恐宝剑伤着，各以兵刃遮架，闹得空中叮当乱响。唯有玉面狐冷笑说道："众妹不必惊恐，此乃凡间剑客之火，不足为奇。待我用术破他便了。"说罢，运动丹田的三昧真火，向四面喷去，飞剑俱不能近，此乃火能克金之故。又连喷了几口，凡变化的众剑，反俱都熔化，只剩了一把蛾眉剑的本体，此又是真金不怕火炼之故。

吕祖一见，忙把蛾眉剑取在手内，刚要另想别的法术降它，只见玉面狐趁着那野火烧广之势，又把樱桃小口一张，吐出那月下炼成的一粒金丹，随着那三昧真火，一齐喷去，要伤吕祖。这丹，乃是妖精炼成的真宝，虽说仙人不惧，也得真的留神。吕祖用慧目一观，只见一片火内裹着有大如明珠一块宝玉，内含着无限光芒，滴溜溜又似风车轮一般，回环旋转。吕祖乃唐朝进士，又修成神仙之体，岂有不谙卦理生克之术？知道阴气多，阳气少，阳衰阴盛，唯水乃能克火。但凡间之水恐难敌妖精的真火，想罢，说："有了，我何不将银汉天河之水取来一用？"于是，念动真言，仙家法术果然奇妙，展眼之间，半空中波浪滔天，竟把那些狐火妖丹俱都扑灭。

玉面狐见破了他们的丹火，欲想再以法术相较，恐怕不能取胜。只得又吩咐道："众妹不必着忙。料这野道也无计奈何咱们。何不将咱的防身法施展出来，再敌这野道？"众狐听罢，各放出腥臊之气，把吕祖围住。凡仙家最怕沾染不正之气，吕祖觉着妖邪放出恶气，连忙回身躲避。众狐见吕祖远避，觉着正合其意，遂趁便离了云端，一齐都回了嵯岈洞内。

吕祖见众妖已去，并不追赶，唯恐邪气冲了身体，忙用天河水沐浴了，然后将水又送回银汉之内，方按落云头，来至周宅法台之上，就位坐下。

不知以后如何，且听下回分解。

第十七回

吕真人净室请天兵　托天王兵临青石山

词曰：

却嗔狐媚，特地兴妖作罪。真人虽欲慈悲，妖反不知自悔。违背，违背，神仙也觉无味。无知异类，辜负仙真教诲。天心尚有挽回，妖怪偏不速退。琐碎，琐碎，把天神约会。

话说吕祖恐邪气沾身，用天河水净体已毕，仍放还银汉之内。此时，众妖已是得便而逃。吕祖按落祥云，落在周宅法台之上。苍头一见，连忙叩头，问道："神仙爷在空中与妖精打仗，可将妖精捉净了？"吕祖道："你不必多问，速速去收拾一间洁净房屋，内中放下一桌一椅，再备砚台一块，新笔一支，黄纸一张，净水一盂，杨柳枝数株，长香三炷，素烛一对，一齐预备，送到净室之内听用。"

苍头连忙答应，备办俱妥，忙将吕祖引至净室之中，坐在椅上。吕祖复吩咐道："苍头，你可晓谕家下人等，一概不许于窗外喧哗、窃听、偷看，倘若违背，冲撞了天神，可是于自己大无益处。"苍头听罢，忙对众人言明，自去守候公子。这里，吕祖闭目定性，约未半刻，便在房内拈香已毕，复又掐诀、叠印、念咒、画符，又用杨柳枝调钵中净水，遍把尘中俗气挥洒干净，然后在烛前用火将灵符焚化。

这一片至诚真心，顷刻感动天上神祇。值日功曹闻着信香之气，不敢怠慢，连忙顺着香气冉冉从空而降，来至吕祖法坐之前，拱手躬身而立。你道那值日功曹怎样打扮？有词为证：

这尊神，躬身站在净室之内，和容悦色，满面堆欢。论起来，本不凡，专管查，恶与善、忠与奸。每日里，不得闲，尘环中，遨游遍。居此位，忠心正直更有威严。戴一顶，累丝冠，珠宝歌，红真缨，微微颤。银盘脸，多丰满，眼仙星，鼻悬胆，两撮儿掩口微须在唇上边。穿一件，黄金铠，套连环，鱼鳞密，光灿烂。宝带紧，挂着剑。左右分，裙两扇，相衬着薄底战靴五彩鲜。启文簿，一篇篇，人间事，记得全。一件件每日在天曹启奏一番。

因纯阳祖的信香升上界，请到了值日功曹在香案前。值日功曹立在法坐之前，吕祖亦将身站起，说道："无事不敢劳动尊神。今有一道文疏，祈上神投到托塔李天王圣驾之前。"功曹神领命，接过文表，复又回转天庭，将文疏投与天王去了。

吕祖见功曹神去后，连忙步出净室，命苍头把香案撤了。"打扫法台伺候，待捉住妖怪，好来此审问发落。山人先到青石山去等着天神到来，共围嵯岈古洞。"苍头领命去讫。吕祖驾着云头，方离了周宅之内。

且说玉面仙姑自从令众狐齐发腥臊之气，吕祖躲避之时，俱都得便归洞。玉狐来在洞内，自思："今日之事虽然彼此未曾伤碍，大略吕纯阳不肯相容，一定约请天神来此打仗。倘那时，众寡不敌，如何是好？不知小妖儿请的云萝、凤箫二位仙妹为何不来？莫非他们见我所行不正，恐殃及他们身上？然结拜之时曾说时，患难扶持。难道此时背盟负约不成？若真如此，世界上凡结拜的兄弟姊妹，全是不关痛痒，有福自享，有祸自挡便了。素日说的甜言蜜语，竟是平安之日为得来往吃喝、热闹而已。罢！罢！罢！这些没良心的势力小人。从此我被天神杀了便罢，若是再能有个生发，一定与他们断绝。"

玉狐正在洞内怨恨盼望，忽听小妖儿报道："二位仙姑到了！"玉面狐此时听见来了两个帮手，真是喜从天降一般，慌忙迎接进去，一齐坐定。云萝仙子问道："不知贤姊见招有何吩咐？"玉面狐遂将如何与周公子来往，怒吃延寿，如何辱打王老道，大闹法台，如何得罪吕洞宾，现今他去约请天神，不肯罢休的话，前前后后、如此这般说了一遍。云萝听罢，说道："这事据贤姊说来，吕洞宾本来道法颇高，今又邀请天兵天将，大约料难是他们的对手。常言寡不敌众，弱不敌强。倘若与他对垒相抗，那时被他擒住，吕洞宾焉肯轻易发放？据愚妹想来，莫若避其锋锐，将众妹等一齐迁在别处。贤姊居在愚妹之洞，或凤箫贤妹之洞，痛改前罪。吕洞宾虽知在我们洞内，他晓得仙姊改过自悔，大略不肯再究。等着这事冷淡了，谁还肯再来多管？”凤箫公主亦说道：“这主意却很好，倒免得彼此不安。”

此时，玉面狐似有允意，这些未修成的众狐仍然野性不退，一齐说道：“二位仙姑说得虽然不错，无奈，吕洞宾欺人太甚！当面羞辱洞主。我们洞主也是修成的仙体，岂肯白受他野道这口气。常言道：他有他的登云法，我有我的入天梯。我们定与这野道势不两立。”这也是众狐的劫数难逃。所以玉面狐听了这派话，登时火性又复冒起，遂决意说道：“二位仙妹不必相劝。我若一躲避吕洞宾，岂不令天下同类耻笑，丢了我玉面仙姑的声名？求二位仙姑竭平生法术，助愚姐一场，与这些毛神见个高低，再作定夺。”凤箫公主、云罗仙子两个听罢，心内虽不乐意，到底同类怜同类。况且既来至此，若不相帮，恐伤了同类义气。故此，觉得不好推辞，只得答道：“诸事听凭仙姊吩咐便了。”言罢，玉面狐连忙说道：“事不宜迟，吕洞宾若将天神请到，必来堵住洞门。咱趁早出去要紧。”于是，将那洞内大小群妖、以至豺、狼、獐、鹿，俱安排在丛林密树之中，调开队伍，整顿旗枪，专等天兵一到，好去冲锋打仗。这话按下不表。

且说吕祖来至青石山下，远远望见祥云缭绕，瑞霭缤纷，知是天王来到，忙把赭黄袍一抖，两足生云，起在空际迎候。只见天门开处，旌旗招展，托塔天王率领天将天兵排着队伍冉冉从天而下。内有六丁、六甲、马、赵、温、刘四面护卫，二郎、哪吒分为左右，十二元辰为后队，二十八宿押阵角。带着天罗地网，各持弓箭刀枪，真是簇簇森森、威威武武。又有一面坐纛大旗、拴着豹尾，一齐奔到青石山的境界。吕祖在云端里看着天神渡过天河，堪堪离得切近，速又复起云头，迎至天王驾前，躬身稽首[1]。天王亦连忙离鞍下马，彼此相见。

礼毕，吕祖道：“尘凡下界，妖狐作乱，搅扰乾坤，残害民命，毁坏神像，藐辱元门。贫道因奉南极仙翁法令，动救世之苦心，欲将群妖降伏，致劳天王神威圣驾，故此，谨具表文，通诚奉请。”天王道：“下界妖氛甚盛，金星已表奏天庭。玉帝正要诏遣天兵诛藏妖孽，适值监察神值日功曹将上仙牒文捧到。狐媚猖狂，皆由我辈失察之过。适才至玉帝案前请罪，即蒙敕旨，令我等下界擒妖，剿除恶孽，与民除害。请上仙稳坐法坛，降妖乃我等天曹分内之事。”吕祖道：“如此，请天王乘骑便了。”天王道：“便与上仙携手而行，同到青石山界，岂不甚好。”

说罢，按落祥云，来在嵯岈洞外。天王于是调开了天将天兵的队伍，先堵挡了妖狐洞门，又吩咐众神在洞外即刻讨战。只见嚷闹了多会，并无妖精的动静。哪吒便走过来回禀天王，说道：“妖精藏在洞内不肯出来，如之奈何？”二郎道：“不如咱先进洞巡察一回，然后绝其巢穴。”哪吒道：“咱就进洞。”二神各持兵器，在洞内周围找了一次，并无妖狐下落。回来将要用火焚洞，忽听密树林中有操演兵刃之声。二郎、哪吒来在高处一望，只见妖精一齐聚在那里排队呢。二郎、哪吒正在看视，有几个小妖也都看见了天神，一齐来至玉面狐近前嚷道：“天兵天将来了，请洞主分拨我等，快出去打仗争战罢。”玉面狐听罢，正是无可奈何之际，欲罢不能之时，只得出去抗违天命，舍死忘生地与众神交战去了。

不知谁胜谁败，且听下回分解。

---

[1] 稽（qǐ）首：古时一种跪拜礼，叩头至地。

第十八回

天兵大战众妖狐　识天机云凤归山

词曰：

变化多端，狐媚无羞真不堪。强把神通展，无计外乎天。反惹泼缠，愈增过愆，到头来，雨覆云翻，只落得，万年道术一时捐。

且说玉面狐凑了些成精的走兽，也不是什么智谋参军，动不动便用计策；也不是什么威武偏将，直不直就要厮杀。巡逻的找了几个快腿的野走狗；作马的寻了些个吃人的饿急狼。兔子摇旗，猴儿开路，一齐乱嚷。各拿防身兵器，簇拥着几个妖狐，都是女将打扮，都有千百年的修炼，一个个变化人身，各自有各自的形容。花枝招展，燕语莺声，催领着一群狼虫虎豹，也是旌旗高举，剑戟如林。一团阴气，就地乱滚，犹如浓烟密雾，黑漫漫地遮蔽红日，闹嚷嚷地各逞凶威，有如潮涌一般厉害。玉面狐又派云萝、凤箫道："二位仙妹先在旁边略阵，如若愚姐不能取胜，二位仙妹再相帮扶可也。"凤箫、云萝各自应诺，随在阵后。于是，众狐又相拥玉面狐一齐飞奔对阵。

天兵大队摆开阵势，压住阵脚。群狐往两边一分，正中显出了玉面狐的容貌。此刻妖狐又是一番模样：直立着两道似戚非戚的蛾眉，圆睁一双似水如星的杏眼，包含着一派杀气，铺堆着无限威风。裙下双钩按丁字步儿站住，手中宝剑照八字势儿分开，满面嗔怒，手拿雌雄剑一指，大声叱道："天兵中的领袖，神将内的班头，速去报与李天王、吕洞宾知道，就说玉面仙姑前来讨战。"

此时，天王与吕祖正在青石山顶之上稳坐，只见众妖乱哄哄地出来讨战，天王便哈哈大笑，说道："这些妖狐如此伎俩，便敢平地起风波，真是无羞无耻，背逆天命，该当万死。狐假虎威，抗拒天将，这等目无法纪，实是死有余辜。待我神命旗，诏取五雷、四帅，布稠云，展利电，霹雳一声，击了这些众孽畜，准保有翅难逃，皮囊化为灰烬。”

吕祖听罢，连忙摇手，说道：“天神休得如此，暂且息怒。这些妖狐虽然抗拒天兵，应该用雷击死。但可怜他万载修行，莫若将他生擒，先审问他一番。他若悔恶向善，便治他个轻罪发落，教他改过自新。他若痴迷不醒，再将他处死不迟。常言‘天有好生之德’，求天神体天而行可也。”

天王拈髯点首说道：“到底上仙慈悲宽恕，度量广大。既然如此，待我令众神兵擒他便了。”说罢，天王将手中宝塔向上一举，塔上第一层金铃响动，乃是诏取丁、甲、元辰的号令，只见六丁、六甲、与十二元辰一见金铃摇动，俱都不敢怠慢，迎下山来，便要与妖精交战。各物方向，上前抖擞神威。

玉面狐见丁、甲、元辰迎将下来，忙传了一声号令，说：“谁去与这几个天神对敌？”言罢，从背后转过天马狐精与混肷狐精，说道：“我两个愿去挡这头阵。”玉面狐吩咐道：“须要仔细。”二妖说是“晓得。”便跨上异兽，冲出阵来，也不答话，两下里便动起手来。二妖与天神战未五六回合，天神势众，一齐便将两个狐精围裹住了。丁、甲、元辰将要并力擒捉，忽见二妖一齐将嘴张开，运动丹田的阴气，向外乱喷。丁、甲、元辰觉得阴邪之气扑来，俱恐被其所侵，连忙败出阵外躲避了，不敢与妖抵对，抽身归了本位。

两个狐精见天神战败，更加耀武扬威，乱嚷道：“有哪个毛神再敢出来比拼？”此刻，天王在山顶石上坐着观阵，看得真切，不觉心中恼怒，说道：“这些泼怪真乃万恶，若这等叫他们容留长智，何时方将他们剿灭得平？”说罢，满脸含嗔，把宝塔高高举起，用力晃了一回，只听十三层宝塔金铃一齐如雷响动。众天神一见，个个惊异，遂率领天兵，两下里分头将妖围住。众妖见天神势众，也破着死命互相乱战。这一阵，真是杀了个天昏地暗。二郎爷心中大恼，用三尖刀先斩了些獐、狼、豹、鹿，然后冲过阵内，专要将玉面狐生擒活捉。两个并不答话，一齐刀剑并举，各展神通，杀在一处。这一交手，更是厉害，二郎神直用刀砍，玉面狐忙用剑迎，刀砍霜光喷烈火，剑迎锐气起愁云。一个是青石山生成的妖怪，一个是灵霄殿差的天神，那一个逞凶任性欺天律，这一个御害除妖救世心。天神使法身驱雾，狐怪争强地滚尘，两家努力争胜负，恨不能谁将谁来一口吞。

且说二郎神与妖狐大战多时，哪吒同众天神已将群妖首级挥杀了许多，所剩下能变化的众狐唬得魂飞魄散。玉面狐此时也是杀得香汗淋漓，筋骨酸痛，又见众妖伤了甚多，心内一觉恐惧，更是遮架不来。只得吩咐一声，令众妖各运起防身法宝，放了些不正之气，趁便败下阵来，领着众狐逃出重围。小妖死得已是堆积如山，玉面狐看着，不敢恋战，仍复奔了密树林内。

二郎神见玉面狐逃奔丛林密树，仍是不舍，便要追赶。哪吒道："咱们暂且穷寇莫追，待布下天罗地网，再去将他们围绕。不然，此时将它们追急了，可就许逃跑藏起。"二郎道："也是，咱先令丁、甲众神将天罗地网四面密布。"

且说云罗仙子、凤箫公主见玉面狐劝不回头，本心不欲相随打仗。因玉面狐分派了，情面上不好推诿，只得跟着前来略阵。这两个虽也是与玉面狐同类，然自己颇知纯修苦炼，不肯妄作非为，且能知过去未来之事。若论道行，较玉面狐还高一层，虽也是幻化美女，常出洞游玩，从无迷人害命。今见玉面狐抗拒天神，早料着不能取胜，一定遭擒。所以只管随着阵队，并未曾与天神动手。以后见彼此乱战，云萝仙子早见天神手内持着天罗地网，遂默对凤箫道："玉面仙姊不听良言，恐怕难逃劫数。到那时，玉石俱焚，咱两个岂不枉修炼了一场？莫若趁此机会回洞罢。"凤箫公主道："要走，咱便速速起身。不然，众天神布上了天罗地网，再要脱离，可就难了。"两个商量已定，齐借遁光而去。回至洞内，各自闭洞潜修，以后两个俱修得到了天狐地位。此话按下不表。

且说众天神布妥天罗地网，哪吒道：“此时妖狐料必力竭势危，咱布了这四面的罗网，大约一个不能脱逃。趁着此刻，它们尚无着落，速去四面围住，与它个卷饼而归。”二郎道：“这几个毛狐，何用许多天神动手？待我自己前去，管保手到擒来。”说着，便一直地扑了密树林内。

这玉面狐正要率众妖用遁法逃去，忽见二郎爷携着金毛童子、吼天犬、粉翅银雕的神鹰，威风凛凛地去看过来。看官，你道二郎神怎个圣相？有词为证：

二郎爷生来圣像多端正，丰满满的容光亮彩似银。三山帽，朱缨衬，金丝累，珍玉润，扣顶门，压两鬓，双展翅，盘龙滚，起祥光，绕瑞云，天神队，分职品，鹅黄色的飘带在背后分。穿一件，淡黄袍，紧随身，团龙绣，起金鳞；厢领袖，回文锦，更衬着百蝶穿花的藕色战裙。系一条，丝蛮带，缠腰紧，蝴蝶扣，穗缤纷，杏黄色，似赤金，玉连环，夔[1]龙吻，挂宝剑，多锋刃，能叫那，妖怪邪魔不敢侵。足下蹬，战靴新，升云路，走天门，随步稳，五色分，底儿薄，任疾巡，这双靴多行天界不踏世尘。手中擎，三尖刀，双面刃，双龙缠，护口分，斩妖魔，临军阵，曾在那水帘洞外大战过猴狲。金毛童，是从身，弓是金，弹是银，年纪小，正青春，跳蹿蹿，架鹰牵犬在后面随跟。

玉面狐看罢清虚妙道二郎神相，不觉得心中惊恐，欲堕真魂。

且说二郎爷赶到树林之处，正要着金毛童子放鹰犬捉拿众狐，众狐忽然齐现原形，露出本相，迎近前来，反把二郎爷围住。一个个俱运足阴邪腥臊之气，向二郎神喷吐。二郎神忙睁慧目一看，但见众妖全不似先前娇娆美女之样，俱仍化成奇形异状凶恶的狐身。有几个天马狐，长毛雪白；有几个混肷狐，毛色花斑，金腿挺见，皮毛光亮，乌云豹黑白斑烂，染狸子栽针刺猥一样。烙铁印，倭刀腿，异色酷灰、

[1] 夔（kuí）：古代传说中一种奇异的动物，如龙，一足。

满地毛团，实在令人难看。

二郎神见众妖幻化这等形状，连忙用三尖刀挨次砍去。砍了几个，俱无骨无血，软微微的，竟是些皮毛堆在那里。二郎神心中纳闷，又不知那是玉面狐的原形，于是令金毛童拽开弓，用银弹子打去。哪知打着了软滑滑的皮毛，反把银弹子碰落。又将铁爪铜嘴喙的神鹰放出去抓时，鹰到跟前，捉住了一个，觉着滑溜溜，无骨无血，虽然掐住，提不起来。鹰又一缓爪，仍然逃跑，反将神鹰羞得飞回来了。金毛童见鹰不能捉拿，复将吼天犬脖卡打开撒去，哪知这犬尚未追上众狐，便闻着腥臊气味，并不敢近前，竟又去而复返。二郎爷虽有神通，无法可使。

正在思想主意，哪吒忽从背后转过。二郎一见，忙将适才众狐幻化之相说了一遍。哪吒道："这不算甚奇，这是妖狐用的截教中旁门左道，名曰：'移花接木、抽骨遗囊。'它们运出魂灵，抽去胎骨，专用毫毛皮袋围裹。我等刀砍鹰抓，全伤不着它们的真体。它们用这抽身离魂邪术，无非欲要弃舍了臭皮囊壳，指望得便逃去。从愚见，虽然妖狐这个计策不错，无奈此刻已晚。咱们现撒布了天罗地网，它们也是空用了一番的法术。"二郎道："原来如此。想不到我被这些脱了皮毛、专用虚假的东西难住，空与它们无血骨的皮桶打仗。这些妖精，实在可恼。"说罢，怒发冲冠地道："我非得将它们的尸灵皮斩尽不可。"哪吒道："不必如此着恼，待我将这些毛团，一齐葬送了它们的性命。"于是，一伸手从兜肚中一个锦袋里把九龙神火罩取出，托在掌上，口中又将太乙真人传授的六字真言连念了三遍。真是神仙法宝，奥妙无穷。那神火罩登时之间，骤然向空飞起。

不知这罩落下，众狐可能脱逃不能，且听下回分解。

第十九回

青石山众妖遭焚　玉面狐变蚊脱罩

诗曰：

铺地遮天设网罗，妖狐虽媚可如何。
二郎变化无穷妙，哪吒神通妙用多。
吕祖终须施恻隐，天王欲待斩邪魔。
仙姑从此宜深省，日月壶中再炼磨。

话说众狐见了二郎神威，实可畏，俱都着忙，于是用金蝉脱壳的法儿，脱胎换骨，留下皮欲要乱纷纷地混住二郎。大众得便，好将真身暗遁，剩下这毛团皮袋，便可一任残伤。哪知向四面一看，已布下了通天罗网，无法逃遁，未免丧魄惊魂。玉面狐此时觉着难顾众狐，自己思想，何不趁这幻化之际，难分难辨，先藏在青石山隐僻之处歇息歇息，再作道理。想罢，变了一个极微的飞虫，奔往青石山洞后去了。其余这些众狐也想着东窜西遁，无奈天兵已是围绕将来，只得仍在一处相聚。此话按下不表。

且说哪吒这九龙神火罩，本是太乙真人炼成的仙家奇宝，因哪吒拜过真人为师，故此，将这神罩赐与他。听说这宝物拿在手内，瞅着不足半寸之大，及飞到空中，便有万丈之余。何以见得？有词为证：

这神罩，仙家的至宝难窥测。起到空中甚觉神奇，滴溜溜按太极乱转移。遵的是八卦理，炼的是阴阳气，成奇偶，分男女，济与不济化出了四像才生出两仪。丹炉炼，火候齐，论抽添，全终始，熔造成，不透气，能大小，善伸屈，一体有，千钧力，虽无翅翼翎毛能起到空虚。九条龙，盘香势，光不漏，一处集，从上面，至到底，尖是头，圆是尾，按周围，分层次，像一个

严丝合缝乱转的螺蛳。火焰飞，金光起，风雷响，闪电急，一层层，
鱼鳞密，空中响，似驱车，就便是，金刚体，若被罩住也化为泥。
这便是九龙神罩的真妙用，展眼间，定把群妖俱吓迷。

且说哪吒见众妖聚在一处，忙念咒语，将神罩祭在空中。指望一齐把群妖罩住，再用法力擒捉。谁知睁慧目仔细一看，变化的群狐乱纷纷的，只不见有玉面狐的原形。遂忙起至虚空，又向四面一望，忽见青石山后悬崖之处、石头窿穴有妖气旋绕。看罢，仍落到山坡之下，对众天神道："我知有这天罗地网，妖狐不能远遁。如今这些小妖我已用神火罩在空中将它们罩住。须将九尾狐也诱到此处，一同罩在里面，免得再与它交手。"二郎道："咱须回明了，再去到山上诱它。"哪吒道："我替父王传出号令可也。"于是，高声吩咐道："众天神须要各按方向，振起精神，把守这些群狐，勿致散乱窜避。我等要到山崖石穴之中，捉拿九尾妖狐去了。"言罢，身驾祥云，直奔了青石山后来寻觅九尾妖狐。

且说这玉面狐藏在山窟窿之内，以为众天神闹攘攘地决不理论自己。正想，我虽暗遁出阵来，不知这些众妹已是如何？莫若仍变个飞虫，起在空中看望一回。想罢，刚要幻化，忽见祥云盖顶，哪吒、二郎堪堪来到面前。妖狐见天神来此搜寻，不觉心中又急又恨。你看它，仍复成美女模样，咬牙切齿，用手把雌雄宝剑一分，迎下了山坡，那光景真是要拼命一般。

哪吒见九尾狐下了山坡，忙对二郎道："咱快忙按落云头，我好与它交战，诱它到九龙神火罩下。"说罢，一齐身落平地。玉面狐一见，迎至近前，娇声喝道："毛神休逞威能，欺灭截教。仙姑来也！"说罢，一双玉腕，用雌雄剑照着天神竭力砍来。哪吒一见，奋勇当先，骂道："妖狐少要猖獗！看吾神取你的首级。"于是，脚下蹬开风火轮，手持火尖枪，看着真是威武无比。怎见得？有词为证：

玉面狐思把天神来抗拒，只见那，三太子的威风果是超群。
在上界，镇天门，正英年，真斯衬。美丰姿，骨格俊，莲花朵，

化作身，天生就，离却游泥不染尘。芙蓉面，似银盆，二眸子，黑白匀，双眉秀，大耳轮，更相衬雪白银牙通红的嘴唇。双丫髻，日月分，赤金箍，扣顶门，孩儿发，黑鬒鬒，满脸上，常堆着欢悦无有动嗔。荷叶衣，双肩衬，水火绦，紧束身。系两片，水波裙。脚底下，大红鞋，登定了风火二轮。火尖枪，多锋刃，金刚圈，把乾坤镇。混天绫，随心运。绣球儿，更得劲。真法宝，一经施展惯通神。生骨肉，本世尊，降魔怪，转法轮，灵通广，变化真，威声显，大将军，玉帝封天师领袖护驾的亲臣。九龙罩，荡浮云，妖魔见，冒真魂，若罩住，被火焚，这宝物赐给他的原是太乙真人。自幼儿，有慧根，移星斗，转乾坤，能入海，把龙擒，踏盘石，吐青云，降了众妖氛，那石矶娘娘的童子还被它殒身。今日里，青石山前来交战，定要与玉面仙姑把胜败分。

且说哪吒与玉面狐两个交上手，真是恶战仇敌，难分难解，杀得尘沙滚滚，日月无光。二人且杀且走，玉面狐已来到九龙神火罩下，此时哪吒正想将自身脱开，把罩落下。不料众妖狐看见玉面狐又在那里打仗，便哄地一声，齐都窜将出来助战。众天神先未防备，反被它们冲倒些个天兵。众天神看罢，恐三太子见怪，复又连忙围裹上来，互相乱战。这一次，更是厉害。众妖俱破出死命争斗，一个个齐吐妖氛，各放阴气，但见：

冥冥濛濛，比蚩尤[1]迷敌的大雾；昏昏黑黑，例元规活人的飞尘。飞来飞去，却似那汉殿宫中，结成的黑块；滚上滚下，又如那泰山崖里吐出的烟云。正是妖狐喷吐阴邪气，千里犹闻臊与腥。

众天神闻着不正之气，俱怕沾染，然又无法可遏。此时吕祖正坐在山石之上，同天王谈笑。忽然也觉闻着腥秽。吕祖便道：“这些妖狐，又放了腥臊气味。待我用纯阳之气吹散它们的阴气，以止其秽可也。”

---

[1] 蚩（chī）尤：神话中东方九黎族首领，能呼风唤雨。后与黄帝战于涿鹿，兵败被杀。

于是，呼一口仙气，吹将出去，便觉腥秽消了许多。

玉面狐见有人破了它们的防身之术，心虚胆怯，恨不能一时将哪吒打败。众狐见它们洞主拼命攻战，也都呐喊踊跃，说道："咱们若要败了，必定死无遗类。须要尽力与这些毛神共决雌雄，千万不可生怯。"玉面狐听罢，更又振起精神，狠命与哪吒抗拒。这场大战，但见又杀得：

> 愁云蔽日，杀气漫空。地覆天翻，神愁鬼哭。神帅无边法力，妖精许大神通。一个万仞山中的狐怪舞剑如龙，一个九重天上的太子飞刀似电。一个愤愤威威精神振抖，一个变变化化手段高强。一个呵一口妖气雾涨云迷，一个吹一口仙风天清气爽。一个有狐党狐朋助他耀武，一个有天神天帅助他扬威。一个领狐妹狐姊战真神，恰好似八十万曹兵临赤壁，一个同神兵神将收妖孽，却好似二十八汉将闹昆阳。一个是妖怪中数他作班头，一个是神仙中推他为领袖。一个要为自己争个名声，一个要为生民除却祸害。正是两边齐用力，一样显神机，到头分胜负，毕竟有输赢。

却说玉面狐奋死战住了哪吒，众狐党也俱舍死忘生，混战天兵天将。无奈，众狐外势虽然奋力拒捕，终是心中惧怯，不能敌得过众多的天神，被众天神仍然将这些狐党团团裹住。玉面狐此时也被哪吒战得气喘吁吁，披头散发，粉汗淫淫，裙开衣卸。看那光景，已是毁透了贪淫恋爱之心，伤尽了兴妖作怪之性。有心想着夺路逃生，知道已布下天罗地网。料着不得能够，未免心中自叹，悔恨从前不该引诱周信，得罪纯阳，致今日被众天神所困。虽说有几千年修炼的道术，暂且无妨，但理有邪正，万难取胜。况且，哪吒正在青年，最是好胜，若要伤着他，众天神若是一怒，岂不目下就要废命？真是前进无路，后退无门，左右为难。

玉面狐且战且想，倒把个极聪明的妖媚弄得无了主意。那哪吒的一条火尖枪，原是追魂取命，今见玉面狐双剑松乱，知道它无处逃走，故意地与它来往盘旋、长征耐战，指望叫它无隙腾挪，好用法宝将它罩住，以便擒捉。此时，那神罩在空中，如轮乱转，已将所有的妖群狐党尽皆罩在下面。四外是天兵天将，围得风雨不透，到底玉面狐修行得年久，根深蒂固、眼快心灵，正在与哪吒招架之际，忽听空中风雷乱响，如连磨驱车，连忙抬头一看，未免吃一大惊，认得这法宝是九龙神火罩，若被罩在底下顷刻亡身。你看它，心急计生，也不顾大小群狐，与哪吒虚砍了两剑，便败下阵来，就势向天神队里一冲，随机应变，变了个小小蚊虫，分开两翅，没命地飞起，逃出神罩的火光之外，落在树梢之上，那里偷眼暗看。

且说哪吒用锐进迟退之法，与玉面狐厮杀多会，见妖狐只有遮架之功，已无还手之力。正想暗念真言，运用法宝，忽然妖精败下阵来，便即不见，心中登时大怒，说道:“这些妖狐，真是可恼。不说及早投降，反要化身暗遁。”说罢，连念三遍咒语，催得神罩直往下落，竟把一群狐朋狗友的妖精同罩在里面，片刻工夫，一齐烧死。可怜连根带蔓狐妖辈，罩下须臾被火焚。

不知玉面狐如何下落，且听下回分解。

第二十回

天将妖狐斗变化　神鹰仙犬把妖擒

诗曰：

堪叹妖狐枉炼修，虽多变化尚遭囚。

当时若肯心归正，何至今朝两泪流。

话说玉面狐化了个小小蚊虫，躲在树梢之上，眼瞅着众狐被神火罩俱都罩住，又猛听“哗啦”地一响，这罩落将下去，须臾之间，这些众妖皮囊胎骨俱成灰烬，凑在一堆，随风宛转而散。玉面狐看罢，惊得魂不附体，眼泪汪汪，失声叹惜。想众姊妹并未惹是生非，都因我，遭此再劫，叫我又无法将它们相救。我自己幸变蚊虫，逃出罩外，不然也是顷刻亡身。

玉面狐正在悲叹，忽然被二郎圣目瞅见。二郎爷本有七十二般变，今见妖狐变化蚊虫，在树上落着。连忙按生制克化之理，一时变化了个蜘蛛结网，欲把蚊虫网住。玉面狐也知是二郎变化赶来，料想难以遁去，将身一晃，又化了个红冠、锦翅、长翼、飘翎的雉鸡，扇着翅膀，打着鸣儿，直扑蜘蛛，用嘴便鹐[1]。二郎爷也将身形一晃，化了个满银毛、堆金线、嘴尖耳小、利齿灵牙的黄鼠狼，要来咂雉鸡的血脉。妖狐着忙，又化了一条菜花蛇，要缠住黄鼠狼，吃它的脑髓。二郎神与妖狐变化，都按一物降一物地克制。今见玉面狐变化多端，二郎神心内着急，遂化了一个红顶雪毛的白仙鹤，赶上菜花蛇，先用爪踏住头脑，令其缠在腿上，用长嘴要将菜花蛇剸为数段。

玉面狐见二郎变化奇妙，忙一挣撮，仍化现女相，抡动雌雄宝剑，

---

[1] 鹐（qiān）：禽类用尖嘴啄（食）。

以死相拼，前来决战。二郎神也复了圣相，用三尖刀狠命劈来。战未数合，玉面狐便觉玉腕难抬，抵敌不住。欲想得便逃生，四面八方撒着通天罗网，焉能遁到天地之外？事已至此，若要保全性命，除非仍与天神斗变化，再无别的门路可以延缓时刻。正在踌躇之间，哪吒也来围住，用火尖枪夹攻。玉面狐一见，料着一个天神尚难支架，今又添上位，不觉心胆皆裂。急又摇身一变，变了六个婴儿，这六个婴儿号叫六贼，当初曾魔过弥勒佛的金身，亦甚厉害。但见妖狐化的六个婴儿，喜笑怒骂、连哭带喊，就是铁打的心肠，都不忍伤害。二郎神看罢，早知其意，对哪吒太子说道："妖狐这等伎俩，也来哄弄我等，真正可笑。不免咱们与它比较，叫它心服。"

二神言罢，齐幌身形，仍按阴阳生克至理，登时化作了六个乳母，一个个大肚子抡墩，敞着衣襟，胸脯上露着两向下垂的乳头。常言说，孩子见了哑哑，一齐来叫妈妈。孩子见了乳母，一齐止住痛哭。二神变的六个乳母，赶上前去，便要抱那六个婴儿。玉面狐见天神识破，恐怕被擒，连忙又改了变化，化了五个恶鬼。这五鬼分五色，按着青、黄、蓝、白、黑。分五字，乃是杀、盗、淫、妄、酒。这五鬼也甚厉害，不论道教佛门，若是沾惹着这五样是非，便能亏损道法。妖狐变这五鬼，以为天神忌讳，不肯上前，便可设法窃遁。岂知二郎神一见，眼望哪吒太子带笑说道："妖狐大概力穷技尽，故用这些障眼法鬼混。待我等变化个降鬼之神，暗暗地捉它。"于是二郎爷将身一晃，便化成专食恶鬼的钟馗，左手执着牙笏板，右手托着金厢白玉的酒杯。虬髯乱乍，笑微微的眼，望着五鬼，用板便指。哪吒太子见二郎爷化了个醉钟馗，也把身形忙着一幌，变了个武判官形象，犹如火炭朱砂染的一般，天生恨福来迟的恶貌，皱着双眉，瞪着两眼，对着五鬼举着宝剑，真是雄威可怕。

玉面狐见二神变化二判，要捉它变化的五鬼，心里觉着仍难脱身，便又复了蛾眉女相，与二神对垒相敌。二神也复原相，举兵刃努力齐攻。刚刚战了五六回合，玉面狐更觉力软筋麻，实难扎挣，将双蛾一皱，无奈又嗪真言，再赌法力。这一变化较从前大有作为。只见：

浓雾遮漫，乾坤墨黑；黄沙滚滚，风卷迷人。雷声响得若山崩地动；雨声响得如瀑布流泉。

玉面狐变的是三头连着六臂，六只手持着六样钢锋，三个头俱戴着金盔。身体魁伟，穿着铁甲，恶狠狠地直奔了天神队里交锋。二郎爷见妖狐又改变的如此，便要化作四头八臂地再与斗胜。一旁里哪吒忙道："若与它如此变化，何时是了？待我仍把九龙神罩祭起，结果它的性命，岂不省事。"二郎道："不如拿活的，咱好交法旨，亦可究问情由，使万民知晓它的罪恶。"哪吒道："既如此，我上前去捉它。"说罢，便将法身长起六丈，三头，八臂、九眼如灯，首戴金轮，大喝一声，风止沙沉，云收雨散。又呵口气，金光罩世，妖气全消。手擎法宝，扑到玉面狐变化之处，用枪便刺。

玉面狐见哪吒又识破它的变化，未免心中忙乱，不敢撄锋近前冲撞。又想众天神将天罗地网围了个严密，纵然变化，也难脱身，不如化个温柔绝美、绰约凌波的娇女，用媚言望与众天神乞怜，看他们如何捉我。主意想妥，顷刻仍复成胡小姐的模样，那等好看，真似生来的秋水为神，玉为骨，芙蓉如面，柳如眉，惊鸿游龙不足比喻。你看它，带着娇羞，将要用听听春鸟的声音，对着天神献媚说话，哪知哪吒、二郎一齐识破这等意见，忙吩咐众天神四围旋绕，又令金毛童动手。金毛童听令，便将金弓扯开，暗暗地对准了，只听"叭"地一声，放出的银弹子恰打在玉面狐的左目上。玉面狐猛一吃惊，两眼一黑，二郎趁着此际，又将吼天神犬放出，赶上去，扯住后腿。那铁嘴神鹰早在空中扶着，盘垂着翅，一见神犬拉住妖狐后腿，也忙飞赶下来，两爪抓住脖梗皮肉，一嘴叨着头发，两个鹰犬一齐将妖狐按在山坡之下。可怜玉面狐万载修炼之功，今日落在鹰犬之手，一毫不能扎挣。

且说金毛童见鹰犬捉下妖狐，忙走到跟前，架起神鹰，喝开神犬。众天神一齐来前，用红绒套索将玉面狐牢拴。哪吒、二郎又命天兵撤去通天罗网，吹散了那一天尘氛，现出了光天化日。金毛童牵着玉面狐，二神跟随在后，来见天王。此时玉面狐遭擒被拴，自觉置身无地。一面前行，心中无限酸痛、后悔，杏眼含悲，自恨自己错了主意，无故思凡，以至被痴情缠住，邪念丛生。今日看来，这何尝是前生恩爱，直是要命冤家。回思当日，若在洞内藏修，何能遇着可怜可爱的周公子？若不与周公子留恋，何至一时怒伤了小延寿性命，羞辱王半仙，撕毁经卷、圣相，吕纯阳请天神下界相捕？可叹众姨妹为我亡身，无故遭劫。从前若听云萝、凤箫二妹之言，何至被捉遇祸？此刻既被缚获，料着一定遭诛，但因不值的缘由情节，竟把一命呜呼！可惜空修了一场，竟成画饼；将成的大道，废在半途。

这玉面狐心内一而二、二而三，逐件地自悔自怨，万种伤情，百般惭痛，未免二目纷纷落泪。哪吒一见，大声叱道："你这无耻的妖狐，有其此际悔恨哭泣，当初何必胡行？快着走罢！"玉面狐战战兢兢，项带红绒套索，有心不肯被牵而行，又怕哪吒、二郎不允，只得任金毛童拉拉扯扯前来，少顷到了天王之前，二郎与哪吒交令。玉面狐站在旁边，羞答答地偷眼观看天王的圣像，真觉威严齐整：

观圣像，上界的元勋另是一样，他的那仪容齐整带着雄威。面方大，赤微微，明星眼，衬浓眉，鼻端正，耳轮垂，最美的，须髯五绺墨锭儿黑。戴一顶，七宝厢，太师盔。盔头上，朱缨缀，插豹尾，双凤翅，左右飞。顶门上，罩一层，珍珠珮，钉金钉，遮且护项在脑后围。穿一件，连环甲，鱼鳞萃，螭虎口，含玉坠。夔龙式，宝剑佩，多锋利，藏鞘内，挽手绦，双排穗，更有领绣立蟒的红袍一半遮藏一半披。一杆枪，锋尖锐，手中擎，真无对，映日色，起光辉，临军队，随心摆舞任意动挥。托宝塔，层层累，十三级，金铃缀，响声儿惊神鬼；火焰飞，降妖媚。为号令，把神催，铃声响，孰敢违？但要是，一经摇动便起风雷。他本是总领那三十三天的众神将，翠云宫中的一位帅魁。

却说玉面狐瞻仰天王仪表神威，不觉心中畏惧，战哆嗦地俯伏山坡之下，痛泪交垂，不敢仰视。

天王记下了二郎、哪吒的功劳，然后向吕祖说道："妖狐就擒，群魔俱灭，从此妖气净尽，此处清平矣。这个九尾狐交与上仙发落便了。"吕祖答道："多蒙天神大施法力、广展神通，荡清此方的妖气；仰仗天王的威灵，保全此地的民命。这青石山四面的百姓，此后安居乐业，都是天王今日降魔的力量所赐。山人毫无功绩，这妖精还是天王将它判断责罚可也。"天王道："妖狐作耗，搅乱居民，伤残民命，我等上居天宫，不能查拿，已有失察之过。上仙邀我等下界降妖，乃是我等天曹神将应然之事。至于定罪行罚，或诛或释，仍应上仙酌量发落。祈上仙不必推辞为是。"吕祖道："适才，山人已吩咐周家苍头打扫法台。山人便与上圣同至周宅，共议妖狐罪案何如？"天王道："如此却可。正好叫那些下界凡夫，知道了感荷天恩，不敢为恶。"于是，吩咐了天兵天将，排开队伍，簇拥着玉面狐，金毛童仍牵着红绒套索，一齐扑了周宅书院之内。天王与吕祖也一同起驾。只见满路上祥云缥缈，瑞气缤纷。

老苍头捧着香烛，率领众仆人都跪在大门之外迎接。不多时，天王与吕祖齐到法台，在正中并肩而坐。众天将一对一对俱在法台之下围着。只听吕祖吩咐一声说："带妖狐！"金毛童连忙将玉面狐牵在台下。玉面狐将要跪下，二郎神便走将过来，大声叱道："孽畜！还不与我化现原形。"此时玉面狐吓得无了筋骨一般，闻听二郎神叱他，急忙忍气吞声，仍化现为狐形模样，抿耳攒蹄地跪在地上，连动也不敢动。

不知吕祖爷如何审问，且听下回分解。

第二十一回

太平庄真人审妖　李天王回归金阙

词曰：

妖狐战败，枉自逞凶作怪，明明有仙真，更有天神在。危殆危殆，险把身形损害。 摇尾恳哀，多情周子伤怀。天王欲除害，仙道善门开，合该合该，今生种下将来。

话说玉面狐跪在法台之下，就似人犯王法，身无主的样式，低头而伏，连动也不敢动。吕祖见它如此，用手一指，说道："你这孽畜，实该诛戮。无故兴邪，采阳补阴伤害人命，残毁圣像、经卷，与山人抗衡。你想想，山人说你应犯天诛，罪在不赦，是也不是？那延寿儿，老苍头只此一子，你将他吃了，难道你也忍心？周信被你摆弄的，若非山人九转金丹，此时早作短命之鬼。你看看他那虚怯之态尚在未痊。"说着，又吩咐苍头道："你到书房唤出周信，叫他来看看他这千金小姐。"

这周信听苍头叫唤，连忙扶着仆人来到法台之前，双膝跪倒叩头，拜谢神仙除妖救命之恩。拜罢，猛一抬头，不觉唬了一跳。只见红绳拴着一个煞白的脸、九节尾、毛烘烘的狐狸。这九尾狐见周公子，不觉形相带愧，就似恨不能要钻地窟窿似的。你看它，虽是披毛戴角的畜类，也会伤心滚泪。那光景，仿佛思量周公子当初原是气壮神足的风流子弟，如今剩了一把骷髅细骨，皆是因我采补受了亏损。满心里虽是后悔心疼话语，却是说不出来。周公子乍一看见，本是一心的害怕。如今又仔细一瞧，项披红绒套索，拴在那里，一堆毛团似的跪着，抿耳受死，摇尾乞怜，那样儿直不及猪狗。又见那二目，泪痕满面，一肚子的羞愧伤情，竟似有无限的留恋悔恨，不能出口的样儿。周公子看罢，心内实在不忍，早把恨怨妖精、惧怕狐狸凶恶的本像置之度外，化为无有，反生出一种怜惜疼爱之心。竟想当时化胡小姐的模样，那些恩情欢爱。今日遭擒如此，虽然难看，大概既能幻化人身，必定还通人性。我何不哀求众神免它一死，也不枉与它同衾相好一场。

看官，你道这玉面狐见了周公子悲伤落泪，周公子欲与妖狐乞命求情，便仍是情缘不断，冤债未清，割舍不开，循环道理。且说周公子思前想后，于是扎挣着病躯，打叠起至诚心意。向着法台复又磕头，连连哀告道："天神上圣，此事乃是弟子周信年幼无知、引火焚身、开门揖盗、自招其害，既然神圣不究周信违礼犯法，恕弟子苟合、私通贪淫之罪，恩赐金丹，得全性命。也求道祖天神格外施恩，再恕妖狐迷人之小过，表天地好生之大德，免其废命诛首之劫，惜其参星拜斗之功。冤可解而不可结，量神圣必达此理。"说罢，俯首在地，两泪交流。

吕祖听罢，尚未言语，天王便大怒，用手将周信一指说道："你这无决断的孺子，恋情欲的痴儿，真是愚蒙不讲道理。你得了性命，尚未复旧还原，便忘了妖精害你的仇恨。常言说：以直报怨，看你竟是以德推怨。当初妖狐何尝待你有真情实意，你反这么与它讲情。大丈夫从来恩怨分明，妖精与他有杀身之恨，伤害你家婴儿，你应该将他恨入骨髓，食其肉、寝其皮，才是大丈夫所为。你看看众天神，费尽龙虎之力，好容易方将它擒住，你这不知事的呆孺，轻言将它放了。你真是枉读了诗书，呆骏之辈。它对着你流泪，这正是猫儿哭鼠，假慈悲。你趁早躲开，不必哀怜求告。这等万恶妖邪，诛藏它准保它心服口服。"

周公子听了天王之话，并没松放之意，正要再往下哀告，只见天王已将宝剑亮出，唤了一声："丁甲天神，即早与我将妖狐斩首。"众天神忙遵法旨，接过天王宝剑，答应一声，便要将玉狐问斩。唬得九尾狐与周信两泪交流，一齐叩首。周信再三祷告求说道："天神上圣大发弘慈，饶放妖狐之命罢。"

此时，纯阳大仙见周信与妖狐如此可怜，心中十分不忍。口中说是“善哉，善哉！”忙道：“剑下留情，且请天王息怒。”天王见纯阳大仙阻住斩妖，忙道：“上仙不必怜它。看这样淫邪滔天之恶，实难饶恕。这周信孺子与它讨情，岂非无知之甚。”吕祖道：“周信固是恩怨不明，不合中道。但看他这等恳求，其心真而且诚，尚可原谅怜悯。此乃是藕断丝连的情根缱绻[1]，柳沉絮起的孽债变迁，以后自有应验。从来仙道总以慈悲为主。”这纯阳老祖到底出家人的心性，慈祥善念，见玉狐有痛自改悔之意，便欲开脱释放，故此讲这天数难移，循环之理，以验前因后果，变迁之道。

岂知天王心中不以为然，听罢吕祖之言，说道：“上仙若因他们哀告，将妖狐赦放，何以表天理昭彰，轮回报应，以警将来妖怪效尤？上仙若说可怜它修炼的功夫，诛之不忍；悯它此刻悔恨，灭之不安。何不想想老苍头之子，被它这恶狐伤害？人命至重，应犯天诛，早就应该诏取应元普化天尊，霹雳一声，劈了这逞邪肆凶的妖怪。如今既擒住它，复赦放去，岂不是无了果报循环的天理？莫若将它诛戮了，以快人心，以昭天道。”吕祖道：“上圣说的固是天心正道、报应至理，无奈山人既要释放妖狐，定不敢灭其天理，致延寿儿之命枉死冥途。自然与它解释开了冤孽，令延寿起死回生。”天王道：“上仙之言差矣。常言说，人死不能复生。何况延寿儿被妖狐害得碎尸粉骨，狼藉不堪，焉能再返人世？”吕祖道：“此术在别的教中自然未有，唯我元教却有这等法术。山人欲学庄周，运元机在姑苏，点化骷髅之骨，将延寿救活，以免此后冤冤相报。”天王道：“上仙虽如此，但到底不合赏善罚恶的至理说。然上仙用术救活了延寿，难道妖狐残毁神像、圣经，迷惑周信，以至九死一生，就不算过恶了？还是将它残灭，以彰天讨，免得将来再有妖魔援此为例，乱作胡行。”吕祖道：“上圣不必如此拘泥。焉有妖怪再敢这等兴邪作耗？”天王听罢，并不作声，那意见，务要将妖狐除灭，觉得方合天道曲直。吕祖是修炼过来的大仙，知道修炼

[1] 缱绻（qiǎn quǎn）：形容感情好难舍难分。

工夫不易。所以欲发一片慈心，并非偏护妖狐。

彼在法台上谈论，天王是要活除怪，遵神道的赏罚分明；吕祖是欲妖狐改恶从善，彰仙道的方便慈悲。天王与吕祖口角言词之间，似浮露着有些参差不合之意。总而言之，神道与仙道通不能悖违天理。天王奉昊天敕命，欲将九尾狐置之死地，吕祖本当与天王分辨，无奈，干碍着天王是自己请来捉妖的天神，不能相与执谬、争论。再者，天王倘若一怒，执意不从，当时将玉狐斩首，岂不是欲赦其死，更速其死么。那时，纵然可惜它成了丹的大道也无益了。不如趁着周公子哀怜之际，妖狐未斩之时，将众天神齐送归天，免得天王不依，一怒之间，丧了妖狐性命。吕祖想罢，于是，便忙吩咐苍头："取朱笔、黄纸伺候，待山人画符送圣。"苍头设摆已毕，吕祖将黄笺铺在案上，笔蘸清泉，砚磨朱色，闭目含睛，掐诀念咒，秉虔心，按着先天神人法书，便画雷霆牒印，一笔笔字走龙蛇。写罢，递给苍头说："速去法台前焚化。"苍头领命焚讫，只见哧滴滴一股清烟冲空而起，果然仙家敕令，神奇奥妙。登时天际稠云铺灭，黑漫漫地遮住世俗之人眼目。忽又一阵雷雨，天神便一齐升天。吕祖在法台，控背躬身，送神归位。之后，登时祥云四散，众神已到天庭灵霄殿上。天王奏明玉帝，言妖狐已归道教发落。玉皇爷准奏，记下了天王讨妖降怪的功勋。又发下一道诏旨，令太白金星敕命四位功曹，捧到尘界交纯阳子吕洞宾开读。太白金星领了御旨，传与值日功曹，功曹神即捧天诏，驾着祥云，径往下界太平庄法台而来。

此时吕祖送天神尚未归坐，只见一朵祥云自天而下，降到法台之上。吕祖识是值日功曹，连忙恭身迎接。功曹道："小神奉玉帝敕命，赐上仙保诏。上仙可备香烛，俯伏案下，以听宣读。"吕祖连忙令人备办妥当，跪在香案之下。功曹神捧诏读曰："人诏纯阳子吕洞宾，卿在尘界之中，梦醒黄粱，积修至道。天经地纬悉已人通；万法千门，罔[1]不尽历。救灾拔难，除害荡妖，功济生灵，名高玉籍。今妖党既已授首，百姓法此安生。敕卿为中八洞群仙领袖。所余未诛的九尾妖狐，任卿按天律处置。钦哉！诏书到日，信诏奉待。”功曹神读罢，吕纯阳再拜，受诏已毕，功曹神仍复驾云升天，回缴太白金星，奏明玉帝而去。这话按下不表。

且说托塔天王率众神升天之际，一阵子风云雷雨，众仆人与长工、佃户，俱都躲在房屋之内去避雷雨。法台之下，只剩了痴情周信与九尾妖狐，跪伏在雨水泥泞之中，淋得身躯如水鸡一般，还兢兢战战向着台上磕头哀告。好容易盼得雨止云收，可巧功曹神又至，更复迟延了多时，那周信尚还不肯起来，只是那里陪着妖狐悲啼。此时吕祖在法台坐下，见他两个如此缠绵留恋，心中实不忍看。想着，似这等情痴恩爱，纵有利刀慧剑，也难斩断这样的情根。人畜虽然别，看这点真情割舍不开的意思却与人一样。这光景是，若死，须在一处，绝不各自偷生，犹如捉对的蚕蛾，至死不放一般。就是比较起人间的真夫妇来，尚还不及他俩情意恳切呢。莫若山人开一线之路，再看它将来修炼何如，倘若妖狐回头苦炼，向善改恶，山人今日一施恩惠，便可保住了金丹大道。若是仍然不息邪念，再犯了罪恶，那时再行诛灭它不迟。

这是吕祖怜惜修行苦处，恐将玉面狐万载道术一朝消灭。故于天王未去之际，便替玉面狐开通活路。再者，纯阳老祖昔日也系秀才出身，今见周信斯文一脉，不觉也是怜惜。所以先用金丹延他的性命，知道他与玉面狐有前因后果的姻缘，欲成就他两个的感应之数。况且，周公子为玉面狐哀求免死，那等真实意，惭恸悲哭的样儿，令人看着悯恻不忍。又见妖狐那光景，已是良心发现，似甚痛惜周公子病体支离。虽有人身、畜类的分别，看他两个却到一般爱厚恩深。吕祖爷想罢，把惊醒木一拍，厉声断喝道：“你这弄妖媚的妖狐。前者山人用

[1] 罔（wǎng）：无。

善言将你教化，你反敢违背我的牒文，抗拒我的法命。会天神降世捉你，不说早早投降，你竟敢率众妖前来拒捕，罪犯天条，定难轻赦。今被擒获，尚有何说？”

此时玉面狐听着吕祖一问，唬得魂不附体。虽然不能说话，却直是磕头叩首，碰地如捣蒜一样。那意思也是要求着赦罪不究的样儿，畏惧之甚，眼泪直倾。一旁里周公子唯恐吕祖叫玉面狐伏诛，听罢吕祖之话，便放声大哭，哀求道：“祈上仙大开法网，饶放妖狐一死罢！这事是弟子周信枉自读书，自招的祸患，飞蛾投火，自找焚身。妖狐虽然有过，却因弟子而起。上仙剑下留情，恕了妖狐，请将弟子诛戮，弟子无恨。恕我周信，今日一死，明日就可转生。倘若是上仙今日斩了妖狐，岂不枉了它数千年的修行，再也无时可补了。”吕祖本来并无残灭玉狐之心，今又听了周信这派言词，想道：“此子说的话，却到是元机至理，爽快丈夫。却并不是专贪情欲，偏护狐精；倒是一位仁厚至诚君子之心，不念旧恶之意。看来此子根底不俗，日后一定福禄祯祥，身名荣贵。倒不如山人显显后能，开放了妖狐，救活了延寿，免得因迎喜观道士受辱，令人日后轻视了元门仙教。

于是，吕祖望着周信说道：“看苦苦地哀乞，自有一定发落处分，你且不必跪着，山人有话相劝于你。”周公子闻听，磕了个头，战摇摇地慢慢爬起。躬身控背，听吕祖吩咐。纯阳老祖一见周信，人物整秀，标格不俗，不禁叹惜说道：“周信，你自清明与妖狐相遇，原是一念之差。从来拈花看草，青春子弟往往皆然。少年儿女时节，不免花前月下；美貌才子佳人，难免伤风败化。何况妖狐最淫之性乎？但人生之精神有限，幽期密约，欢会无穷，岂知淫欲过度，即便病入膏肓[1]，为欢无几，即便亡身废命。似你若不遇山人，岂不几几乎与鬼为邻了？山人劝你，从今须要养气读书，光前裕后，发觉悟之心，破色迷之障。痛改前非，尚未为晚。从今后，病体一好休妄动，再不可无故闲游，去惹妖狐。

[1] 病入膏肓（huāng）：比喻事情已到了不可挽回的程度。

弱身躯，须滋补，调饮食，气养足，莫妄想，把药服，百日后，方保精神复旧如初。身体健，再读书，欲潜修，须闭户。文与诗，词与赋，用心思，宜纯熟，须知皇天不负苦功夫。文锦绣，字贯珠，登云路，出泥涂，前程远，志气舒，到那时功名成就，岂不自如。山人的金石良言你须切记，仿学正心诚意千古的大儒。”

却说吕祖吩咐周信已毕，复问玉面狐，说道：“你这妖狐，既然拜斗参星，修行炼道，得化人身，应知法律。虽系周公子与你调情，有失正士之规，你引诱他，有负修炼之正道。然此不过夜去明来，携云握雨，犯了淫戒，还不算你作畜类的大罪恶。似那延寿儿，原是无知的顽童，与你有什么仇恨干碍之处？你这妖狐，竟将他嘬嚼个稀烂，致使老苍头绝后，孤独无依。你的恶处虽是一言难尽，但别的众过俱尚可恕，唯这一件，你想想，自古及今，杀人者偿命。你既犯了这人命关天的杀戒重情，实是非同小可，便应授首伏诛。”

这玉面狐自从吕祖数落之际，就如世人失了魂一般，昏昏沉沉，不言不语，也不知纯阳剑下饶命不饶。今忽又听提起延寿儿一件公案，更似五雷轰顶，吓得浑身乱战，软瘫在地。大凡畜类，虽不能说话，他要做了歹事，有人处置他，他心里也知是自己过恶，便也能低头领罪。所以，玉面狐听着吕祖说的他情实罪当，唯有哽噎悲塞，伏首点头而已。吕祖爷将妖狐断喝了几句，复又吩咐苍头道：“你速去将长工、佃户传来伺候。待山人运展法力，将婴儿救转，与你们解冤释怨。”苍头应命，连忙将众人传唤齐备，敬候纯阳老祖命令。

不知延寿儿可能还阳不能，请听下回分解。

第二十二回

运元机[1]重生小延寿　怜物命饶放玉面狐

词曰：

从来仙道，睛里元机妙。惜修炼劳劳，赦狐罪不较。莫笑莫笑，到底真人深奥。　纯阳阐教，王道来寻闹。周信悟痴迷，延寿醒了觉。周到周到，大德重生再造。

话说吕祖见众长工、佃户齐到台前伺候，连忙说道："苍头，你速领尔等到果木园中，将延寿儿之骨细细搜寻齐备，莫要粗心失落一块。凑在一处，捧来送到这里，待山人施展道术。"众人应命，去不多时，便都回转。持着尸骨，一块一块地通交到吕祖之前。吕祖在法台上将三百六十根骨节，按着次序，一齐排就。又令人取了一碗净水，先吹了三口仙气，用杨枝洒在尸骨之上。又叫人捧来一撮净土，也放在骨节之中，又令人将他当初扯破的衣裳取来，蒙盖上头。安排已毕，纯阳老祖坐在椅上，闭目合睛，运出了元神，立在云端，睁慧眼四面一看，只见那延寿的真魂，尚在那园墙之外，化成一个旋风儿滴溜溜地乱转呢。

但凡阳间之人，若是寿终天年的，魂魄是悠悠荡荡的，便随着清风散漫。唯这不得其死、夭年暴亡，或是着枪中箭，或是自刎悬梁，一旦的冤怨未明，这口气凝倩住，再也不能解化的。气不能解，三魂七魄便不能消，渺渺无个着落，所以他若死在那里，魂魄便在那里团聚不散。这延寿儿本是一肚子冤屈，小小年纪，无故废命，他的魂灵儿飘飘摇摇，总在围墙左右那里啼哭。

---

[1] 元机：即"玄机"。清代避圣祖（玄烨）讳，改"玄"作"元"。玄机，道家称奥妙之理。

吕祖看罢，心中不忍，连声赞叹说："这孩子死得真正可惨！似这样浑身并无筋肉，旋风儿内裹着直挺挺的数根干骨架，直是雪霜白的人荒子一般，实是令人难看。可惜老苍头一生忠直，婴儿反平白地遭屈被害，纵有奇冤，也无处伸诉。若非山人答救，岂不苦了年老的苍头？小孩子人事不知，便横死在阴界，魂灵不得脱生。看起来，山人之救转孩儿，还是老苍头的忠正之报呢。"

吕祖睁慧眼在云端里叹想了一会，复按落祥云，一抖袍袖，便揽着延寿的阴魂，兜回法台之上，向那一堆白骨，仍又一抖，延寿的魂魄附在尸骨，入于壳内。吕祖连忙复归坐位，口念真言。须臾之间，那水土便能合成筋肉，骨节活动，脉络贯通，可见仙家法力如神异。只见延寿先动弹了两次，忽然将衣服用手一推，这孩子竟赤条条、精光着身体爬将起来，坐在法台板上，一壁里揉着眼，一壁里要穿他那衣裳。只见复又坐在那里。这便是仙人起死回生之法，祖里乾坤、包罗万象之能。顷刻间，延寿儿还阳，便能举动行坐。况且延寿又系童子之身，元阳未破，血气又足，故此便觉容易，不似周公子空虚身体，服了九转金丹，还得百日调养。此时老苍头一见延寿儿复活，喜不自胜，忙着便去与他找衣裳袜履。这话暂且按下。

且说吕祖见延寿已是坐在那里，吕祖用宝剑亮出，把玉面狐一指，叱道："你这孽畜，实实可恨。你想想，若非山人来此，两条性命死在你手。虽说周公子自愿与你偎香倚玉，也实因你见他气爽神足，兴了邪念，欲盗他的真元。花言巧语，勾情引诱，每夜偷着找上门来，几个月的工夫，便将他的精气神伤到这步田地，差点儿作了幽冥之鬼。你竟图了你这孽畜的淫兴，几乎断了周氏香烟。王道来捉你，你打我门徒这还犹可。你不该撕扯神像、真经。天兵下界，你应自投请命领罪，你反招了一大群山精，与天神相抗。你还逞妖术，施展许多变化，胆大不遵天命，是你自己遭的伏诛之祸，你休屈心、恨怨山人。山人若是将你轻放，恐你复生祸害。"言罢，走下法台，说道："我看周公子与你乞怜，暂赦一命，但饶了你这孽畜的死罪，活罪却是难恕。你这几个尾巴，乃一千年修成一个。今已修成九个，再一千年，将十尾修全，黑色化为白色，便可名登天府，身列仙阶。一旦任情胡为，行淫害命，无故将数千年道力化为子虚，岂不可惜？今割去你八条尾巴的灵根，以偿你从前的罪业。与你留下当中的一条，放你再去修炼。倘能自赎前愆，诚心补过，也不枉山人慈悲于你。若是再蹈前辙，那时犯到山人之手，一定诛戮不贷。”言罢，将妖狐八根毛尾一齐割断，疼得个玉面狐两眼泪滴，热汗蒸腾。割毕，将项上红绒套索解落，又用剑把儿在脊背上一敲，玉面狐便就地一滚，仍变作清明闲游胡小姐模样：

真道力，割断了情根之慧剑，玉面狐仍幻化当初玉美人，可容光损。雪白的唇，羞满面，愧填心，秋波涩眉眉黛颦。比从前，灭却了悦色和容的精气神。其心内，痛十分，包藏一团地恨，不敢嗔，吞气愤，那样儿，谁见过当初的西子带病捧心。发蓬松，乱云鬓，粉汗湿，衣染尘，惊慌态，战栗身，这一种，含愁模样更觉可人。

玉面狐幻化已毕，在台前站，深深拜，感谢真仙留命的厚恩。

却说玉面狐虽然去了八条尾巴，尚可变化人身。故将身一抖，仍它作小姐模样，向着吕祖深深地道了几个万福，谢上仙活命之恩。吕祖说道：“玉狐，山人因你有痛自改悔之心，故将你不斩。周公子福田深厚，山人已救他不死。延寿的性命冤屈，山人展运道术，将他起死回生。山人既将他们的性命救度，岂肯独丧你的残生？再者，山人并非私蹈红尘，是奉南极仙翁寿星之命。虽说令山人降妖捉怪，并未明言叫我斩恶除凶，山人何必灭残生命，伤天地好生之德？故此，山人与你等排难解围，释冤分怨，全不有伤。你与山人的门徒王道，尚有些个小怨，趁着山人在此，也与你们分说干净。”言罢，回头吩咐仆人，“速到迎喜观将王道传来，听候发落。”苍头应命，忙着差人而去。

且说延寿儿见他父亲送到衣服，连忙自己穿上。他也不先给吕祖谢恩磕头，一举首瞧见是那日吃他那个小姐，他便咬牙切齿，大喝：“妖精休走！”赶下法台，便用手抓住玉面狐的衣襟。可笑小孩子，真是不知死活。才得了活命，并不理论别的，便满脸嗔怒骂道:“你这妖崽子，那一天将我嚼吃了。我早把你的小样认准咧。你打算我不记得你呢？今日可巧，咱俩撞见，我也该报报仇了。我虽不能活吃，我也扯你的皮肉，抽你的筋，将你的血熬成豆腐块，喂我们那几个大狗。自古说，一报还一报，你想想，无故地为什么将我吃了？你别说你长的俊俏，我们公子爱你、心疼你，你自找上门来图快乐，有仗恃。我可不能瞧着你俊俏，叫你白害我一回，饶了你。快伸过你那脖子来，我先咬一口尝尝你这狐狸变化美人的标致肉是咸是淡？你不用假装憨，当作没听见。快快地将白脖子露出来罢。不然，可是你那日怎么整治我，我可也便怎么整治你。难道说，你应该是仗着好模样儿，满街上白吃人吗？你自说罢，又在这里要白吃谁呢？”这延寿正在与玉面狐闹得高兴，难分难解之时，只见仆人已从迎喜观将王老道领来。

却说这王半仙自吕祖与狐精在空中斗法力，他一害怕，便跑了。今听周宅遣人找他，以为要答谢他，便慌忙随着仆人而来。走近书院，只见吕祖尚在法台稳坐，便先去对着吕祖打了个稽首，刚要说话，一回头，忽见延寿儿按着妖狐在那里乱撕乱扯，玉面狐一声也不言语。你看他，瞧着似觉便宜是的，也跑到近前，趁延寿儿在那里揪着，便挽了挽袖子，抡开五指，照着玉面狐就是一巴掌，打的个玉面狐满脸冒火，打一掌刚去，又要伸手。只听延寿儿怒声说道："你这野道，是哪里来的？你趁早将巴掌与我撤回去，好多着的呢。你怎么偌大年纪，这么浑浊。我揪着，你为何来打？倘打出祸来，算谁的乱儿？像这快活拳，敢则便宜。你趁早躲开，咱似无事。”王半仙道："我与它有仇。”说着，仍要动手。小延寿一见，不觉怒气冲冲，说:“你这野道，真是无礼！索性咱两先试试就完咧。”说着，一伸小手儿，将王道胡子抓住，骂道："我非将你这老杂毛的胡须揪下来不可。”一使劲，连腮代须真揪下好几根胡子来。王老道觉着疼痛难忍，便大声嚷道:“你们真是反咧！饶不谢我，今儿反倒打起我来。我为你们家挨了一顿荆条，你们竟这等谢我。咱们到当官说说理去。”

老苍头将延寿吆喝开了，忙过来与他赔礼。哪知他明白了是苍头孩子，他更无明火起地闹起，说道：“你纵放你儿子揪我，咱两就是先破着这命拼一拼。我瞧着咱两个也却到人对马对，你们倒看看王老头儿是好惹的不是？”说罢，便抖精神，将胡子一挽，解了道袍，摘下道巾，一齐撂在地下，奔着苍头便来动手。此时，吕祖见王道闹得不雅，连忙断喝，说是：“你等休要无礼！延寿也不许啰唣[1]，快快地放手。待山人与你们说说因果，好解释了你等的冤怨。”王老道、延寿儿一齐止住，老苍头与王老道拾起衣巾，劝他穿戴已毕，又替延寿儿作揖赔了不是。王老道这才将胡子不挽着了。

吕祖见他们俱都安静，便念了声：“善哉，善哉！玉面狐你看见了？天网恢恢，疏而不漏。有因必有果，有感必应。前日你将延寿吃了，今日他要你偿他的性命。你将王道痛打一顿荆条，今日他给你一掌。循环果报，俱有前因，丝毫不错。若不遇山人与尔等分解，你等这些冤仇孽债不知何日方是个了期。如今既已彼此准折，料无于碍了。玉面狐，你还归青石山石洞，再去修炼去罢！日后周公子还有借助你处，至那时，再有你两个的奇缘。如今不可再惹事，连累山人有轻放你之过。速速去罢。”

玉面狐闻听吕祖之话，慌忙跪倒尘埃，恭恭敬敬地向着吕祖稽首而拜。此时已复人身，便能说话，一面跪拜，一面樱唇慢启，说道：“上仙留命之恩，小畜铭心刻骨，不敢忘慈悲大德。上仙药石良言，小畜敢不谨记遵行，有负上仙放生善念，日后定遭雷击之劫。”说着，又深深地福了几福。拜罢吕祖，羞答答地一回头，看见周公子在那里扶着拄杖站着，不觉一阵辛酸，满眼含泪说是：“公子从此须要自己保重。咱两虽非同类，耳鬓厮磨，算来也有数日之久。自蒙恩爱，足知公子并无憎恶之心。无奈，恩爱愈深，所以精神愈损，奴家何尝要结果你

---

[1] 啰唣（zào）：吵闹，寻事。

的性命？你的家人见你支离危殆，以为是奴安心害你，便备下许多长工佃户谋害于我，一鸟枪几乎将我命丧；又请王半仙来擒拿我，以致奴撕毁神像、经卷，惹恼天仙圣神，那不是为咱两牵情恋爱？使奴造下罪孽通天。可惜我万载将成的大道，一旦化作灰尘。奴若是早早急流勇退，何至今日如此收场？这还亏公子念香火之情，竭力哀求护庇，幸上仙施高厚之德，原情赦放残生。不然，如此房帏细事，连性命保住都难。恨当初，奴家若不被痴情缠绕，焉能含羞忍耻，后悔无及？皆因奴家虽是畜类，也知盟誓俨然，以致牵连招祸，夫复何言？但愿公子将来富贵寿考，福禄绵长。今日代奴乞命深恩，不知何日方能图报。从此谨慎自爱，切莫关情于奴。”

玉面狐正自与周信难分难别，往下诉说，只听吕祖在法台之上一声断喝，说是："玉面狐不必流连，你今生的情缘与周信已满，还说什么！快快地与我速退便了。”此时，周公子见玉面狐留恋之情现于声色，心中更是难受，有心想着仍到书斋欢叙一时，又不敢违背仙人法令。今听吕祖催着玉面狐速去，也只得眼含两泪，暗暗地看玉面狐重复拜辞了纯阳老祖，又对着他用秋波转了两转，含情蹙眉而去。

这玉面狐仍借循光，回归洞府，潜心修炼。哪知他自与周公子缠绵之后，便不似先前修行那等心静神安。兼着先前众狐俱都残灭，只有自己孤孤伶伶，更是行坐不安，心绪不定。所以仍是常常地化成美女，在外游览山景，可也不敢滋生事端。又每逢想起与周公子那等热情，便就心惊肉跳。又想着被天神捉住之时，要丧性命，亏了周公子求情乞命，不然已是一死。这样恩情怎能叫我放得下，不如我去轮回一次，转生世间，将这救命恩情补满，再行斩断尘缘，一头向道，苦炼纯修，专心致志，免得此时收不住心猿意马，空受此凄凉况味。

大凡修行之道，最怕情欲二字。若是一被所缠，饶你怎样勉强按捺，也不能坦然安定，人与物同是一理。所以这玉面狐虽想着沉心息虑，到底心中不能熨贴安稳，竟仿佛时时刻刻的有个周公子在心上是的。真是：

欲把禅心消此病，破除才尽又重生。

玉面狐因此安定主意，临凡转世，与周公子再结姻缘，以补此生救命恩情。到后来果然投生于光禄大夫李氏之宅，名唤玉香小姐。仍生了个天姿国色，与周公子结为夫妇十数余年。此是后话，暂且不提。

且说吕祖将玉面狐发放已毕，又对着周公子说道："山人看你倒不是偏护妖狐，却是怜其数千年修行不易，求着恕其过恶。据此事看来，足见你是忠厚仁人。但你虽然不念旧恶，却应该恩怨分明。妖狐与你无恩，你尚涕泪滂沱，代它跪着求情。似老苍头代你担惊受怕，求人与你治病除妖，舍命祷天，情愿灭自己的余年，增你的寿算；不顾自己亲生之子，为幼主熬药煎汤，跪拜神明；受你喝斥，不惜劳苦竭力尽心。你这个病消灾退，全亏这样义仆忠直。山人劝你，从此须要另眼看待，报他的大德，才是圣人之以直报怨，以德报德，大概你总知道的。莫以他是你奴仆，以为分所当然，这便是你的好处了。"

这周公子自从吕祖吩咐他，吕祖说一句，他忙答应一声。今听吕祖说完，不禁感慨得纷纷流泪，连忙给吕祖恭恭敬敬地叩了头，说道："弟子周信，蒙大仙金丹救活性命，弟子粉骨碎身，也难报天高地厚之德。大仙的玉言，弟子岂敢不遵教令，以取罪愆？"说罢，一转身，又向着苍头说道："我周信年幼无知，糊涂特甚，冷言冷语，辜负你的忠心。望你担待我年轻病迷。我周信若是忘了你的重生的恩德，日后身不发达，子孙不昌。"说着便跪将下去，慌得老苍头连忙来至近前，也就跪下，将周公子搀住，说是："公子是要折受死老奴了。老奴受恩主付托，职所应该。效忠尽力，扶持伺候。公子说的这话，行的这礼，叫老奴如何当得起？但愿公子身体康健，功名显达，就不枉老奴受故去的恩主寄托之重了。"说罢，二人一齐站起。

老苍头后又跪下叩拜吕祖，说道："弟子李忠率众佃户长工给大仙叩头。此方若非大仙慈悲，不知妖精闹到何时，害多少人的性命。我李忠只这一子，被妖伤命，若不是大仙大施法力，将婴儿起死回生，岂不断绝我李氏宗支？我的幼主，若非大仙救转，岂不断了周氏香烟？我李忠若非大仙将他二人救活，老奴也只是一命而亡。我三人性命尚存，皆是大仙所赐这余生也。大仙为此处除了一方祸害，百姓俱可从此安定。大仙的深恩似海，大德如山，我们众人无什么报答，但愿大仙的封赠，玉帝早加。晨昏草香一炷，以表我等寸心而已。”说罢，一齐拜跪而起。

老苍头正要令延寿也过来叩谢，只见延寿儿在一旁听了这半天，已知道他的小命是神仙将他搭救还魂，不觉天真发动，号啕大哭，跪倒在地，不住叩头。说道：“我延寿儿被妖所吞，敢则是神仙爷将我救转，再返阳世。我这是死去活来，算两世为人。可叹我这小命，若非神仙爷，哪里还有我的命去？我是小孩子，心有良心，也无什么可敬神仙爷，我只得多磕几个头罢了。”说着将头磕了有数十个方才起来。

众人俱都给吕祖爷叩首谢恩已毕，末了，王老道也跪在地下说道：“我的师傅，你老若是不来，徒弟可就白挨了妖精的荆棍，竟白叫妖精糟蹋了好酒席，我们全白没吃着。经卷、神像全白叫妖精撕了，徒弟也不过白赔本儿。如今，你老将妖狐拿问，割了它的尾巴，给咱们爷们争了光了，给徒弟也出了气啦，徒弟响当当地给师傅磕个响头，叫他们到底瞧着咱爷俩个比别人靠近罢。”这王老道嘴里胡嚼乱道，吕祖并不理他，只望着法台下对众人说道：“如今妖狐已是灭者灭，降者降。尔等俱得安居乐业，须要好好地各守本分，仰答天恩，不可胡行人事，作恶为非，以致上天降灾。总要以孝、悌、忠、信、礼、义、廉、耻居心。常言说，为善降祥，作恶降殃。尔等自求多福，以乐余庆可也。”言罢，便对王半仙说道：“你从此也将你这昏醉沉迷节制节制。既要入道，应该守戒。你看看世界上哪有你这样的老道，终日饮酒、食肉？你若能自己谨慎，改去野性，将来尚要度化于你。速回迎喜观修道去罢。山人要交南极仙翁的法旨去了。”于是，吕祖站起身来，叫了一声周信，说是：“你祖上的阴德，生代的栽培，俱都甚好。你的根底亦甚不俗。从此果能洗心涤虑，将来必定名登金榜，位列三台，耀祖光宗，封妻荫子。须要谨记吾言，日后俱有应验。”说罢，吕祖离了法台，向外便走。周公子与延寿正要上前扯住，吩咐备斋，吕祖已走得无踪无影。这正是：如野鹤闲云，飘然遐举。去交了寿星的法令，仍去在阆苑[1]仙山、洞天福地居住去了。

周公子自从吕祖去后，便回到书房扶养身体。过了百日，果然从此目不窥户，至诚读书。三年之后，应试便得了魁元。定了一房亲事，乃系吏部尚书吴大人之女彩雯小姐。这小姐琴、棋、书、画、无所不通。周公子自从与这彩雯小姐结褵[2]成亲，夫妻亦甚相得。但这小姐虽然也生的人才秀丽，到底不及玉面狐幻化之美。这周公子妙年登第，心满意足，因家业富厚，年纪尚少，不肯便出仕做官。每日在房中与彩雯小姐谈笑吟咏，若是偶然想起先前与玉面狐恩爱，便惚惚不乐。吴小姐也摸不着他的心事，亦不便解劝讯问。过了几年，彩雯小姐生了一男一女，男唤名云佩，女唤名清玉，夫妻二人爱如掌上明珠。此时周公子功名、子女，遂心如意，真似富贵神仙。谁知泰极生否，乐极生悲，周公子忽然行了几年晦运，闹了个心迷意乱。凡人之运限衰旺，那也是一定理，万不能躲得过的。此乃后事，不必多叙。

且说老苍头见公子病愈，延寿儿复生，心中甚是感念纯阳老祖，因扫除了一楼净室，立下吕祖牌位，每日清晨沐浴焚香，答谢降妖救命的恩惠仁德。又因王半仙曾为捉妖受打，施了五百两白银，亲身送到迎喜观内，以报妖狐撕毁的那些物件。

这王半仙从吕祖去后，他见当时长工、佃户、看热闹的百姓人等甚众，恐怕传扬他被妖精辱打，又兼吕祖曾嘱咐他不准妖言惑众，以假术骗人财物，所以他当下并未敢说什么布施，要多少银，就随着众人散了，出离周宅，回到迎喜观来。今见老苍头来与他送银子，不觉脖子后头都是喜欢。及苍头掏将出来，说道："这是五百两纹银，奉送道爷作个小小的功德便了。"这王半仙听说只送银五百两，登时又哭丧起脸来，将两个酒烧透了的红眼一瞟，说道："这银子都是送我王半仙的，我王半仙为你们捉妖降怪，挨荆棍，忍饥饿，上

---

[1] 阆苑（làng yuàn）：相传仙人居此。
[2] 结褵（lí）：古时女子出嫁时，母亲把佩巾系在女儿身上。后以此指成婚。

天请我师傅拘神遣将，还请道友，还叫那妖崽子毁了我们好些器物，你家预备的丰盛好斋，我们还没吃上，这一概的功劳，难道说就值五百两银子？我看你们那家当，五万两都拿得出来。你这么大年纪，难道你还不知，刻薄成家，理无久享吗？你快收回，我也不用银使用，你心里过得去罢了。”

老苍头见他这等样式，知道他是嫌少，连忙赔笑说道：“这银两本自不多，但此刻宅内不甚方便，求道爷暂且收下。俟老奴主人身体健壮，请他亲身到观里来布施。再多奉补可也。”王半仙听着还来补复，这方又有了笑容。说道：“你既这么说，我王半仙先闭闭眼，收下就是啦。”老苍头见他收下，回到宅内，禀明公子。复又将延寿找到眼前，吩咐道：“你从此须要好好伺候书房，不准在外头仍去淘气乱跑。倘要再叫妖精伤害，那可再也不能死而复生了。”小延寿连忙答应而去。

且说这延寿儿自吕祖将他救转还魂之后，一切模样儿，说话、行事，与先大不相同，又安稳，又爱干净，也不去登墙爬树，也不去拜土扬尘。面貌长得甚是清秀，言语对答更加灵透，动作行为全都妥当了许多。而且还知道孝顺老苍头，怎么说，他便怎么，绝不似先前那等悖逆[1]。他也知是吕祖将他生死人而肉白骨，每日同着他父亲到吕祖牌位前焚香叩头，真是要较比当初他那样儿，有天渊相隔之异。到后来，随着周公子读书，也认了许多的字，能会吟诗作赋，帮着周公子办理一切内外之事，无不辛勤谨慎，精明干练。老苍头为他娶了一房媳妇，情性亦甚贤淑。两人也是恩情美满，育女生男。老苍头寿至七十余尚还康健。

这是《青石山狐狸缘全传》的收缘。要知周公子求名出仕，彩雯小姐病故，玉面狐转生李玉香，与周公子再结前缘，云萝、凤箫二狐落凡投胎，小延寿与老苍头庆寿，吕祖度脱王半仙，周云佩赶考招亲，周公子为清玉小姐选婿，玉帝加吕祖封号，一切热闹节目甚多，不能一一尽述。看官如不嫌琐屑，请阅《续狐狸缘后传》，便见分明。

---

[1] 悖（bèi）逆：违反正道。这里指违拗，不听话。